国家古籍整理出版专项资助项目

中国古典文学读本丛书典藏

林则徐选集

杨国桢 选注

人民文学出版社

图书在版编目（CIP）数据

林则徐选集/杨国桢选注. —北京：人民文学出版社，2022
（中国古典文学读本丛书典藏）
ISBN 978-7-02-017475-1

Ⅰ.①林… Ⅱ.①杨… Ⅲ.①中国文学—近代文学—作品综合集 Ⅳ.①I215.02

中国版本图书馆 CIP 数据核字（2022）第 169471 号

责任编辑　张梦笔
装帧设计　陶　雷
责任印制　王重艺

出版发行　人民文学出版社
社　　址　北京市朝内大街 166 号
邮政编码　100705

印　　刷　三河市鑫金马印装有限公司
经　　销　全国新华书店等

字　　数　205 千字
开　　本　880 毫米×1230 毫米　1/32
印　　张　10.125　插页 1
印　　数　1—3000
版　　次　2004 年 1 月北京第 1 版
印　　次　2022 年 10 月第 1 次印刷

书　　号　978-7-02-017475-1
定　　价　38.00 元

如有印装质量问题，请与本社图书销售中心调换。电话：010-65233595

目 录

前言 1

文 选

林希五先生文集后序 3
重修于忠肃公祠墓记 6
三吴同官录序 9
跋岳忠武王墨迹 11
闽县义塾记 12
龙树院雅集记 14
跋 18
由襄阳赴省传牌 18
江苏查赈章程 19
筹济篇序 25
致陈寿祺书 28
会奏查议银昂钱贱除弊便民事宜折 33
江苏阴雨连绵田稻歉收情形片 40
江南催耕课稻编叙 47
湖滨崇善堂记 51
娄水文征序 53
巡河日记(四则) 56
畿辅水利议(八则) 65
防汛事宜 77
筹防襄河新旧堤工折 79

筹议严禁鸦片章程折 82
钱票无甚关碍宜重禁吃烟以杜弊源片 89
复龚自珍书 94
谕各国夷人呈缴烟土稿 98
会奏销化烟土一律完竣折 102
谕英吉利国王檄 106
会奏穿鼻尖沙嘴叠次轰击夷船情形折 111
复奏曾望颜条陈封关禁海事宜折 120
英夷鸱张安民告示 130
洋事杂录(六则) 133
密陈夷务不能歇手片 140
答奕将军防御粤省六条 144
同游龙门香山寺记 151
致姚椿王柏心书 154
致汝舟书 161
壶舟诗存序 164
分书 166
查勘矿厂情形试行开采折 168
致邵懿辰书 180
大定府志序 185
致刘齐衔书 188

诗 选

题甘滋苍明经澍所藏陈秋坪老人诗册 195
驿马行 195
汤阴谒岳忠武祠 197

裕州水发村民舁舆以济感而作歌 198

即目 201

河内吊玉溪生 202

答程春海同年恩泽赠行 203

答陈恭甫前辈寿祺 205

题王竹屿通守凤生《江声帆影阁图》 207

题达诚斋达三榷使诗集即以赠行 208

题孙平叔宫保平台纪事册子 210

区田歌为潘功甫舍人作 213

武侯庙观琴 215

秋怀 216

和冯云伯登府志局即事原韵 217

题文信国手札后 218

题黄树斋爵滋《思树芳兰图》 220

晓发 222

夜济 222

洛神 223

送赵菊言少司寇盛奎还朝次王竹屿都转韵 223

徐访岩同年宝森由粤西观察擢皖臬入觐过楚出
　《漓江话别图》属题即送其行 225

和邓嶰筠前辈廷桢虎门即事原韵 226

次韵和嶰筠前辈 228

题关滋圃《延龄瑞菊图》 230

中秋嶰筠尚书招余及关滋圃军门天培饮沙角炮
　台眺月有作 231

和韵三首 234

3

庚子岁暮杂感 235

辛丑三月十七日室人生日有感 238

张仲甫舍人闻余改役东河以诗志喜因叠寄谢武
　　林诸君韵答之 240

喜桂丹盟超万擢保定同知寄贺以诗并答来书所
　　询近状即次见示和杨雪茞原韵 242

壬寅二月祥符河复仍由河干遣戍伊犁蒲城相国
　　涕泣为别愧无以慰其意呈诗二首 244

赴戍登程口占示家人 245

程玉樵方伯德润饯予于兰州藩廨之若己有园次
　　韵奉谢 247

次韵答王子寿柏心 248

次韵答宗涤楼稷辰赠行 249

子茂簿君自兰泉送余至凉州且赋七律四章赠行
　　次韵奉答 250

将出玉关得嶰筠前辈自伊犁来书赋此却寄 253

出嘉峪关感赋 254

途中大雪 258

哭故相王文恪公 259

伊江除夕书怀 261

送伊犁领军开子捷开明阿 263

七夕次嶰筠韵 265

又和嶰翁中秋感怀原韵 267

送嶰筠赐环东归 268

哭张亨甫 270

壶舟以前后放言诗寄示奉次二首 271

4

回疆竹枝词三十首　273
姜海珊大令以余游华山诗装成长卷属题　282
袁午桥礼部甲三闻余乞疾寄赠依韵答之　283
陈朴园大令乔枞属题其尊人恭甫前辈《鳌峰载
　笔图》　284
蔡香祖大令廷兰寄示《海南杂著》读竟率题　287
五虎门观海　290
又题《啸云丛记》二首　291

词　选

贺新郎（驿使曾来否）　295
壶中天（江天空阔）　296
高阳台（玉粟收馀）　297
月华清（穴底龙眠）　299
喝火令（院静风帘卷）　300
金缕曲（绝塞春犹媚）　301
金缕曲（沦落谁知己）　303
买陂塘（记前番）　304

前　言

道光十九年(1839),林则徐主持的虎门销烟震惊了世界。这场以禁毒、拒毒的文明形式对抗英国海势渗透的斗争,终被英国发动的鸦片战争所扼杀,中国以屈辱的方式卷入世界近代化进程。

林则徐(1785—1850),字元抚,又字少穆、石麟,晚号栎社散人、竢村老人、竢村退叟、七十二峰退叟,福建侯官(今福州市)人。他生活的时代,清朝由盛转衰,传统中国经历了"数千年未有之大变局"的历史大转折。他从政三十年,处理过诸多棘手的国内政事,尤以治理、整顿经济见长,是一名公正清廉、办事认真的行政长官。查禁鸦片,使他走进中西冲突的风暴中心,成为国际性的焦点人物。鸦片战争前后从辉煌到坎坷的人生,面对复杂矛盾的困惑和彷徨,他写下了大量的诗文,演绎着那个时代先进中国人的心路历程。

一

这部选集,选辑了林则徐各个时期具有代表性的诗文,冀望以较短的篇幅,浓缩林则徐心声的精华,让读者走进林则徐的人生,认识其全人。

林则徐的青少年时代,是在福建度过的。台湾海峡两岸的闽东南与台湾西海岸沿海地区,承继历史上福建海洋发展的传统,是当时南北海上交通与海洋贸易的枢纽和海防的重地。林则徐的出生地福州,是通琉球的唯一口岸,通过琉球国的中介,与日本和东南亚的海洋经济圈保持联系。林则徐的家族,"系出九牧",即宋代产生"海上女神"——妈祖(天后)的九牧林氏的后裔。虽然他家累传皆儒业,他本人从小接受正统的儒家教育,但由于家境贫寒,嘉庆九年(1804)进京会试落榜后,不得不"以谋食故驰四方"。嘉庆十一年(1806)秋,到厦门担任海防同知书记(文书);嘉庆十四年(1809)秋,在福建巡抚张师诚幕下,还再次来到厦门。这使他较早接触到港口管理、海洋贸易、鸦片走私、追捕海盗等海洋事务,对闽南区域海洋性的社会文化传统积累了初步的知识。他后来称"本大臣家居闽海,于外夷一切伎俩,早皆深悉其详",虽未免夸大,还是有一定根据的。他主张招募漳州、泉州、潮州、澎湖民船出洋与英船接战,也来源于早年对闽南人海洋生活的认识和见闻。他没有到过台湾,但他后来的诗文显示他对台湾风土人情十分熟悉。他对台湾情况的关注和兴趣,也是在早年的闽南经历中奠下基础的。显然,福建沿海地区的人文环境,曾给少年林则徐潜移默化的影响。林则徐作为清朝的封疆大吏,敢于率先开眼向洋看世界,这似乎可以提供一种文化上的解读。

嘉庆十六年(1811),林则徐中进士,改庶吉士,散馆后授编修,充国史馆协修、撰文官,派翻书房行走,清秘堂办事,补江南道监察御史,其间还到南昌和昆明任江西乡试副考官和云南乡试正考官。嘉庆二十四年(1819)底,在北京入宣南诗社。他初登仕途,志向高远,酝酿写作《北直水利书》,自编《试帖诗稿》和《使滇小草》。这一时期的诗作,既有对清明政治的企盼,也有对民生疾苦的关注,直抒做一名济世匡时的正直官吏的胸襟。

嘉庆二十五年(1820),林则徐外放浙江杭嘉湖道,力图进取而遭到阻力,次年即借父病挂印回闽。他本想弃官之后,不再出仕,但"居乡无可为生,安坐无以为养,弃官而复觅馆,究非本心所安",在父母亲朋的规劝下,于道光二年(1822)初上京"循例报痊"。道光帝在召对中夸奖林则徐"在浙省虽为日未久,而官声颇好,办事都没有毛病",下旨仍发浙省以道员用。在杭州听候补用期间,他受委监视本科闱务,随即被简放江苏淮海道。出闱后未即赴任,暂署浙江盐政使,协助浙江巡抚帅承瀛厘革盐政夙弊。年底赴淮海道任,不足半月,便升任江苏按察使。道光三年(1823),在江苏按察使任上,处理积案,参与水灾善后,平抚松江灾民闹事,被颂为"林青天"。道光四年(1824)正月兼署江苏布政使,经理灾后重建,倡议疏浚三江水道。七月,江浙大吏奏举林则徐综办江浙水利,旋因母丧回籍守制,未到任。道光五年(1825)四月,奉命"夺情"穿素服赴高家堰等处督修南河堤工。秋,奉命筹办海运,以"构劳成疾"辞归。道光六年(1826),命以三品卿衔署理两淮盐政,因病未痊,辞未赴任。道光七年(1827)服阕上京,命为陕西按察使,署布政使事,旋擢江宁布政使。十月,因父丧从陕南回籍,守制三年。道光十年(1830)三月服阕上京。八月抵武昌任湖北布政使。道光十一年(1831)三月,到开封任河南布政使;八月,到南京任江宁布政使;十月,离任总司江北赈抚事宜;十二月,到山东济宁任东河河道总督。道光十二年(1832)六月,到苏州任江苏巡抚,直至道光十六年(1836)。其间两度接署两江总督兼两淮盐政。

这一时期林则徐的诗文,主要体现处理政务特别是经济事务方面"器识远大、处事精详"的作风。无论农田水利、救灾办赈、防汛抗洪、整顿钱漕盐政,他都洁身自好,而且制订章程,不许属员玩法需索,严惩贪污舞弊,甚至冒丢官危险为民请命。他微行暗访,留心民瘼,亲历周勘,事必躬亲,倡导官助民修水利,推广双季稻。他认为治理黄河、解决漕运弊端的根本,是顺河之性,改黄河自山东入海;在畿辅兴办水利农田,种植水稻,使南粮不再北调。他主张改良币制,自铸银钱,以利市场流通。这些有利国计民生的方案,在当时积重难返的局势中未能付之实现,但他开明的思想和律己务实的操守都是难能可贵的。其中某些做法至今仍有学习参考价值与现实意义,值得执政者借鉴。

道光十七至十八年(1837—1838),林则徐担任湖广总督。此时,鸦片流毒成为全国性的社会祸害,朝廷中展开禁烟问题的大讨论。林则徐支持黄爵滋的严禁论,并率先在两湖厉行禁烟。道光十八年(1838)底上京觐见,奉派为钦差大臣,赴粤查办海口事件。二十年(1840)正月,接任两广总督。九月,被诬陷革职。这一时期,是林则徐政治生涯的顶峰。他的诗文,大多紧扣禁烟抗英的主题。在厉行禁烟,严查走私、整顿海防的过程中,他初涉"夷务",大胆组织编译外文书报,探求西方知识。他反对封关禁海,主张"奉法者来之,抗法者去之",甚至借"市井之谈",反映民间要求开放华民出国贸易的愿望。他借助民力抗英,但不许侵害"不与英夷助势"的外国商人。他虽然没有从探访外国情况中判断出英国将发动大规模侵华战争,但他对英国侵夺海外殖民地的"侵凌他国之术"有了初步的认识;他引进和仿造西方船炮,虽因革职而中止,但这一努力代表了中国早期近代化启动的方向。这使他成为近代中国人向西方国家寻找真理的先驱。

林则徐革职后,先是滞居羊城听候查问原委,继到浙江镇海军营、祥符东河工地"效力赎罪",道光二十二年(1842)被发配伊犁充军。道光二十五年(1845)春,自备斧资到南疆查勘垦田,是冬被赦入关。这是林则徐备受坎坷的一段经历。他"诗情老来转猖狂",写下不少感怀时局、抒发忧国忧民情绪的诗篇,吟出了"苟利国家生死以,岂因祸福避趋之"等彪炳千古的名句。他对"以守为战"的海防战略作了反思,提出制炮造船,建立新式水军与敌海战的主张。他关心西北边防和新疆的民生,建议保留伊犁总兵建制,主动认修水渠工程,为南疆少数民族争取屯垦的权利。逆境磨练了他的意志,高扬了他的人格。

道光二十六年至二十九年(1846—1849),林则徐入关后,先被起用为署理陕甘总督,后改任陕西巡抚、云贵总督。他把主要精力用于处理边疆事务,但也不乏对全局的思考。如说:"今之时势,观其外犹一浑全之器也,而内之空虚无一足以自固。"然而,他被排斥于东南事务之外,失去直接观察、了解鸦片战争后"华夷杂处"引发的新情况、新问题的条件,对西方的认识不可能有新的突破,也就无法提出切实的救国之方,陷入"知病而无药,与不知病等"的痛苦之中。道光三十年(1850),林则徐病休里居福州,仍渴望探求海国的情事,表现了至死不渝的高尚情操。这年十月,林则徐奉命为钦差大臣,前赴广西剿办天地会起事,中途病发,逝于广东潮州普宁行馆。

林则徐是十九世纪上半叶的政治家,他的成就和失误带有明显的时代和阶级的局限。他的功过是非,需要从不同的视野,开展多角度、多样性的研究。但是,这种研究甚至批判,应该放在具体的历史范围之内,在既有的可供选择的历史条件之下。这就要求我们对那个时代的历史环境,林则徐表达思想的话语内涵,他的思考方式和实践方式有比较接近事实的解读。本书所加的注释,也许有助于读者的理解和思考。

二

林则徐的著作,生前未曾刊刻,仅有少数作品为友人辑收发表。清末,始有福州林氏家刻本《林文忠公政书》、《政书搜遗》、《滇轺纪程》、《荷戈纪程》、《畿辅水利议》、《云左山房诗钞》等面世。民国间,续刊有《信及录》、《云左山房文钞》。今人整理出版有《林则徐集》(奏稿、公牍、日记)、《林则徐书简》、《林则徐诗集》等。现存未刊的手迹原稿、档案原件、抄本,散藏各地民间和单位,目前正在加紧征集整理中。

从存世的林则徐遗稿看,数量最多的当属奏折,次为信札,再次为诗词、文稿、日记、编译。这基本上反映了林则徐作品的特点。他是一位政治活动家,不是纯粹的文人学者和诗人。他的作品大多是在处理政事的过程中完成的,以叙事、议论为主,即使是落职之后,寄情于诗,他的作品也主要体现以国事为重的忧患意识,因而具有强烈的纪实性。这也是他为人处事细密精详的表现。由于他"以童年擅文才",学风"不涉时趋",有深厚的文学底蕴,纪实性并不妨碍他激情的发挥,因而不少施政、议政的奏折、公牍、信札,文理兼备,极具感染力,可作为文学创作来欣赏。林则徐最具文学价值的作品是诗词。他的友人尝评其诗"波澜壮阔,笔力雄健,于唐为工部,于宋为大苏";"俊逸清新,盛唐遗响"。《射鹰楼诗话》称其"风格高壮",《石遗室诗话》谓"使事稳却,对仗工整",《晚晴簃诗汇》言其"缘情赋物靡不裁量精到,中边俱澈;卓识闳论,亦时流露其间,非寻常诗人所及"。其中不乏感慨时事,壮怀激烈的直抒胸臆之作,不仅文采横溢,又可以作为史实来解读。

选注林则徐的诗文,始自二十世纪五十年代,一些近代诗选之书选注了林则徐个别的诗篇。七十年代以来,选注林则徐诗文的专书陆续出版,计有上海师范大学历史系中国近代史组的《林则徐诗文选注》(上海古籍出版社,1978年)、陈景汉的《林则徐诗词选注》(海峡文艺出版社,1993年)、蒋世弟的《林则徐诗文选》(华东师大出版社,1994年)、周轩的《林则徐诗选注》(新疆大学出版社,1996年)等四种。

这些选注本都下了一定的功力,为读者了解林则徐,发挥过良好的社会效果,但也存在明显的不足和局限。首先,林则徐诗文大致取自刊行文本,集中在任职广东和流放新疆时期。除周轩选注本分量较大,其余都很简略,且疏于版本的考证。以现存林则徐手稿相校勘,可以发现后人改窜以至失真之处,其中有的文字还出入很大。其次,注释方面也有不少讹误。

奉献给读者的这本选集,在吸收上述诸家选注成果的基础上,作了某些改进。在版本的采择方面,力图展现原始文本,以存历史真貌。优先采用现存的手迹原稿,文如《龙树院雅集记》的《跋》、《巡河日记》、《致姚椿王柏心书》、《致汝舟书》、《分书》、《致刘齐衔书》;诗如《题关滋圃〈延龄瑞菊图〉》、《和韵三首》、《子茂簿君自兰州送余至凉州且赋七律四章赠行次韵奉答》、《伊江除夕书怀》、《又题〈啸云丛记〉二首》等是。采用档案原件的,则有《江苏查赈章程》、《会奏销化烟土一律完竣折》、《密陈夷务不能歇手片》、《查勘矿厂情形试行开采折》等。无手迹原稿和档案原件的,采用现存原稿的抄本或刻本。文如《重修于忠肃公祠墓记》、《三吴同官录序》、《龙树院雅集记》、《筹济篇序》、《湖滨崇善堂记》、《娄水文征序》、《同游龙门香山寺记》,采用林氏手定抄本《云左山房文钞》原稿;《英夷鸥张安民告示》出自《夷事荟》抄本;《洋事杂录》出自陈德培抄本;诗如《题甘滋苍明经澍所藏陈秋坪老人诗册》、《即目》、《题王竹屿通守凤生〈江声帆影阁图〉》、《题达诚斋达三榷使诗集即以赠行》、《题孙平叔宫保平台纪事册子》、《区田歌为潘功甫舍人作》、《武侯庙观琴》、《秋怀》、《和冯云伯登府志局即事原韵》、《题黄树斋爵滋〈思树芳兰图〉》、《晓发》、《夜济》,采自《己卯以后诗稿》林氏手定抄本;《回疆竹枝词三十首》采用邱远猷藏抄本;《陈朴园大令乔枞属题其尊人恭甫前辈〈鳌峰载笔图〉》采用《鳌峰载笔图题跋》抄本。《林希五先生文集后序》、《江南催耕课稻编叙》、《壶舟诗存序》、《大定府志序》等文从所序之书刻本录出,《防汛事宜》录自《湖北通志》刻本,《答奕将军防御粤省六条》采用魏源《海国图志》刻本;《题黄树斋爵滋〈思树芳兰图〉》诗还从黄氏《仙屏书屋初集年记》刻本校补脱字,《五虎门观海》采用《射鹰楼诗话》刻本,《金缕曲·寄黄壶舟》词采用《壶舟诗存》刻本。虽然搜寻的结果尚不如意,但大体上可说是目前可以得到的最佳版本了。在注释方面,则力求准确、简约,每篇作品的写作时间、地点、人事背景和词语典故,均作出考订和交代。不少地方与传统说法不同,有的属于匡正讹误,有的则是重新诠释。一部分为填补空白,首次选注。

配合当代林则徐研究从侧重禁烟抗英到全方位观察的动向,世纪交替人们对中国近代化进程的历史关注,本书选辑的内容也比以往有所拓宽,尽量兼顾不同时期、不同体裁具有思想性和文学性的作品,既有传世名篇,也有未曾发表过的手稿,分文选、诗选、词选三部分,都按写作年代前后顺序编排。

三

我从1960年开始访查林氏遗稿,至今已有四十年了。当初只是为了写作《林则徐传》积累资料,着手考订林则徐诗文的时空背景和意境内涵,依创作的年月日分别插入《林则徐纪年》(未刊手稿)的汇编中。1981年,我选用搜集到的林则徐部分信札,辑为《林则徐书简》出版。1989年,我在《林则徐论考》一书中发表了《林则徐著述考释》的长文。不过,长期以来,我并没有整理林则徐诗文的念头,直到1996年,海峡文艺出版社提出出版《林则徐全集》计划,要我参与,并负责文录、诗词、编译等卷的审定,这才迫使我进入角色,开始学习做版本校勘的工作。在这过程中,编委会陆续征集到不少佚文、佚诗和版本,增益了我的见识,得以反省过去研究中引用文本和史实考证中的诸多错误。但是,当1998年春人民文学出版社宋红同志约我在一年内完成这本选集时,我是犹豫不决和惶恐不安的。因为自知古典文学修养浅薄,又缺乏文献学的系统训练,做出准确而有深度的注释,不仅要花费心力,从头学起,而且做这项工作尤需静心专攻的心境和时间。除原有承担的工作外,当时我在新加坡南洋理工大学攻读博士学位的女儿杨蔚突罹重病,抢救接回家中已及半年,处在延医治疗的紧要关头,条件并不具备。杨蔚虽自感"像一叶失去了目标的小舟,随时可能遇上冰山而沉没",

却不忍父母多操心,敦促我接受下来。由于杨蔚的坚持,我才狠下心来,义无反顾地挑起这一重担。

工作开始的时候,杨蔚的病况比较稳定。踏过生死界的她,"正在体验着另一种人生"。她从容平静地面对厄难,寻找重新出发的生机:"摆在我面前的生存之路也远比死亡之路要坎坷,但我本人却没有过多的悲哀和不快";"我仍有着高贵的心灵,那是不容玷污的。我给自己五年时间,五年之后,我一定能重新奉献社会,实现自己的价值。"为了让我有时间专心地投入,她拒绝我的照料。倒是我不时干扰她,让她点拨我用汉语拼音方法检索字典,加快速度,解读难字。

半年以后,她连续住了两次医院,我也把工作带到病房。她那超越常人的忍受力和处变不惊的人生态度,深深地震撼着我。我平抚心灵的巨痛,绷紧生命链条,在她的病榻前把我对她的爱化解为文字。1999年2月初,校注进入尾声时,她最后一次住院。我们都对病情的恶化没有预感,她希望住上几天,缓解痛苦后就回家,而我也想尽快脱稿,以便相依相傍,过一个轻松、快乐的春节。为了不打断我的计划,她坚持只要我每天去探望一次,待完稿后再放心前来陪伴。我没想到这是父女之间的生死之约,她忍受常人难以想象的痛苦,尽量不惊动我,默默地把逐渐消逝的生命留在我的笔端。腊月二十五日(2月10日)晚,我告诉她初稿完成了,可以天天陪你了时,她紧紧地抱住我,喃喃地说:"老爸!老爸!……"不再有别的话。次日凌晨,她永远地走了。我不知道她最后想对我说什么,但我明白,她苦苦坚持到这一天,是用生命成就这本书的。

没有杨蔚的坚持,我不会接手这本书,没有杨蔚生命的灌注,也不会有这本书的问世。这一选择是如此的残酷,是我始料不及的。在昏天黑地的日子过去之后,我痛定思痛,认真修订初稿,友人吴在庆教授和责编宋红同志也细加审阅,助我改进讹误,充实注释。《回疆竹枝词》的注释,还得到北京、新疆诸同志的解疑释难。对于他(她)们的大力帮助,深表感谢。我决心像呵护杨蔚那样做好校注,完成她的美丽,但也自知学力未逮,疏失和错误一定还有很多,期待方家和读者的教正。这也是杨蔚所期盼的!

杨 国 桢
1999 年 3 月 31 日志于听海轩
2000 年 5 月 9 日改定

文　选

林希五先生文集后序[1]

丙寅岁[2],吾宗敬庐先生集同里诸耆宿[3],月一聚会,至则谈文学,互质所著,竟日乃散。则徐以侍家君往[4],获闻绪论。座中溥堂、希五、士辉三君子,俱以文集著,徐愿得观而未敢请也。

一日,谒希五先生,为崇邑宰魏某乞文[5],因并求先生所著集。先生知徐之不足示,而又念其愿学之切也,出一卷予之,且命曰:"尔其据所见为序。"先生文岂待徐序者,抑徐岂知所以序先生文者?而顾以是命,盖以验其能读与否,且读而能领其意、审其要义否也。袖归,卒读之,漏下三刻,反复若不能已。

徐维先生之文,理足词茂,叙事明洁而达于议论,大体出入唐、宋诸家,而得力于柳州集者为多[6]。夫柳州以窜逐故,得自肆力于文章,切劀斫削,戛戛乎言必己出,是以玉佩琼琚,大放厥词,其文与韩相上下[7]。先生梗直独操,出于天性,而道高毁来,身处冷官,触怒权贵,至于文致周内[8],下狱按荒,垂白在堂,孤身万里,士君子固有遇人不淑,守正被害,如先生者乎?此固见者之所怒目,而闻者之所扼腕也。观集中《辩惑》一首,指陈道义,炳若日星。读圣贤书,所学何事,古今人不平则鸣,大率类此。盖先生之于柳州,惟其神似,故其文之得力者为多也。

徐幼时即闻先生事,逮先生以恩宥旋籍[9],徐年方冠,心敬慕之,欲修一见,然犹恐先生岩岩独立,绝不与后生小子以可炙之路。及以父执礼进谒,乃知先生处己若虚、诲人不倦如是也。即先生之文,间有自发悲愤,然皆平心言事,绝未尝以进奸雄、退处士、崇势利、羞贫贱者为过激之论。其馀传记诸作,亦皆恬淡有法,不蹈畸异[10],文之和平又如此也。乌乎!向之测先生者,不禁浅哉!

昔人谓司马子长系狱以后[11],为文愈高,且周览天下名山大川,故能得其灵气。徐闻先生患难时,手不释卷,并于狱中著《大学中庸要义》等书,遭遣后行集若干卷,其帙尚未获见,要皆粹然儒者之言,婉乎风人之旨[12]。可知丈夫不得志于时,则以其事传之来学。今先生老而益壮,设馆授徒,都人士多从之游。先生既以古文词立教,犹且时自刻励,精益求精,穷研《史》、《汉》之文[13],旁参诸子之书。每有所作,与溥堂、士辉二先生及同社诸耆宿往来商榷,一语不苟。他日斯集行世,后进英髦[14],咸资准酌。先生之文不朽,先生之教,其亦不衰矣。

则徐初识读书门径,以谋食故驰四方[15],未获时受长者训诲,今秋又将为鹭门之役矣[16]。承先生命,附言简末,以志愿学之诚。濒行书此,不胜太息云。

丙寅秋七月,宗后学则徐稽首谨叙。

〔1〕嘉庆九年(1804)秋,林则徐中举。次年三月,第一次到北京参

加会试,落榜。年底返回福州后,由于家境不佳,不得不外出当私塾先生和当地方官府的书启。其间曾跟随父亲林宾日参加同里耆宿的文学聚会,结识了素所敬佩的乡前辈林雨化。嘉庆十一年七月(1806年8月),林则徐赴厦门担任海防同知书记(文书)的前夕,写下此文,表达青年林则徐对官场腐败势力的憎恨和向林雨化学习的志愿。林希五,即林雨化,字希五,福建闽县(今福州市)人。乾隆三十年(1768)举人,大挑补宁德教谕。性伉直,曾被诬控下狱,遣戍新疆。释回后仍以读书作文为事,著有《林希五文集》。

〔2〕丙寅岁:即嘉庆十一年(1806)。

〔3〕敬庐:林芳春(1729—1812),字崇兰,号敬庐,福建闽县(今福州市)人。乾隆二十一年(1756)举人。著有《介石堂文钞》。耆宿:有名望的老年人。

〔4〕家君:父亲。即林宾日(1749—1827),原名天翰,字孟养,号旸谷。嘉庆二年(1797)侯官岁贡生。一生以教读为业,晚年与林芳春等里中老人结真率会,讨论文字,探求经世之学。

〔5〕崇邑:崇安县(今福建武夷山市)。宰:此指县令。魏某:即魏大名,字虚谷,嘉庆十年(1805)任崇安知县。案:林则徐可能在崇安当过书启,故受托向林雨化乞文。

〔6〕柳州:指柳宗元(773—819),字子厚,祖籍河东(今山西永济)。唐文学家。任礼部员外郎时,参与王叔文领导的革新活动,失败后贬为永州司马,后迁柳州刺史,故又称柳柳州。

〔7〕韩:即韩愈(768—824),字退之,河南河阳(今孟州)人。官至吏部侍郎,谥文。世称韩吏部或韩文公,唐文学家,与柳宗元并为唐代古文运动的主要代表。

〔8〕文致周内:深文周纳。指罗织罪名,定无罪之人为有罪。

〔9〕宥:宽恕。旋籍:回原籍。林雨化于嘉庆元年(1796)被释放回

福州。林则徐时年十二岁。

〔10〕畸异：偏颇，奇特。

〔11〕司马子长：司马迁（约前145或135—？），字子长，夏阳（今陕西韩城南）人。西汉史学家。早年游踪遍及南北，周览天下名山大川。元封三年（前108）继父职，任太史令。系狱：指因替李陵辩解，得罪下狱，受腐刑。出狱后任中书令，发愤续撰史籍，成《史记》一书。

〔12〕风人：古代采诗官。即采编《诗三百》者。

〔13〕史汉：《史记》和《汉书》。

〔14〕英髦：有才华的少年。髦，儿童垂在前额的短头发。

〔15〕谋食：谋生。林则徐对中举后的谋生活动没有直接的记载，清代笔记提到他外出就幕地点有将乐县、长乐县、福清县等不同说法。由此句可见，曾离开家乡福州外出谋食是可信的。

〔16〕鹭门：厦门的别称。据林聪彝《文忠公年谱草稿》嘉庆十一年（1806）条，林则徐七月"就厦门同知房永清书记之席"。案：《厦门志》卷十职官表，嘉庆朝海防同知，"房永清，栾城人，举人，十年任"。

重修于忠肃公祠墓记[1]

忠肃于公之祠于杭也，其一在清河坊，曰怜忠，为公故居；其一在西湖三台山麓，曰旌功，则公邱墓在焉。维公纯忠伟伐，与岳忠武同昭天壤[2]，千古以两少保称。拜公祠者，士夫以兴其感愤，又从而嗟叹永言之，虽妇孺无知亦不自解而生祗肃，或斋宿其中，以祈梦应如响，故奔走于祠无虚日。然之天竺、之净慈、之他佛寺者，膜拜已，辄委金钱以去,命曰香资,而于公祠独否。公裔孙依丙舍[3],亦世守清白罔替,恂恂然,落落然[4]。

前年奉祠生于潢以旌功祠之宜修请[5],大府命钱塘令宣君周视之[6],入门则前庭圮,升阶则殿宇之右二楹又圮,降而适门左为梦神祠,亦半圮。又左数十武为文丞相祠[7],虽未圮亦岌岌矣。盖是祠既濒湖,其地卑湿,山岚之所蒸郁,林木之所翳蔚,易蠹易腐,故垣墉栋宇之缮完,自乾隆乙卯迄今不三十年[8],而顿失旧观,无足怪也。于是大府允其请,斥白金八百馀两,属后钱塘令方君终始其事,又得绅士陈君桐生、许君乃谷集资成之,凡五阅月而讫工,是为道光壬午春二月[9]。

余以夏六月再至杭,闻之窃喜。顷之,或语余以公墓犹蜥割[10],祠后三楹亦半朽苦漏,其前之阶礉堂坳坼且如龟[11]。余曰:是未可已也。爰集数同志,复醵四百金畀今钱塘令吕君[12],俾悉氂治之[13]。及是而割者朽者坼者,与向所为圮者、半圮而岌岌者,乃咸坚好如初。墓顶累新砖凡三成,加灰庭,五楹皆幂以石[14],则昔所无也。

自福田利益之说中于人心[15],纲常之有待于扶树[16],匪细故也。如公浩气不磨于宇宙,祠墓之有无,初不足为加损。然守土者顾听其陨剥而莫之省,尚奚以言治哉?余拜公墓,累累然凡七,盖公祔于先茔[17],而子弟孙曾以次祔焉。惟祠文信国于墓左,其义无考,岂以公生平向慕信国,尝悬画像拜之,故为是以成公志耶?九原而有知也。公方尚友信国,进而尚友岳忠武,相与徜徉于湖光山色间,感念志事,抚膺言怀,亦庶乎其不孤已。

〔1〕道光二年四月二十四日(1822年6月13日),林则徐在京觐见,奉命"仍发原省以道员用"。六月初七日(7月24日),抵达杭州。在听候补用期间,他发起捐资重修于谦祠墓。是月工竣,林则徐撰此文为记。于谦(1398—1457),字廷益,谥忠肃,浙江钱塘(今杭州)人。永乐进士。官至兵部尚书。明代著名清官。土木之变后,督师抗击瓦剌保卫北京有功,加太子少保衔。

〔2〕岳忠武:即岳飞(1103—1142),字鹏举,相州汤阴(今属河南)人。南宋抗金名将。天眷三年(1140),升为少保。因反对宋金和议,被诬谋反,以"莫须有"罪名杀害。后追谥"武穆",追封鄂王。著有《岳忠武王文集》(又称《岳武穆遗文》)。天壤:天地。

〔3〕丙舍:停放棺柩的房屋。

〔4〕恂恂然:恭顺的样子。落落然:坦率开朗的样子。

〔5〕前年:即嘉庆二十五年(1820)。

〔6〕大府:对总督、巡抚的尊称。此指时任浙江巡抚的陈若霖。钱塘令:钱塘县知县。

〔7〕文丞相:即文天祥(1236—1283),字履善,一字宋端,号文山,吉州庐陵(今江西吉安)人。宝祐四年(1256)进士。授宁海军节度判官,历官江西提刑、军器监兼直学士院、湖南提刑等。景炎元年(1276),被宋端宗赵昰拜为右丞相,三年(1278),加少保、信国公。

〔8〕乾隆乙卯:乾隆六十年(1795)。

〔9〕道光壬午:道光二年(1822)。

〔10〕弸(péng朋):充满。剨(huō耠):破裂。

〔11〕阶墄(qì弃):石砌的台阶。堂坳:堂屋的低洼处。坼:裂开。

〔12〕醵(jù巨):凑钱、集资。畀(bì币):给。

〔13〕甃(zhòu宙):用砖砌。

〔14〕幂(mì密):覆盖。

〔15〕福田:《佛说福田经》:"佛告天帝,复有七法广施,名曰福田,行者得福,即生梵天。"福田利益,指积善行如种田,可收其获,死后进入天堂。此句指信仰佛教。

〔16〕纲常:三纲五常。指传统道德准则。扶树:扶植、树立。

〔17〕祔:附葬、附祭。先茔:祖先的坟墓。

三吴同官录序[1]

江苏为东南大邦,山川秀良,风俗和美,其士民多文而少质,亦皆类能读诗书,识俎豆[2],服田力穑,束身以听长吏之教。而长吏之官于是者,苟其政无苛暴,事事体民情而出之,则民之爱长吏也如父兄。虽江之南北,或因地气别强弱,而独其固结不可以自解之情,专有以窥长吏癃痹之微而成其向背[3],盖善为感者莫吴之民若也。凡郡县以下亲民之官,尤无不旦暮与民相见,诚得一二贤有才者,知民情所以向背之自,而顺以导之于所安,则有以平其阴阳之毗[4],而为化民成俗之由,唐宋以来类多以名宦称者,职是故也。

道光三年正月,某奉天子之命,陈臬是邦,于是有《三吴同官录》之辑,此非特考一时聚散之迹,判异日升沉之分而已。今夫泰山之出云也,一肤寸之末耳,不崇朝而为雨,则

9

布濩乎天下[5],是故官无崇卑,必尽其职,才不才之相去,未可以目睫之见求也。今天子停捐,纳汰浮冗,所以廓清吏治之途者,至深且备,而今大学士、两江总督济宁孙公[6],今江苏巡抚仁和韩公[7],廉静以律己,精勤以率属,一时江南北之凡为吏者,虽其人不必尽贤有才,即贤有才者亦自有其差等,而但使洁身自好,求顺乎凡民之情,则其不至蹈苞苴簠簋之辱[8],自庆于吏治整饬之时,其大较可信者矣。且夫不逢盘错,不足以试利器也;不涉邛崃[9],不足以骋良骎也。

今年近江濒湖诸郡县,夏秋以来,霪雨害稼,农民辍耒而叹,为数十年间所未有。而自二千石以下,牧令丞倅之官多能禁遏抑广劝募,省刑诘虓[10],推广大吏之意,以求乎民情之顺而后止。可见是邦之民,驯而致之为甚易,而官是邦者,固宜勉勉焉,益知所当务矣。夫著于录者,同一姓氏也,同一阶秩也。或他日视之,而曰如某某者贤有才,如某某之贤有才者今居某官,此某所以厚望于同官,而不敢不以之自做者夫。

[1] 道光三年(1823),时任江苏按察使的林则徐为《三吴同官录》作序,以"事事体民情而出之","知民情所以向背之自,而顺以导之于所安"自责与厚望于同僚。

[2] 俎豆:祭祀。《论语·卫灵公》:"俎豆之事,则尝闻之矣。"此处指祭典。识俎豆就是知礼。

[3] 痦瘵之微:指日常生活中的细微表现。

[4] 毗(pí 皮):辅助。

〔5〕"今夫"四句:本《春秋公羊传》僖公三十年:"触石而出,肤寸而合,不崇朝而遍雨乎天下者,唯泰山耳。"

〔6〕孙公:即孙玉庭(1752—1834),字佳树,号寄圃。山东济宁人。时任两江总督、体仁阁大学士。

〔7〕韩公:即韩文绮(1763—?),字三桥。浙江仁和人。时任江苏巡抚。

〔8〕苞苴:以财物行贿或指行贿的财物。簠簋:祭器。合指受贿贪污而遭弹劾处罚。

〔9〕邛崃:山名,在今四川省。

〔10〕省刑:慎用刑法。诘虓(xiāo 萧):整治暴辱。

跋岳忠武王墨迹[1]

(上缺)道,□□双拂□归草。油壁车轻□犊死,流苏帐晓春鸡报。笼中娇鸟暝犹睡,帘外落花开不扫。哀桃一树开前池,似惜容颜镜中老[2]。

飞此迹,与汤阴石刻〔满江红〕词、送张紫岩诗、通判学士等三札,笔势俱略相类。观其潇洒生动,翰逸神超,想见王之英灵昭铄寰宇,七百年来,犹凛凛有生气,不第于点画分布间求之也。忆徐官武林时[3],修王祠墓,因得观思陵手敕。不独书法超妙,而敕中"练兵恢复,尽孝于忠"数语,岂非大哉王言!何以墨沈未干,金牌踵至,抚遗迹者莫不太息痛恨。而王之手书,独使千百世下起敬起慕。乌乎!君臣之不可同日语也如此,岂不以其人哉！翠庭珍藏此帧,幸勿以寻常翰墨玩之也。

〔1〕此文是为岳飞墨迹所题的跋文。从观赏岳飞的手迹,回想当年岳飞的精忠报国,增添了敬慕之情,反映了林则徐的操守。

〔2〕"上缺"云云,是林则徐引录岳飞墨迹内容。经查,岳飞所录乃唐温庭筠《春晓曲》,其诗全文如是:"家临长信往来道,乳燕双双拂烟草。油壁车轻金犊肥,流苏帐晓春鸡早。笼中娇鸟暖犹睡,帘外落花闲不扫。衰桃一树近前池,似惜红颜镜中老。"诗见《全唐诗》卷五七七,可补林录所缺及开"白窗"处。所录墨迹中之"死"字,疑是《云左山房文钞》石印本对"肥"草书的误认;"暝"(暖)、"開"(闲),疑是形近而误;"报"(早)、"开"(近)、"容"(红),疑是岳飞误记或有版本异同。

〔3〕武林:杭州。嘉庆二十五年七月十九日(1820年8月26日),林则徐到杭州接任杭嘉湖道,道光元年七月二十四日(1821年8月21日),因得知父亲在原籍患病,以本人有病为由辞官,返回福州。

闽县义塾记[1]

治莫重于教,教莫先于养蒙。古者庠序而外,家必有塾[2],时术之义备焉。晚近难言之矣,小民困于饥寒,不能赡身家,奚暇课子弟。于是总丱之徒[3],目不识《诗》、《书》礼乐之文,口不道孝悌忠信之言,里党征逐,习于匪僻[4],比长而不知悔。岂无颖悟之质,而终于不可教悔者,非一朝一夕之故也。

夫三代以前,吏即为师。《周礼》党正、州长之职,皆以教治与政令并掌之。盖其德行道义足为民表,而职任又必以教化为重,不如是则为旷官。故吏之于民,若父兄之训子弟,不敢任其不率也。后世吏与儒异趣,政与化殊途。牧令疲于簿书[5],而教士之职仅以文学、博士领之[6],微论称职者鲜,即其受教之人,亦惟青衿子弟而已[7],未尝外及也。夫童蒙不养,何以逮于成人?家塾已废,何由登之庠序?贫民既不暇言学,牧令又不暇言教,其流必胥里党之子弟尽习为匪僻而不可挽,岂非人心风俗之大惧也哉!

莱臧明府来宰闽邑[8],独以教化为重,悯贫民之不能延师也,甫下车即捐清俸,倡设义塾于郡学之侧,聘黄茂才羹墀主其教,凡愿学者咸得造焉。严其出入之规,密其诵习之程,复以公馀亲至其地,课其勤惰而劝惩之。一时觿䚢象勺之侣,虽窭人子亦欣欣然知所向学[9]。此一举也,有数善焉:广教育也,恤贫穷也,植始基也,遏邪僻也,吏与儒同其趣而政与化同其途也。由是推诸一邑之内,无不设塾之乡,无不入塾之童,行之以实,持之以久,且使凡为邑者咸取则焉,是诚人心风俗之大幸也。可不重欤,可不重欤!

[1] 道光五年正月(1825年2月),因母亲逝世在家守制的林则徐,为闽县义塾写了此文,阐述启蒙教育的意义。

[2] 庠序:古代乡学,泛指学校。塾:私学场所,家族书院。家塾为家庭创办,以教其一家子弟。

[3] 总卯(guàn 惯):《诗经·齐风·甫田》"总角卯兮"的省语。指

儿童。丱,儿童束发成两角的样子。

〔4〕匪僻:不好的行为习惯。

〔5〕牧令:牧民之官,指地方官。簿书:文书册簿。此指事务性工作。

〔6〕文学、博士:唐代官学授徒学官的名称。《新唐书·百官志三》载地方官学,"武德初,置经学博士、助教、学生。德宗即位,改博士为文学"。"文学一人……掌以五经授诸生"。

〔7〕青衿(jīn 今):读书人穿的一种衣服。指秀才,借指读书人。

〔8〕莱臧:即陆我嵩(？—1838),字莱臧,江苏青浦人。道光二年(1822)进士。时任闽县知县。后陆我嵩之女嫁给林则徐长子汝舟,两人成为亲家。

〔9〕觿(xī 西):角锥。觢(chè 彻):钩叉。窭人子:贫穷人家的子弟。

龙树院雅集记[1]

余之由京秩外迁也[2],十有一年于兹矣。其间三至毂下[3],无旬日留,中朝故交置酒相劳,每不获往;辛未同岁生公燕[4],必作竟日叙,骊驹在门低徊[5],留之不能去。惜未尝纪其时月,为后会所取证,犹有歉焉。

今岁孟夏,余由闽释服复诣阙[6]。先一月,周芸皋观察已自杭至[7]。诸同人喜吾两人之来,文酒款洽无虚日,然始犹未毕集也。闰四月二十二日,乃遍征同岁生集宣武坊南之龙树院,会者三十有四人。

是日也,宿雨新霁,微风未薰,其地有琳宫梵宇,林木幽翳[8]，院中古槐蟠挐若鳞爪，俗所称龙爪槐是也。院前三楹，僧月亭所新拓，轩槛洞开，垫色在户，左右两小楼可瞰西山，其东与陶然亭衡宇相望，南则复城雉堞[9]，森森然雄于郊畿。俯视菰芦葭苇[10]，一碧无际。雨后积潦渐澄，凫鸭相出没，风过萧萧作声。夏日有凉秋意，游燕之乐，几忘其在软红尘土中也[11]。

酒数巡，余揖诸君而言曰：自吾侪释褐，至今二十寒暑矣[12]。向之第进士者二百四十七人，中外分职已区其半。自时厥后，人事错迕，掎裳联袂之侣[13]，有日减无日增。今十干再周，而觞咏于斯者，犹三十四人，虽视前数科为盛，然追维畴曩，抑亦感慨系之矣。所持志合道同，不为势交，且偕出大贤之门，师承有自，平居以文字相切劘，德性相观摩，树立猷守相期许。当时鼎甲三人，于未散馆之先同典秋赋[14]，已为数十年仅见之盛事。而此廿年中，内外迁擢、持衡建节、鸣驺拥传者，踵趾相接[15]，咸以文学政事为世推仰。即轻陋如余，亦滥叨主恩，厕秩二品，以附诸君子之末光，不其幸欤！顾揽镜窥形，须鬓非昔，即向之翩翩年少者，亦皆鬖鬖然逾强而艾矣[16]。岁月不居，抟沙聚散，可勿念乎！昔李绛对唐宪宗曰："同年乃九州四海之人，情于何有[17]？"此论矫枉，诚不值一噱耳[18]。朋友为人伦之一，况一科同举？虽以人合而有天焉，吾夫子论交要之以久敬。诸君于吾及芸皋也，喜其来，惜其别，惓惓然惟恐不得晨夕聚，历二十年犹一日，非久而敬之者欤！然则后此之会，胥于今日乎取证也,乌可以不志。同人曰:善。于是劈素濡墨,图而记之如右。

是日会者,翰林学士许莱山邦光,侍读祝蘅畦庆蕃,中允蒋笙陔立镛,荣及亭第赞,善全紫坦奎,给谏王柳溪云锦、龚莲舫绶,侍御朱小云壬林、宋芸皋劭毂,郎中毛春门鼎亨、喻莱峰元淮,员外莫豫堂焜、海云峰濂、谷美田善禾、达粤千英、徐访廉宝森、陈克庵焯,主事余遂岩寅元、陆少卢尧松、冯紫屏元锡、赵兰友廷熙,内阁典籍梁徽垣慎桢,中书舍人顾秋浦涛、王羲亭璟、易莲航镜清、刘顺伯晋、卫璞庵如玉、端木侣芝坦,太守杨古生兆璜,大令黄素峰扬镳、陈陆园柱勋、周奉园凤嗐。图者前汉黄德道周芸皋凯,作记者前江宁布政使林少穆则徐也。

道光十年岁在庚寅,日躔鹑首之次[19]。

〔1〕道光十年闰四月二十二日(1830年6月12日),在京觐见候缺的林则徐,与同年三十四人于宣武坊南龙树院举行雅集。周凯当场绘图,林则徐作记,以为留念。

〔2〕秩:俸禄。代指官职。

〔3〕毂(gǔ古)下:京城。林则徐于嘉庆二十五年(1820)由京官外迁,至道光十年(1830)已十一年。其间曾于道光二年(1822)、道光四年(1824)和道光七年(1827)三次到北京。

〔4〕辛未:即嘉庆十六年(1811)。同岁生:同年。这里指辛未试同榜成进士者。公燕:共同宴请。

〔5〕骊驹:《诗经》逸篇名,告别之歌。《汉书·王式传》注:"文颖

曰:其辞云'骊驹在门,仆夫具存;骊驹在路,仆夫整驾'也。"

〔6〕释服:守丧期满除服。阙:宫阙,即朝廷。道光七年(1827)十月,林则徐在陕西闻父卒讣讯,奔丧回乡守制,至道光十年(1830)正月服阕,于这年闰四月初到京。

〔7〕周芸皋:周凯(1779—1807),字芸皋,浙江富阳人,林则徐同榜进士。上京前任汉黄德道。观察:道台的尊称。杭:杭州。

〔8〕宿雨新霁:久雨新晴。琳宫梵宇:道院佛寺。幽翳(yì 亦):阴蔽。

〔9〕雉堞:城墙长三丈广一丈为雉;城上端凸凹叠起之墙为堞。

〔10〕菰芦葭苇:浅水植物。

〔11〕软红尘土:繁华的都市。此指北京。

〔12〕释褐:脱去布衣,指登上仕途。林则徐等人自嘉庆十六年(1811)同榜成进士,到此次相会,已历二十年。

〔13〕掎(jǐ 挤)裳联袂(yì 意):拉住衣裳,袖口相联。

〔14〕鼎甲三人:指辛未科三名一甲进士,即蒋立镛、吴毓英、徐廷珍。他们在庶常馆散馆之前就同时主持秋试。

〔15〕内外迁擢:京内京外调动升迁。持衡建节:握有一定权力。鸣驺(zōu 邹)拥传:出行途中鸣锣开道,前呼后拥,指有一定官职地位。

〔16〕鬑(lián 连)鬑:须发长。强:四十岁。艾:五十岁。《礼记·曲礼》:"四十曰强而仕";"五十曰艾,服官政"。

〔17〕"昔李绛"三句:此处有省节,原话是:"同年乃九州四海之人,偶同科第,或登科然后相识,情于何有。"见司马光《资治通鉴》卷二三八,元和七年正月条。李绛(764—830),字深之。陇西人。唐宪宗元和六年至九年(811—814)任宰相。

〔18〕矫枉:矫枉过正。噱(jué 绝):笑。

〔19〕日躔(chán 缠):日月运行五星的度次。鹑首:星次名,指朱鸟七

宿中的井鬼二宿。据《汉书·律历志》，日至其初为芒种，至其中为夏至。

跋[1]

此记余已亲书一通，留之京师，以为后会之证。嗣诸同年又属芸皋别绘一图以自藏弆[2]，并索余重录此记。余适拜楚藩之命[3]，忽忽首涂，未暇作楷，因觅友人代书。同人以为此卷传之后来，恐有疑为赝本者，须余一跋定之。是秋七月一日，复饯余龙树院，遂为莱山大兄书此[4]。倚装之际，又添一段墨缘矣。少穆弟林则徐手识。

[1] 此段跋语题在同年许邦光保存的《龙树院雅集图》上，作于道光十年七月初一日(1830年8月18日)。此图今尚存。

[2] 藏弆(jǔ举)：收藏。

[3] 楚藩：湖北布政使。道光十年六月二十九日(1830年8月17日)，林则徐在京受命为湖北布政使。

[4] 莱山：即许邦光(1780—1833)，字汝韬，福建晋江(今泉州市)人，莱山是他的号。林则徐的同年。时为翰林学士。

由襄阳赴省传牌[1]

为传知事：

照得本司自京来楚，现已行抵襄阳，由水路赴省[2]。所雇船只,系照民价,自行给发,不许沿途支付水脚,亦无须添篙帮纤[3]。行李仆从,俱系随身,并无前站及后路分路行走之人。伙食一切,亦已自行买备,沿途无须致送下程酒食等物[4]。所属官员,只在本境马头接见,毋庸远迎。为此,牌仰沿途经过各站遵照。倘有借名影射,私索水脚站规及一切供应者,该地方官立即严拿惩办,不得稍有徇纵。切切!须至传知者。

[1]道光十年八月上旬(1830年9月下旬),林则徐赴湖北布政使任途中,从襄阳发给到武昌沿途水路下属官员传牌,宣布不接受属员的任何招待,不准随从借名私索水脚站规及一切供应,体现他清正廉洁的官风。传牌,清代公文传递的形式之一。即将公文书写在牌上,一站一站地递送应传知的官员。

[2]水路:河道。此指襄河。省:省城。此指武昌。案:林则徐七月出都,"由河北之河南,驱车宛洛,买棹襄樊,于中秋后五日到鄂受事"。见本年八月二十日(10月6日)致张祥河书。

[3]水脚:船户的工钱。添篙帮纤:增添篙工和纤夫。

[4]下程:下一路程。

江苏查赈章程[1]

为饬发查赈章程事:

照得此次江、扬、淮、海等属赈恤事宜[2],叠经三令五申,期与各属洗心涤虑。但恐明不足以察积弊,诚不足以格众心,陋习尚未尽除,奸徒尚未尽儆。当兹挨查户口之际,最为紧要关键,合再严立章程,刊刷颁行,共相遵守。凡我在事各员,官职虽有崇卑,天良总难泯灭。经此更番申儆之后,若不力办清赈,则是别有肺肠,惟有执法从事而已。

所有章程开列于左:

一、官员吏役均须免其赔累,以清办赈之源也。查委员下乡,备尝艰苦,舟舆仆隶,需费孔多。例销薪水每日一钱,随从三分,实不足以敷食用,致有受乡保之供应,纵丁役之侵渔者。乃或鉴此弊端,概令州县捐廉贴补,而灾岁疮痍满目,州县安有馀资?如必责以捐赔,只得将饥口增多,钱价缩少。初意但求免累,尚非侵入己囊,岂知一涉通融,则人人得而挟制,骑虎之势,有不至于串冒分肥而不止者,智士仁人所宜慎之于始也。查委员每人跟随两仆,并带书差五、六名,每日船价、饭食约共需银二两,以一月为度,即需六十两。灾重者一县十员,其次递减至五、六员,自应按数核给,俾资食用。除现任正印以上本员不给外[3],其候补正佐各员与现任佐杂[4],皆应一体准给。此项经费,拟于官捐银内提出二万两[5],分别州县灾分轻重,派委查赈几员,核计需银若干,发交该州转给。所有委员下乡船只饭食,均以此项自行开发,已极从容,不准州县另为给付,尤不准收受地保、圩长丝毫供应。随从人等如有需索情弊,将本员一并参办。

一、各衙门陋规,宜尽行裁革也。查州县请领赈银,司道府书向有厘头[6],选册核销,又有使费[7]。赈务所以不清,大率由此。今议将司书纸饭另行筹款赏给,不准向州县索取分毫,道府衙门亦应一体裁禁。即如赈济花名细册,已于道光二年奉部删除,则本省亦毋须纷纷造送。应自此次为始,各属只造花名册一分送司查核,此外一概免造。若各衙门书吏仍有私索规费,遇事吹求者,该州县立即指禀,以凭究办。徇隐者予受同罪,决不姑宽。

一、书役、地保,宜责令委员严加约束也。办赈弊端百出,而随查之书役、地保为尤甚。造册有册费,给票有票钱,灾民无力出钱,则删减口数,以多报少。奸民暗地勾串,则又浮开口数,以少报多。积弊累累,指不胜屈。且伊等视委员非其本管官,辄敢吓制愚弄,无所不至。在明干之员虽能自主,尚不免因息事而姑容,彼暗弱者之堕其术中,更无论矣。此次应将书役、地保交各委员严加管束,如有舞弊逗刁,轻则当场责惩,重则移县究办。倘能实心出力,亦由委员移县酌赏,庶几有所忌惮而呼应亦灵。至赈册、赈票,皆责令委员亲填,不许以役、保所造为据。如委员懒惰失察,任其滋弊,则无受贿亦当立予严参。

一、印委各员,宜令互相稽察也。此次委查之员,应各给木戳一颗,刊明"承查某州县户口某员戳记"字样,俾其携带下乡。除查完一户用油灰书其门窗,查完一村将户口揭榜通衢,如有舛错,准于五日内呈明更正外,应另将各村总数随时汇开清折,径行报司,外用木戳官封,写明"灾赈公文马上飞申"字样,并编列号次,以凭查考。其赈票上亦以木戳盖之，使验票即知为何员所查。仍将查过底册移送州县，则印官无从添入户口矣。印官接到委员底册，立即下乡抽查。如其有册无榜，或册榜不符，即将该委员揭参撤换。藩司与该管道、府仍节次亲查，核对榜册，若印委通同回护，定即一并参办。

一、应赈不应赈之人宜详细区别，以防争论也。赈银原以赒困乏，其有微本经营与手艺得以资生者，即不宜滥入。乃乡愚习于蛮野，往往力可支持之户，亦要混作贫民，且必争为极贫，而不愿为次贫。又欲概填大口，而不愿有小口，在襁褓而硬求入册，约宾朋而凑报多人。田地本坐熟庄而借题影射，养赡非无亲族而诡说零丁。若斯之类，不胜枚举。应由该州县申明定例及历办应赈不应赈条款，另誊高脚牌令地保捐负，随同委员明白晓谕，以杜争论之端。倘宣示后仍复强争，应先除名扣赈，再行严拿重惩。如一乡之中无理取闹者多，必有指使之人，应先将地保、圩长痛加惩治。

一、严禁灾头以戢刁风也。灾之轻重，户之极次，口之多寡，皆应静候印委各员查明册报。乃有刁生、劣监、土豪、地棍倡为灾头名色，号召愚民，敛钱作费，到处连名递呈。及委员查赈时，呼群结队，牵挽喧嚣，不令挨户入查，直欲先抢赈票。又暗使妇女泼水掷土，围轿拦舟。或请委员上楼而绝其梯，或诱委员入庙而扃其镝[8]。此种混行搅闹，目无法纪，尤为可恶。现已拿获在泰州滋闹之灾头王玉林、夏体元等，奏明严行审办。应责令该委员于查赈时访有前项灾头,立即锁拿。一面具文通禀,一面移送该州县严讯,按律定拟。倘值刁徒滋闹,委员坐困在乡,而州县漠然坐视,许该委员据实禀揭,立即撤参示儆。

一、棚栖灾民宜附庄给赈,以示体恤也。查逃荒灾民以荒就熟者多[9],以荒就荒者少,应令印委各员于查赈之时,详加体察。如系外来乞食之过路流民,自应不准入册。其有搭棚栖止者,或由本属别村暂移高阜,或系外县人氏寄居堤塍,应先询明原籍村庄,谕令回籍领赈。其原籍实在无处栖身,不愿回归者,若强令遣回,转虞失所。应即准其附庄列入册尾,照次贫予以赈济,以免流离。仍一面开列花名户口,移明原籍,以防重领。其虽系棚栖而积有馀粮或小本营生者,仍不给赈,以杜影射。

一、闻赈归来宜明立限制,以防重冒也。例载闻赈归来者并准入册赈恤。此次流民外出者甚多,若不论到籍先后,概予补给,则若辈有恃无恐,必俟行囊充盈之后,始肯言旋。而放赈早已过时,亦恐倍滋弊混。除出示晓谕,务于大赈未散以前各还原籍外,现令查赈委员将各村外出之户,皆用另册登明,俟其回归之时,验有留养资送之州县移来名册可查,并本籍房屋与委员查赈时册载相符者,方准一体给赈。仍按其何月归来,即以何月为始,庶免两处跨领之弊。其延至展赈毕后始归者,若非散处别村,业已附庄给赈,即系留养熟地,所获较赈为多,应不准其补给。

一、领银易钱,须择价善之区设法购运也。查历届散赈所报钱价,比平时每减至十分之一。其弊一由于市侩之乘机射利,跌价病民;一由于州县之挹彼注兹,将多报少。独不思在官多散一钱,即穷黎多得一钱之益,为民父母,于此而不用吾情,乌乎用吾情?况此次办赈规费既议革除,纸饭又有津贴,并将应发银两预先解到府州,更何词之可籍乎?查刻下省城库纹一两易足钱一千三百文,该地方官应将现领之银,速即探明何处多换钱文,即向何处交易,虽不免有盘运之费,而水路运脚总不甚多,比之偏僻地方易钱,自必有赢无绌。将来即按其所报钱数,以定其办赈之优劣。如每大口一月赈银能给钱至二百文以上者,定当列为优等,详明奖励;若仅给一百七十文以下,则须将因何少换之故,切实声明,以凭查访。如有克扣,法立随之,勿以向来积习相沿,恬不为怪也。

一、赏票名目,应严行革除也。委员赴乡查赈,每于截数之后,随查人等求赏赈票,以资酬劳。殊不思伊等给有饭食,即不敷用,亦应由地方官捐资另赏,岂可以拯灾之币项,作为赏犒之私恩。且此次饭食已由各官捐廉优给,更不得藉口赔贴。应将赏票永远禁革,倘仍私相予受,察出倍惩。

以上十条,皆目前查赈要务,汇核各属所禀,参以闻见,通饬遵行。至放赈之时,宜于适中之地多设厂所,妥为散放。钱数不可缺少,赈票不许质卖。总期民沾实惠,弊绝风清,乃不负司牧之任,是所厚望焉。

〔1〕道光十一年二月初九日(1831年3月22日),林则徐交卸湖北布政使职任;二十九日(4月11日),在开封接任河南布政使。这年夏天,运河在江苏马棚湾、十四堡溃口,酿成江北大水灾,连省会江宁,亦被水淹。道光帝据两江总督陶澍奏请,调林则徐为江宁布政使,负责救灾事宜。林则徐于八月初三日(9月8日)在扬州接任。十月(11月),江南灾区粗定,又奉旨总司江北赈抚事宜。他根据以往救灾的经验,制定这份《江苏查赈章程》,约束官员吏役,力除赈灾工作的腐败行为,经督抚奏定施行,使灾民得到实惠。"道路传言,皆谓之清赈,嗣后查办灾务,即以此为定章。"

〔2〕江、扬、淮、海等属:即当时江苏的江宁府、扬州府、淮安府和海州所属各县。

〔3〕正印:正规职官使用的官印。此指正规职官。

〔4〕候补:等候补授实缺的职官。佐:府、州、县的辅佐官。佐杂:佐贰官(县丞、主簿)、首领官(典史)、杂职(巡检)等属官。

〔5〕官捐银:各属官员捐献的救灾款。案:此处指从官捐银中拨款作为查赈委员的补助,杜绝他们以"赔累"作为向基层需索、贪污的借口。

〔6〕书:书吏、司书,办理例行公事的官吏。厘头:抽取回扣的俗名。

〔7〕使费:手续费。

〔8〕扃(jiǒng 炯):自外关闭。镢(jué 掘):锁钥。

〔9〕以荒就熟:从灾区到非灾区。荒、熟,指农作物的欠与丰。

筹济篇序〔1〕

《筹济篇》三十二卷,常熟杨静闲比部所辑,盖取古今荒政之可行者，类次排纂，条分件系之，疏通证明之。良以救荒无善策，而不可无策。与其遇荒而补苴，何如未荒而筹备，诚使为民牧者，事理洞达于平时，偶值偏灾，措之有本，上以纾圣天子宵旰之忧[2]，下以托穷黎数十百万之命。於戏，其用心可不为至哉！

今夫牧民之官，民之身家之所寄也。年谷顺成，安于无事，民与官若相远；一旦旱干水溢，则哀号之声、颠连之状，不忍闻而不能不闻，不忍睹而不能不睹。彼民所冀于官之闻之睹之者，谓必有以生活我也。夫民固力能自生活者也，至力穷而望之于官，良足悲矣。居官者诚知民以生活望我，而我必有以生活之，则筹备之方，不可不图之于早也。良医之为医也，布指知脉，取古方损益之，药性之温凉、质剂之轻重，了然于胸中，施之以其宜，而后沉疴可蠲，元气可复。若临证而取辨，其不殆也仅矣。先生是书，古方之大成也，有未病之方，有既病之方，有病后摄补之方，而医之道尽矣。牧民者民之医也，庸医误一人，病者犹戒而绝之，官之所医奚翅数十百万辈[3]，且皆在凋敝困偏九死一生之时[4]，得其方则生，不得则速之死，既为之官即为之医矣，其得谓生死于我无与乎！有是方而无待于用，不失为良医，有是方而适资其用，又各视夫时与地以损益之，民之疾痛庶可以少瘳也哉！虽然法之所以行者意也，必使意之及民无弗实，而法始不为虚文，且必先使意之在己无弗实，而法始不为虚器。夫法本无弊者也，意不实则弊生，因弊而废法，是以噎废食也。故官能实一事之意,即民受一事之赐,凡政皆然,况救荒其尤亟者乎!

先生是书,感癸未之灾而作〔5〕。是岁也,某陈臬江苏,与赈恤蠲缓之事〔6〕。迩膺简命来抚此邦〔7〕,甚惧无以乐利吾民,所愿牧民之官通民疾苦,而意无弗实,则是书皆扁鹊、仓公所宜读者也〔8〕。益愿与郡县诸君共勉之矣。

先生讳景仁,嘉庆戊午科举人〔9〕,由中书历官刑部安徽司员外郎。别著有《式敬编》五卷,慎庶狱也。次子希铨,与某同岁举进士入词馆〔10〕。季子希镛,举辛巳恩科顺天乡试〔11〕。留心民瘼者,其后必昌,矧有抚字之任者乎〔12〕,是又可以劝矣。

〔1〕道光十二年六月初八日(1832年7月5日),林则徐在苏州接任江苏巡抚。八月二十一日(9月15日),发生桃源县(今泗阳)监生陈端等盗决桃南厅于家湾龙窝汛十三堡堤岸,引黄河水灌淤地亩,导致堤岸被冲开九十馀丈,酿成苏北大水灾的突发事件。林则徐亲往现场处理,终因逾限未获决堤首犯陈端,受降五级留任处分。深刻的教训,使林则徐认识到防灾的重要性。这年十月(11月),他为杨景仁编的《筹济篇》写了这篇序文,阐述地方官"通民疾苦",预筹救灾办法"不可不图之于早"的道理。

〔2〕宵旰(gàn 赣):宵衣旰食,天未明就穿衣起来,傍晚才进食。

〔3〕翅:只有,仅。奚翅,何只。

〔4〕劼(guì 贵):精疲力尽。偪(bī 逼):侵迫。

〔5〕癸未:道光三年(1823)。是年江苏发生百年不遇的大水灾。甘熙《白下琐言》:"道光癸未夏秋之间,江南大水,平地高数尺。滨江居

民田庐悉被淹没,溺死者无算。"《昆新两县续修合志》:"五月望后,大雨浃旬,昼夜不止,水涨七八尺,低衢至没膝,禾苗俱沉水底。六月水渐退,七夕后复连昼夜大风雨,淹毙人畜,草房、旧屋、桥梁多倒塌,停棺悉漂荡。"

〔6〕某:即林则徐。陈桌江苏:担任江苏按察使。赈恤:赈灾救济。

〔7〕迩:近来。来抚此邦:来江苏任巡抚。

〔8〕扁鹊:即秦越人,渤海郡鄚(今河北任丘)人。战国时名医。仓公:即淳于意,齐临菑人。汉初名医。曾任齐太仓令,故又称仓公。见《史记·扁鹊仓公列传》。此处借指贤良官吏。

〔9〕嘉庆戊午:嘉庆三年(1798)。

〔10〕希铨:字研芬,林则徐同年,中榜后同入庶常馆习清书。

〔11〕辛巳:道光元年(1821)。

〔12〕矧(shěn 沈):况且。抚字之任者:负有抚育治理人民之任的人。此指官吏。

致陈寿祺书[1]

恭甫老前辈大人阁下:奉别已三载[2],前后惠书,积至数寸,而裁报阙如,若非河海之量,安能保其无他,复不吝教诲如是,铭心汗背,匪可言喻。

则徐庚寅之秋,自都至楚[3],明年春移汴梁[4],其秋再移江淮[5],办灾未毕,谬领宣防,辞不获已[6]。去春载奉抚吴之命,以得离河上为幸,然吴中凋敝之馀,谈者鲜不以为畏途,以芷林之敏练[7],犹复知难而退,况贱子乎?受事甫半月,即以监临文闱,移驻白下。河事孔亟,淮、扬告灾[8],未待撤帘,驰往抚视。是冬始返吴下,未几而兵差至矣,仆仆从事,迄今未能少休。突既不黔[9],炊又无米,劳累之馀,精力日以消沮,心绪日以恶劳。每欲伸纸一抒胸臆,自非数行可了,而他冗辄复间之,中辍之后,便不能续,至今案头零笺,即有奉报之书未及终幅者,不敢复达于左右也。来教期许殷切,且多忧时感事之语,知名山中无时不以苍生系念,钦佩奚似。

则徐见近年以来,吏之与民愈不能以恩义相结,人心日以不靖。如陈连、黄番婆等之事[10],固在意中,而仅见诸海外之隅,犹为不幸中之幸耳。台变明知不能持久,事起之际,鄙意总以内地之米为忧,致当事书,谓除截留江、浙漕米海运赴闽之外,别无他策,而江苏有搭漕二十万石,乃于正漕之外,补还旧岁年额者,尤可挹注。昨奉谕旨,因此间距闽较远,故仅浙漕十万,而苏漕不准截留。此外江西及浙中购买之米,未知果能如议否?则徐已将上海之船尽数封雇,派水师将领押往乍浦协运,未知浙米果于何日兑上商船,如或迟延,恐望梅终难止渴也。近来江、浙漕运已成不治之症,定例冬兑冬开者,今春兑夏开,天庾正供,尚复如是,则泛舟之役可知[11]。然犹愈于无,或人心因之少定耳。海东遭此蹂躏之后,西成东作,想各愆期。比接乡书,又闻台米到省,果非讹传欤?新节东渡[12],专办善后,能不迁就为久远计,则非旦夕可毕。闻水沙连地广而腴[13],若乘此兵力厚集之时,似可清理[14],但不知果有格碍或转生他患否?新节能除情面、任谤怨,亦近今所难,若再虚怀延访,谅可收群策之效。则徐愧不能有益于乡里,但祝岁事顺成,安靖为福耳。

江苏之病,更比吾闽为难治者,以"局面太大,积重难返"二语尽之。自道光三年至今,总未得一大好年岁,而钱漕之重,势不能如汤文正之请减赋,故一年累似一年。江北连岁水灾,更不可问,如洪泽湖蓄淮济运,即以敌黄,在前人可谓夺造化之巧。自河底淤高,而御坝永不能启,洪湖之水,涓滴不入于黄,则惟导之归江。而港汊纡回,运河吃重,高邮四坝,无岁不开,下河七州县,无岁而不鱼鳖!黠者告荒包赈,健者逃荒横索,皆虎狼也,惟老病之人,则以沟壑为归己计耳。官斯土者,岂无人心?但可为民食计,亦未尝不竭其思力。其如处处如是,岁岁如是,赈恤之请于朝者,无可更加,捐输之劝于乡者,亦已屡次,智勇俱困,为之奈何!

则徐窃不自量,谓欲救江淮之困,必须改黄河于山东入海,而以今之黄河,于淮涸出洪泽湖以为帝藉[15]。江、浙之漕米,可以稍轻,而运费遂有所从出。于张秋划南北岸,分造南北运船,隔岸转艘。漕既无误,河亦可治,江淮之间,民困可苏矣。尝谓古之善治河者如神禹,禹之治河,固非后人所可思议,若汉之王景[16],非不可学者。何以王景治河,由千乘入海之后,史册中不闻河患者千六百年[17]?大抵南行非河之性,故屡治而屡为患耳。则徐久欲将此意上陈,而非常之论，正不独为黎民所惧，近日都中物议，以则徐为以议论炫长者，且此议必为风水之说所阻，明知不行，不敢饶舌。缘来教询以河事及江淮之民困何由苏，故不禁纵笔及之。伏望启所未知，匡所不逮，曷胜感祷！

孙文靖公墓志[18]，出自巨手，其嗣君以书丹属，则徐辞不获已，公冗未清，尚未搦管。而闽中入祀名宦之请，已奉特旨允行，其嗣君遂欲添叙入文，自应寄烦大笔补入，庶机杼不致参差。惟其葬期在四月十三，刻石约须一月，祈即添叙寄至则徐处，能于二月中旬递到，自无不及。抑闻江左名士，颇有以此文为稍长者，在老前辈与文靖至契，惟恐言之不详，但其事迹过多，是否尚可酌删？乞裁示及之。莱臧亦附一函，统祈察入。

客冬美文大兄过苏，曾于肆中购有《读史方舆纪要》等书[19]，嘱为转托云锦号寄回，其信其书，均于过身之后，由无锡曾大令着人送到，知专为寄书而设，无甚要事。则徐侍添手信，亦复有稽代寄为罪，兹统祈检收。

[1] 道光十三年正月（1833年2月—3月），林则徐在苏州给福州友人陈寿祺写了这封长信，倾诉复出后的经历和积重难返下兴利除弊的困难，透露了他曾有改黄河由山东入海以救江淮之困的"非常之论"，终因阻力太大，"不敢饶舌"。陈寿祺（1771—1834），字恭甫，又字介祥、苇仁，号梅修、左海、隐屏山人。福建闽县（今闽侯县）人。嘉庆四年（1799）进士。翰林院编修。后充广东、河南乡试副考官、会试同考官。四十岁时丁忧归里，不复出仕，先后主讲泉州清源书院、福州鳌峰书院二

十馀年。他是林则徐的乡前辈和翰林前辈。

〔2〕奉别:告别。指道光十年正月(1830年2月)林则徐丁忧服阕,离福州北上,与陈寿祺话别。

〔3〕庚寅:道光十年(1830)。是年七月,由北京赴任湖北布政使。

〔4〕明年:指道光十一年(1831)。是年二月二十九日(4月11日),就任河南布政使。汴梁:开封,河南布政使驻地。

〔5〕江淮:长江、淮河。指江苏。道光十一年八月上旬(1831年9月上旬),就任江宁布政使。十月(11月),奉命总司江北赈抚事宜。

〔6〕宣防:亦作"宣房",即宣房宫。《史记·河渠书》载,汉元光中,黄河决于瓠子。后二十馀年,汉武帝命堵塞瓠子决口,筑宣房宫其上。借指担任河东河道总督。辞不获已:道光十一年十月十九日(1831年11月22日),林则徐接到擢任河东河道总督谕旨后,曾以不谙河务为理由请辞。但道光帝不允所请。

〔7〕芷林:即梁章钜(1775—1849),字闳中,一字芷林(又作芷邻、茝林),号退庵,福建长乐人。嘉庆七年(1802)进士。林则徐就任江苏巡抚时,梁章钜以苏州布政使署理江苏巡抚,辞职引退。

〔8〕淮、扬告灾:指道光十二年八月二十一日(1832年9月15日)陈端等盗决桃南厅堤岸,酿成苏北大水灾事件。参见《筹济篇序》注。

〔9〕突:烟囱。黔:黑。汉班固《答宾戏》:"墨突不黔。"

〔10〕陈连、黄番婆:道光十二年(1832),台湾嘉义县民众抗官起义的首领,清廷把他俩和张丙、詹通列为四大股首。陈连在茅港尾战败退至彰化县内山林圯埔一带,被清兵捕获;黄番婆在盐水港战败后,被清兵捕获。

〔11〕泛舟之役:指林则徐封雇上海商船赴乍浦,海运浙米到福建。他估计会被迟延,故感叹望梅终难止渴。

〔12〕新节:指台湾嘉义民变后,清廷派遣东渡台湾查勘的钦差大

臣、署福州将军瑚松额。

〔13〕水沙连：台湾日月潭周边内山地区。狭义指今南投县鱼池乡和埔里镇。原为布农、泰雅、邹、邵等土著族群生息之地。

〔14〕清理：指清理闽粤移民越界开拓水沙连番地的事件。

〔15〕帝藉：天子象征性的亲耕之田。

〔16〕王景：字仲通，汉乐浪讲邯（今在朝鲜）人。明帝诏其与王吴修浚仪渠，又修渠筑堤，自荥阳东至千乘海口，凡千馀里。

〔17〕千六百年：史载东汉至唐代后期黄河维持八百年的相对安流。此处有误。

〔18〕孙文靖：即孙尔准（1770—1832），字鼎甫，号平叔，江苏金匮（今无锡）人。嘉庆十年（1805）进士。官至闽浙总督，卒谥文靖。林则徐丁忧里居时，曾应孙尔准等之邀，主持修浚福州小西湖。

〔19〕《读史方舆纪要》：顾祖禹撰，凡一百三十卷。

会奏查议银昂钱贱
除弊便民事宜折〔1〕

奏为遵旨体察银钱贵贱情形，酌筹便民除弊事宜，恭折复奏，仰祈圣鉴事：

窃臣等承准军机大臣字寄〔2〕："钦奉上谕：'据给事中孙兰枝奏〔3〕，江、浙两省钱贱银昂，商民交困，并胪陈受弊除弊各款一折，著陶澍等悉心筹议〔4〕，体察情形，务当力除积弊，平价便民，不得视为具文，致有名无实。原折著钞给阅看'等因。钦此。"当即恭录，转行江苏藩、臬各司〔5〕，分别移行确查妥议去后。兹据江宁藩司赵盛奎、苏州藩司陈銮、臬司额腾伊体察情形,会议详复前来。

臣等伏查给事中孙兰枝所奏:"地丁、漕粮、盐课、关税及民间买卖[6],皆因钱贱银昂,以致商民交困。"自系确有所见。因而议及禁私铸,收小钱[7],定洋钱之价[8],期于扫除积弊,阜裕财源。惟是银钱贵在流通,而各处情形不同,时价亦非一定,若不详加体察,欲使银价骤平,诚恐法有难行,转滋窒碍。即如洋钱一项,江苏商贾辐辏,行使最多,民间每洋钱一枚大概可作漕平纹银七钱三分[9],当价昂之时,并有作至七钱六七分以上者。夫以色低平短之洋钱,而其价浮于足纹之上,诚为轻重倒置。该给事中奏称:"以内地足色纹银,尽变为外洋低色银钱。"洵属见远之论。无如间阎市肆久已通行[10],长落听其自然,恬不为怪。一旦勒令平价,则凡生意营运之人,先以贵价收入洋钱者,皆令以贱价出之,每洋钱一枚折耗百数十文,合计千枚即折耗百数十千文,恐民间生计因而日绌,非穷蹙停闭[11],即抗阻不行,仍属于公无裨。且有佣趁工人积至累月经年,始将工资易得洋钱数枚,存贮待用,一旦价值亏折,贫民见小,尤恐情有难堪。臣等询诸年老商民,佥谓:百年以前,洋钱尚未盛行,则抑价可也,即厉禁亦可也。自粤贩愈通愈广,民间用洋钱之处转比用银为多,其势断难骤遏。盖民情图省图便,寻常交接,应用银一两者,易而用洋钱一枚,自觉节省,而且毋须弹兑[12],又便取携,是以不胫而走,价虽浮而人乐用。此系实在情形。

或云：欲抑洋钱，莫如官局先铸银钱，每一枚以纹银五钱为准，轮廓肉好[13]，悉照制钱之式，一面用清文铸其局名，一面用汉文铸道光通宝四字，暂将官局铜钱停卯改铸此钱[14]，其经费比铸铜钱省至十倍。先于兵饷搭放，使民间流通使用，即照纹银时价兑换，而藩库之耗羡杂款[15]，亦准以此上兑。计银钱两枚即合纹银一两，与耗银倾成小锞者不甚参差，库中收放，并无失体。盖推广制钱之式以为银钱，期于便民利用，并非仿洋钱而为之也。且洋钱一枚，即抑价亦系六钱五分，如局铸银钱重只五钱，比之洋钱更为节省。初行之时洋钱并不必禁，俟试行数月，察看民间乐用此钱，再为斟酌定制。似此逐渐改移，不致遽形亏折等语。臣等察听此言，似属有理，然钱法攸关，理宜上出圣裁[16]，非臣下所敢轻议，故商民虽有此论，臣等不敢据以请行。

惟自洋钱通用以来，内地之纹银日耗，此时抑价固多窒碍，究宜设法以截其流，只得于听从民便之中稍示限制。嗣后商民日用洋钱，其易钱多寡之数，虽不必官为定价，致涉纷更，而成色之高低，戥平之轻重[17]，应令悉照纹银为准，不得以色低平短之洋钱反浮于足纹之上。如此，则洋钱与纹银价值尚不致过于轩轾[18]，而其捶烂剪碎者尤不敢辗转流行，或亦截流之一道也。

至原奏称："鸦片烟由洋进口[19]，潜易内地纹银。"此尤大弊之源，较之以洋钱易纹银，其害愈烈。盖洋钱虽有折耗，尚不至成色全亏，而鸦片以土易银，直可谓之谋财害命。如该给事中所奏，每年出洋银数百万两。积而计之，尚可问乎？臣等查江南地本繁华，贩卖买食鸦片烟之人原皆不少，节经严切查拿，随案惩办，近日并无私种罂粟花作浆熬膏之人。盖罂粟之产于地，非旦夕可成，因新例有私种罂粟即将田地入官之条，若奸民在地上种植，难瞒往来耳目。一经告发究办，财产两空，故此法一立，即可杜绝。且以两害相较，即使内地有人私种，其所卖之银仍在内地，究与出洋者有间。无如莠民之嗜好愈结愈深，以臣所闻，内地之所谓葵浆等种者，不甚行销，而必以来自外洋方为适口。故自鸦片盛行之后，外洋并不必以洋钱易纹银，而直以此物为奇货，其为厉于国计民生，尤堪发指。臣等随时认真访查，力拿严惩。诚恐流毒既深，此拿彼窜，或于大海外洋即已勾串各处奸商，分路潜销，以致未能净尽，又密饬沿海关津营县[20]，于洋船未经进口之前，严加巡逻，务绝其源；再于进口之时，实力稽查夹带。如有偷漏纵越，或经别处发觉，即将牟利之奸商，得规之兵役，一并追究，加倍重惩，以期令在必行，法无虚立，庶可杜根株而除大害。

至纹银出洋，自应申明例禁。查《户部则例》内载"洋商将银两私运夷船出洋者，照例治罪"等语。而《刑部律例》内，只有黄金、铜、铁、铜钱出洋治罪之条，并无银两出洋作何治罪明文，恐无以儆奸商之志。近年以来，银价之贵，州县最受其亏，而银商因缘为奸，每于钱粮紧迫之时倍抬高价,州县亏空之由,与盐务之积疲,关税之短绌,均未必不由于此,要皆偷漏出洋之弊有以致之也。如蒙敕部明定例禁[21],颁发通行,有以纹银出洋者,执法严办,庶奸商亦知儆畏,不敢公然透越矣。

又该给事中原奏私铸宜清其源一条。查苏省宝苏局鼓铸钱文[22],道光六年至九年,因银贵钱贱,先后奏准停铸。嗣于道光十年起复行开炉,每年额铸七卯,照依部颁钱样如式鼓铸。开卯之时,俱经该局监督率同协理委员,常川驻局稽查。每届收卯,由藩、臬两司亲往查验,所铸钱文均属坚实纯净,并无克扣羼和及于正卯之外另铸小钱情弊。惟奸民私铸小钱,最为钱法之害,久经严行查禁,而私贩一层尚难保其必无。臣等通饬各属,随时随处密访严查,一经拿获,即行从重究治。如有地保朋比[23],胥役分肥,并即按律惩办。第铺户留匿小钱,亦所不免,若委员挨户搜索,诚如该给事中所奏:"非特势所不行,抑且遂其讹诈骚扰之习。"查苏省嘉庆十四、二十二等年,均经奉旨设局收缴小钱,官为给价,每小钱一斤给制钱六十文,铅钱一斤给制钱二十文;历经遵办在案。该给事中所奏:"令各铺户将小钱缴局。"原系申明旧例。惟收缴必以斤计,则凡不及一斤者,未必不私自行使。伏查定例,各省铸钱,每一文重一钱二分,计每千文重七斤八两。今收小钱一斤例给价六十文,约计以小钱二文抵大钱一文。其收铅钱一斤例给价二十文,约计以铅钱三文抵大钱一文。如照此数宣诸令甲[24],令民间随时收买，仍俟收有成数，捶碎缴官，照例给价，则市上卖物之人必不许买物者之以一小钱抵一大钱。彼私铸者原冀以小混大，以一抵一，方可牟利，迨见小钱与大钱价值迥殊，莫可羼混，则本利俱亏，虽至愚不肯犯法为之。加以查拿严密，自可渐期净尽。其宽永钱虽有羼使[25]，尚不甚多，消除较易，自当随时查禁，不任稍有混淆。

臣等谨就见闻所及，斟酌筹议，是否有当，恭候圣裁。谨合词缮折复奏，伏祈皇上圣鉴。谨奏。

〔1〕道光十三年四月初六日(1833年5月24日)，林则徐会同两江总督陶澍奉旨复奏查议银昂钱贱、除弊便民办法，首次正式提出严禁鸦片，并借老年商民之口，反映适应商品经济发展，自铸银币的意见。

〔2〕军机大臣字寄：又称廷寄。凡清廷发给地方高级官员的谕旨，由军机处密封盖印，交兵部捷报处寄往各省，封面上写有"军机大臣字寄某官开拆"字样。军机处，始设于雍正七年(1729)，称军机房，雍正十年(1732)改称办理军机处，简称军机处。在军机处任职者，称为军机大臣。

〔3〕给事中：都察院属下监察谏事之官，尊称给谏。孙兰枝奏：指孙兰枝所奏《江浙两省钱贱银昂商民交困宜清积弊折》。

〔4〕陶澍(1778—1839)：字子霖，号云汀，湖南安化人。嘉庆七年(1802)进士。时任两江总督。林则徐在京官时期与他结交，都是宣南诗社成员，交谊深厚。魏源称他俩在江苏合作共事，"志同道合，相得无间"。

〔5〕藩、臬各司：即布政使司和按察使司。当时江苏设有江宁、苏州两个布政使司。

〔6〕地丁：田赋和丁税。雍正时起逐步实行"摊丁入地"，按田亩征

收。漕粮:通过运河转输京师的征粮。盐课:盐税。关税:各地常关征收的商税。

〔7〕小钱:重量和成色低于标准的私铸铜钱。

〔8〕洋钱:外国银币,指从美洲流入的墨西哥银元。

〔9〕漕平:漕粮改征白银时所用的衡量标准。纹银:元宝形的银锭。清代使用的标准银两,号称"十足纹银",即足纹,实际成色为千分之九三五点三七四。

〔10〕闾阎:里巷的门,此指民间。市肆:市井店铺。

〔11〕穷蹙(cù促):紧迫。

〔12〕弹兑:辨验成色,称白银重量。

〔13〕轮廓:指外周图形。肉:此指边。好(hào浩):此指孔。

〔14〕停卯:停止铸铜钱。铸钱局每期铸一万二千串铜钱为一卯。

〔15〕藩库:藩司所属的财库。耗羡:漕粮正额之外为弥补漕运损耗的加收。

〔16〕圣裁:皇上裁定。案:道光帝对此裁定:"官局议请改铸银钱,太变成法,不成事体,且洋钱方禁之不暇,岂有内地亦铸银钱之理。"自铸银币的意见被否定。

〔17〕戥(děng等):小秤。戥平,用小秤称出重量。

〔18〕轩轾:车子前高后低为轩,前低后高为轾。引申为高低悬殊。

〔19〕鸦片烟:由罂粟蒴果汁液提炼制成。罂粟原产地在地中海西部地区,后传种西亚、印度、缅甸诸地,中国云南等地也有少量种植。鸦片于元代传入中国,本是治疗咳嗽、痢疾的特效药,明代以药材纳税进口。清初以后,主要用以吸食,成为毒品。乾隆二十二年(1757),英国占领印度孟加拉以后,大量种植、生产鸦片,向中国倾销,逐步引起中国社会烟害泛滥。嘉庆元年(1796),清廷裁去海关鸦片税额,禁止鸦片进口后,英国以走私形式将鸦片输入广东沿海,白银外流日益严重。

〔20〕沿海关津营县:指江苏沿海的江海关和附近的刘河营、吴淞营及宝山县、上海县、金山县、崇明县、川沙厅等。

〔21〕敕(chì斥)部:这里指命令刑部。例禁:禁止的条例。案:道光帝接受此议,命刑部议定治罪专条,并纂入则例,规定:"纹银出洋:一百两以上照偷运米石一百石以上例发近边充军;一百两以下杖一百、徒三年;不及十两者杖一百、枷号一个月;为从、知情不首之船户各减一等问拟。"

〔22〕宝苏局:江苏省铸钱局,在苏州,康熙六年(1667)设立。

〔23〕朋比:互相勾结。

〔24〕令甲:首条法令,此处为法令的通称。

〔25〕宽永钱:日本宽永年间(1624—1643)铸造的铜钱。羼(chàn忏)使:掺杂使用。

江苏阴雨连绵田稻歉收情形片[1]

再,江苏连年灾歉,民情竭蹶异常,望岁之心,人人急切。今夏雨旸调顺,满拟得一丰收,稍补从前积歉。乃自七月间江潮盛涨,沿江各县业已被水成灾。其时苏、松等属棉稻青葱,犹冀以江南之盈,补江北之绌。盖本省漕赋在江北仅十之一,而江南居十之九,故苏、松等属秋收关系尤重。惟所种俱系晚稻,成熟最迟。秋分后稻始扬花,偏值风雨阴寒,遂多秀而不实,然大概犹不失为中稔[2]。迨九月以后,仍复晴少雨多,昼则雾气迷蒙,夜则霜威严重,虽已结成颗粒,仅得半浆。乡农传说暗荒,臣初犹未信,当于立冬前后,亲坐小舟密往各处察看，见其一穗所结多属空稃，半熟之禾变成焦黑，实为先前所不及料。然犹盼望晴霁，庶可收晒上卷。不意十月以来，滂沱不止，更有迅雷闪电，昼夜数番，自江宁以至苏、松，见闻如一。臣率属虔诚祈祷，悚惧滋深，虽中间偶尔见晴，而阳光熹微，不敌连旬甚雨。在田未刈之稻，难免被淹，即已刈者，欲晒无从，亦多发芽霉烂。乡民以熏笼烘焙，勉强试卷，而米粒已酥，上卷即碎，是以业田之户，至今未得收租。

臣先因钦奉谕旨，新漕提前赶办。当经钦遵严饬各属，勒令先具限结[3]，将何日开仓，何日征完，何日兑足开行，登载结内，并声明如有逾期，愿甘参办字样呈送；如不具限状，即系才力不能胜任，立予撤参，不使恋栈贻误。各属尚皆具结遵办。然赋从租出，租未收纳，赋自何来？当此情形屡变之馀，实深焦灼。

又各属沙地只宜种植木棉，男妇纺织为生者十居五六，连岁棉荒歇业，生计维艰。今年早花已被风摇，而晚棉结铃尚旺，如得暄晴天气，犹可收之桑榆[4]。乃以雨雾风霜，青苞腐脱[5]，计收成仅只一二分。小民纺织无资，率皆停机坐食。且节候已交冬至，即赶紧种麦，犹恐过时，况又雨雪纷乘，至今未已，田皆积水，难种春花。接济无资，民情更形窘迫。此在臣奏报秋灾以后，歉象加增日甚一日之情形也。

地方官以秋灾不出九月，不许妄报，原系遵守定例。然值连阴苦雨，人心难免惶惶，外县城乡不无抢掠滋闹之事。

臣饬委文武大员分投弹压,现已安静。除宝山乡民因补报歉收挤至县署一案,另折奏明严拿提审外,其馀情节较轻例不应奏者,亦当随案照例惩办,以戢刁风。惟据续报歉收情形,勘明属实,不得不照续被灾伤之例,酌情缓征。

正在缮折具奏间,承准军机大臣字寄:"钦奉上谕:'近来江苏等省几于无岁不缓,无年不赈。国家经费有常,岂容以展缓旷典[6],年复一年,视为相沿成例?'并奉上谕:'该督抚等不肯为国任怨,不以国计为亟[7],是国家徒有加惠之名,而百姓无受惠之实,无非不堪下吏私充囊橐[8],大吏只知博取声誉'等因。钦此。"臣跪诵之下,兢懔惭惶,莫能言状。

伏念臣渥蒙恩遇,任重封圻,且居此财赋最繁之地,乃不能修明政事,感召和甘,致地方屡有偏灾。极知经费有常,而不得不为赈恤蠲缓之请,抚衷循省,已无时不汗背靦颜,乃蒙皇上不加严谴,训敕周详,但有人心,皆当如何感愧?况臣受恩深重,何敢自昧天良?若避怨沽名,不以国计为亟,则无以仰对君父,即为覆载之所不容[9]。臣虽至愚,何忍出此?即如上年臣到苏之后,秋成仅六分有馀,而苏、松等四府一州于征兑新漕之外,尚带运十一年留漕二十万石,合计米数将及一百八十万,为历来所未有之多。原因天庾正供[10],不敢不竭力筹办。其辛卯年地丁,督同藩司陈銮催提严紧,亦于奏销前扫数全完,业经专折奏蒙圣鉴在案[11]。窃维尽职之道,原以国计为最先,而国计与民生实相维系,朝廷之度支积贮,无一不出于民,故下恤民生,正所以上筹国计,所谓民惟邦本也〔12〕。本年江潮之盛涨,系由黔、蜀、湖广、江西、安徽各省大水,并入长江,其破圩淹灌之处,原不止于上元等六县,臣所请抚恤,第举其最重者而言。仰蒙圣上天恩,准给口粮,灾黎感沦肌髓,嗣经官绅捐资抚恤,臣即复行奏请毋庸动项,惟将所发上元、江宁、句容、江浦、仪征五县银两,留为大赈之需。其丹徒一县,捐项已有五万馀两,并足以敷赈济,当将前发之银,提回司库。凡此稍可节省之处,均不敢轻费帑金。惟于灾分较重,捐项又难猝集之区,则不得不酌给例赈。臣等另折请拨之十三万两,系分给十二县卫军民,虽地方广而户口多,亦只得撙节动拨。此外无非倡率劝捐,以冀随时接济。惟频年以来,屡劝捐输,即绅富之家,实亦力疲难继。查道光三年大灾,通省捐至一百九十五万馀两,至道光十一年,灾分与前相埒,仅能捐至一百四十二万馀两。其馀各年捐项较绌,此时间阎匮乏,劝谕愈难。然睹此待哺灾黎,要不能不勉筹推解〔13〕。臣与督臣督率司、道等,各先捐廉倡导,以冀官绅富户观感乐施。凡此情形,皆人所共闻共睹。如果不肖州县捏灾冒赈,地方刁生劣监,岂肯不为举发?而绅富之家又安肯听其劝谕?捐资助赈,至再至三,且捏灾而转自捐廉,似亦无此愚妄之州县也!至请缓之举,只能缓其目前,仍须征于异日,非如蠲免之项,虑有侵吞。州县之于钱漕,未有不愿征而愿缓者,至必不得已而请缓,且年复一年,则地方凋敝情形,早已难逃圣鉴,然臣初亦不料其凋敝之一至于是!

今漕务濒于决裂,时刻可虞,臣不得不将现在实情,为我皇上密陈梗概。查苏、松、常、镇、太仓四府一州之地,延袤仅五百馀里,岁征地丁漕项正耗额银二百数十万两[14],漕白正耗米一百五十馀万石[15],又漕赠、行、月、南、屯、局、恤等米三十馀万石[16],比较浙省征粮多至一倍,较江西则三倍,较湖广且十馀倍不止。在米贱之年,一百八九十万石之米即合银五百数十万两,若米少价昂,则暗增一二百万两而人不觉。况有一石之米即有一石之费,逐层推计,无非百姓膏脂。民间终岁勤动,每亩所收除完纳钱漕外,丰年亦仅馀数斗。自道光三年水灾以来,岁无上稔,十一年又经大水,民力愈见拮据。是以近年漕欠最多,州县买米垫完,留串待征,谓之漕尾[17],此即亏空之一端,曾经臣缕晰奏闻,然其势已不可禁止矣。臣上冬督办漕务,将新旧一并交帮[18],嗣因震泽县知县张亨衢办漕迟误,奏参革审,而漕米仍设法起运,不任短少,皆因正供紧要,办理不敢从宽也。今岁秋禾约收已逊去年,兹复节节受伤,甚至发芽霉烂,询之老农,云:现在纵能即晴赶晾糟朽之谷,每亩比之上年已少收五六斗。就苏州一府额田六百万亩计之,即已少米三百馀万石。合之四府一州,短少之米有不堪设想者。民间积歉已久,盖藏本极空虚[19]。当此秋成之馀,粮价日昂,实从来所未见,来岁青黄不接,不知更当何如?小民口食无资,而欲强其完纳,即追呼敲扑,法令亦有时而穷。前此漕船临开,间有缺米,州县尚能买补。近且累中加累,告贷无门。今冬情形,不但无垫米之银,更恐无可买之米。至曩时,苏、松之繁富,由于百货之流通,挹彼注兹,尚堪补救。近年以来,不独江苏屡歉,即邻近各省,亦连被偏灾,布匹丝绸销售稀少,权子母者即无可牟之利,任筋力者遂无可趁之工。故此次虽系勘不成灾,其实困苦之情,竟与全灾无异。臣惟有一面多劝捐资,妥为安抚;一面督同道府州县,将漕务设法筹办,总不使借口耽延。但本年已请缓征之处,尚不过十分中之二分有馀,此外常、镇等处亦已纷纷续禀。臣覆其情形略轻者,无不先行驳饬。但天时如此,日后情形如何,臣实不敢预料!昼见阴霾之象,自省愆尤[20];宵闻风雨之声,难安寝席。并与督臣陶澍书函往复,于捐赈办漕等事,思艰图易,反覆筹商,楮墨之间,不禁声泪俱下!倘从此即能晴霁,歉象尚不至更加,如其不然,臣惟有再行据实奏闻,仰求训示遵办。

大江南北为各省通衢,且中外仕宦最多,一切实情,难瞒众人耳目,臣如捏饰,非无可以举发之人。我圣主子惠黎元[21],恩施无已,正恐一夫不获,是以查核务严,但民间困苦颠连,尚非语言所能尽。本年漕务自须极力督办,而睹此景象,时时恐滋事端。至京仓储蓄情形,臣本未能深悉,倘通盘筹画,有可暂纾民力之处,总求恩出自上,多宽一分追呼,即多培一分元气。天心与圣心相应,定见祥和普被,屡见绥丰,长使国计民生悉臻饶裕。臣不胜延颈颂祷之至!

谨将现办灾歉委无捏报缘由，沥忱附片具奏，伏乞皇上圣鉴。谨奏。

〔1〕道光十三年（1833）十月以来，江南阴雨连绵，造成稻棉歉收。林则徐甘冒受处分的风险，不顾秋灾不出九月的定例，于十一月十三日（12月23日）单衔密奏，实事求是地报告灾情，坚请缓征漕赋。这是一篇关心民瘼的激情之作，当时为远近所传抄。

〔2〕稔（rěn 忍）：庄稼成熟。中稔，中等收成。

〔3〕结：保证书。限结，有一定期限的保证书。此指下级向上级保证如期征收新漕的责任状。

〔4〕暄：暖和。收之桑榆：《后汉书·冯异传》："失之东隅，收之桑榆。"比喻初失而后得。

〔5〕青苞（bāo 包）：此指棉桃。

〔6〕旷典：很少采取的措施。旷，稀有。

〔7〕亟：急。

〔8〕囊橐（tuó 驼）：口袋。

〔9〕覆载：指天地。

〔10〕天庾（yǔ 雨）正供：交给国家粮仓的漕米。

〔11〕辛卯年：道光十一年（1831）。陈銮（1786—1839）：字南雅，一字玉生，号芝楣，湖北江夏人。嘉庆二十五年（1821）探花。时任苏州布政使。

〔12〕民惟邦本：《尚书·五子之歌》："民惟邦本，本固邦宁。"

〔13〕推解：推食解衣，此指救济。

〔14〕正耗：正额与耗羡。

〔15〕漕白：漕粮项下的白粮，即白粳、糯米。

〔16〕漕赠：解运糟粮的贴费。行：行粮，运粮官丁的航行补贴。月：

月粮,运粮屯丁的安家粮。南:南米,专供江南(今江苏、安徽两省)右标绿营兵和江宁省仓协寿二标兵的粮米。屯:屯米,专供运粮屯丁安家用的粮米。局:局米,专供苏州织造局机匠的口粮。恤:恤米,专供养济院和救济孤贫用的粮米。

〔17〕漕尾:留下漕粮串票等待以后征收。

〔18〕帮:运送漕粮的船帮。

〔19〕盖藏:《礼记·月令》:"令百官,谨盖藏。"此指仓存。

〔20〕愆(qiān 千)尤:过失。

〔21〕子惠黎元:像惠爱自己的孩子一样惠爱老百姓。

江南催耕课稻编叙[1]

居今日而欲民无饥,则任举一术焉,可以广施生、资补助者,皆不惮讲求而尝试之,冀以收百一之效,而况其信而有征者乎?吴之民困矣,齿繁而岁屡俭,赋且甲天下,当官不能舒民困,诚予之辜矣!抑亦知二鬴之不供[2],由吾民四体之不勤乎?古者于耜举趾[3],必以春时,今岂宜有异?而江南之稻,辄以夏至始艺之,其获乃不于秋而于冬。是时,严霜苦雾、饕风虐雪之厉,岁所恒有,故有垂成而不得下咽者。古谓收获如寇盗之至,今需滞若是,悔奚及乎!近者,潘功甫舍人劝行区田法[4],曰:深耕、早种、稀种、多收。此诚不刊之论,而从之者盖寡,非不知区田之利远且大也,惮目前之多费,以改图为弗便,所谓难与虑始耳。夫农民习其事而不明其理,惟以循常蹈故为安。吾侪读书稽古,明其理

47

矣，而于事未习，弗躬弗亲，庶民弗信，有难以口舌争者。

余因就官廨前后赁民田数亩，具耰锄袯襫[5]，举所闻树艺之法与谷种之可致者，咸与老农谋所以试之，以示率作兴事之义[6]。于是得早稻数种，自四十日籽至六十日籽，皆于惊蛰后浸种，春分后入土，俟秧苗而分莳之。此数种者，固吾闽所传占城之稻[7]，自宋时流布中国，至今两粤、荆湖、江右、浙东皆艺之[8]。所获与晚稻等，岁得两熟。吾闽早稻艺于谷雨之前，小暑而获，大暑而毕，芒种时早稻犹未刈而晚稻之秧已茁，即植于早稻之隙，若寄生然而不相害，及早稻刈则晚稻随而长，田不必再耕，且早稻之根即以粪其田，而土愈肥，可谓极人事之巧矣。余尝按二十四气而绎其义：窃谓谷雨者，艺早稻时也；芒种者，艺晚稻时也，是皆顾名而可思者。天之于农，固予以再熟之时，而诞降其嘉种矣。《吴都赋》云："国税再熟之稻[9]。"是早晚两禾皆吴中所宜也。吴民纵不欲行区田法，而于两熟之利，岂独无动于中乎？

然春耕之废久矣！诘其故，则宿麦在地，不可以播谷也。盖吴俗以麦予佃农而稻归于业田之家[10]，故佃农乐种麦，不乐早稻，而种艺之法亦以失传。乃者，自去秋以逮今春，雨雪多而田水积，二麦既不能播矣，盍改图乎？江南故泽国，其土宜稻，本非如西北土性之宜麦，况下地已无麦则艺稻尤亟矣。或曰闽粤地暖，故早种早刈，江南春寒，未必宜此。然江右、荆湘地亦非尽暖也，且如江北之下河诸邑，无岁不恃早稻为活，立秋前则皆登矣。其不能两熟者，以秋汛启坝,洪泽之水下注故耳。闻三十年前则两种而两刈也。江南地虽不暖,岂尚寒于江北乎？又或曰：早稻籼也,晚稻粳也[11]。江南输粮以籼不以粳,虽种之,不足供赋奈何？曰：余固为民食计也,以晚易早,民或不乐,早晚兼之,又何不宜？或又曰：地力不可尽,两熟之利,未必胜于一熟。此说固正,然以余所见,闽中早晚二禾,亩可逾十石,其地多山田,不能腴于江南也。且江南一麦一稻,岂非再熟乎？以所不宜之麦易而为所宜之稻,非尽地力也？夫地力亦患其遗耳,耘耙不勤,粪种不施,虽再易三易,而未必有获也,反是而尽力焉,安见地力之惫乎？且即两熟不能赢于一熟,而早晚皆有秋,民先资以果腹,则号饥之时少矣。况岁功难齐,或早丰晚歉,或早歉晚丰；不得于此,或得于彼,抑亦劭农者所不废乎[12]？所冀业田之家贷佃农以籽种,及其获也,仍以种麦例之,则愿从者众矣。至晚稻当种之时,或如闽中法,或如江右、荆湘法,相时而动可也。

　　余既试其事,复述其理以质同人。适兰卿同年权三吴廉访[13],为余言其官粤西时,尝以是课农,著有成效,因博征广采,厘为十条,以证余说,题曰《催耕课稻编》。首纪列圣纶诰以著朝廷之重本,而时地品类以及种艺之法以次递详。且所列江南早稻诸种,皆今之苏州、松江、太仓府州志及长洲、吴县、昆山、常熟、上海诸县志所详载者,则诚物土之宜而此邦父老之所传习,视他书所记尤信而有征,而非当官之诳吾民也。先畴畎亩之思[14],其亦可以勃然兴矣。

道光甲午春二月,日躔降娄之次[15],抚吴使者侯官林则徐叙。

[1] 道光十三年(1833)冬,林则徐为避免自然灾害对农业的威胁,思考改变江南种稻"夏至始艺之,其获乃不在于秋而于冬"的传统习惯,推广双季稻,一面雇请农民在江苏巡抚衙门前后租民田试种早稻,一面请同里同学、时署江苏按察使的李彦章,查找历史文献的根据,汇为《江南催耕课稻编》,以为劝农之用。道光十四年二月(1834年3月),林则徐为此书作序,说明江南种植早稻的有利条件和好处。

[2] 鬴(fǔ 辅):釜,即锅。

[3] 于耜举趾:《诗经·豳风·七月》:"三之日于耜,四之日举趾。"

[4] 潘功甫:即潘曾沂(1792—1853),原名遵沂,字功甫,号瑟庵、小浮山人、复生居士。江苏吴县(今苏州市)人。嘉庆二十一年(1816)举人,官中书舍人。宣南诗社成员。道光初年辞归乡里,办义庄,推广区田法。著有《潘丰豫庄课农区种法》和《潘丰豫庄课农区种法直讲三十二条》,均见《潘丰豫庄本书》。

[5] 耰(yōu 优):碎土、翻土的农具。袯襫(bó shì 博士):蓑衣。

[6] 率作兴事:《尚书·益稷》:"率作兴事,慎乃宪。"天子率领臣下兴起政治之事,要慎重法令。

[7] 占城:即占城国,在今越南中南部。占城稻为水稻品种之一,俗称"占米",耐旱早熟,一年可种植两季。宋时传入福建。

[8] 荆湖:湖北。江右:江西。

[9] 吴都赋:西晋左思作《三都赋》之一。吴都即吴国都城建业,今江苏南京市。

[10] 业田之家:土地所有者。

[11] 籼、粳:籼米、粳米。早稻与晚稻的名称。

〔12〕劭(shào哨)农:劝农。

〔13〕兰卿:即李彦章(1794—1836),字则文,一字兰卿,福建侯官(今福州市)人。林则徐同年,时署江苏按察使。廉访:对按察使的尊称。

〔14〕畴(chóu筹):壅土。畎(quǎn犬)亩:田地,垄中为畎,垄上为亩。

〔15〕日躔:见《龙树院雅集记》注。降娄:星次名,日至降娄在惊蛰、春分间。

湖滨崇善堂记[1]

太湖为东南巨浸,虞翻曰[2]:"水通五道,谓之五湖。"界毗两省,跨越苏、常、湖三郡[3],商民往来,视官塘河较近,而风涛鼓荡,恒有倾覆之患。近湖居人,迩有救生之举,甚盛心也。其法略仿京口[4],而以属湖中罟船[5],凡救一生者钱三缗,得一尸一缗,将覆而援人船无恙者六缗。择地乌程之乔溇吕祖庙侧建崇善堂,旁及掩埋棺椁[6],而江、震、程、安四邑之好善者[7],迭为劝募,事赖以集。

曩余官浙江,分巡嘉湖者一年[8]。洎莅吴,先后且十年,太湖并在所辖,每闻波浪之险,怃然于怀[9]。夫恻隐之心,尽人同之。往时罟船非不知溺之当救也,而责不专属,或以多事为引嫌。有专责矣,而无以奖励之,则不久而倦。是举也,其有以充恻隐之心,而持之久者乎。吕祖庙者[10],

素著灵应,诸君发信愿于此,而四邑之人于以踊跃输助,以底于事之成。抑余闻之,匪始之难,终之实难。太湖周行八百馀里,舟楫之患,无地无之,他邑之人,必有闻风兴起者,而诸君敦善不怠,可质神明,在《易》之中孚,信及豚鱼[11],大川利涉,所宜勉勉焉,慎恃其后也。倡其议者,杨体涵、王恩溥、吴杰捐资尤钜,而诸善士继之。王征士之佐其一也。道光丙申九月[12],请余为记,书其缘起如此。

[1] 道光十六年九月(1836年10月),林则徐为太湖救难的民间慈善组织"崇善堂"撰写此文,盛赞民间救难的善举,鼓励他们持之以久,希望湖滨他邑之人闻风而起,兴办民间社会救济事务。

[2] 虞翻(164—233):字仲翔,浙江馀姚人。三国时吴国经学家。

[3] 苏、常、湖:江苏苏州、常州和浙江湖州三府。

[4] 京口:今江苏镇江市。

[5] 罟(gǔ古):鱼网。罟船,带网的渔船。

[6] 槥(huì惠):粗陋的小棺材。

[7] 江、震、程、安:即江阴、震泽、乌程、安吉四地,均滨太湖。

[8] 曩余官浙江:嘉庆二十五年七月十九日(1820年8月27日),林则徐在杭州接任杭嘉湖道,道光元年七月二十四日(1821年8月21日)辞官回籍,前后一年。

[9] 惄(nì昵):忧思。

[10] 吕祖:即吕洞宾,俗传八仙之一。《列仙全传》卷六说他名吕岩,字洞宾,唐蒲州人。晚年得道,始游江、淮,试灵剑,除蛟害。

[11] 《易》:《易经》。中孚:卦名。《易·中孚》:"象曰:泽上有风,中孚。"疏:"风行泽上,无不不周,其犹信之被物,无所不至。"信及豚鱼:

《易·中孚》:"豚鱼吉,信及豚鱼也。"

〔12〕道光丙申:道光十六年(1836)。

娄水文征序[1]

太仓王君宝仁,汇其州人之文,自宋迄今择尤雅者,辑为八十卷,曰《娄水文征》,谒余为序。考汉时州为娄县地,娄江出焉,故以娄名。元初创海运通番舶,始名太仓。然则州之所重莫若水利矣。宋时郏氏父子言之綦详,今是编取以冠集,尚体要也。夫水之行于地也,涣然而成文,故水利之废兴,农田系焉,人文亦系焉。太仓在明称极盛,弇山兄弟飙举于前[2],天如、骏公诸君泉涌于后[3],其时水道通达,田野沃衍,为东南上腴。国初已来,显者尤众,乾隆间犹有以巍科领节钺[4],为人士所仰望者。近十数年刘河湮塞,旱潦皆无备。农固失其利,即科目仕宦亦稍替矣。刘河即古娄江,盖三江之一[5],而太仓一州之要津也。自刘河塞而州之贤有文者,或终老牖下,或偃蹇薄宦,今集中之文具在,其左验也。

往在癸未,余陈臬来苏,值水灾后,有并浚三江之议。上命总理江浙水利,会以艰归,未亲其事[6]。后十年重莅吴中,则吴淞已浚,而刘河之塞如故,岁且屡歉。余乃诣州履勘,奏借公帑浚之[7],得旨报可。先是,议刘河者咸曰海口有拦沙,凿去为便。然工艰而费钜,故屡议屡浸。自余议作清水河于海口，筑石坝设涵洞，外潮至则御之，内水盛则泄之，盖欲为久远计也。岁甲午工成，州人大悦，乃并疏诸支河以畅其脉。乙未浚七浦河，丙申浚杨林河[8]，皆支流之大者。比又遍浚钱泾、瑶塘、朱泾、南北澛漕、石婆、萧塘、西南十八港、六窑塘、大凌门诸河，亘三万馀丈，而太仓之水道，无不贯输以达于尾闾矣。如甲午秋之大雨、乙未夏之亢旱，皆几几为害，赖水利既治，以时蓄泄，岁仍报稔。数年前田价亩仅二三缗，至是乃倍蓰[9]。而仕宦日显，成进士选词馆者且辈出，将蒸蒸然复见昔日之盛，不可谓水利之兴于人文无与也。

王君是编，始郏氏父子治水治田诸说[10]，而于上下七百数十年来，凡有涉农桑、沟洫者，择之精而取之备，岂不以农田所系在此，即人文所系亦在此，故欲有所荟萃以与当世相发明乎！而是编之辑，适在刘河工举之时，洎其成书，又在诸河工蒇之后，地灵人杰，盖有明征，故余之序是编，第揭其大者声之，俾览者知体要焉。他如人物之显晦，理学之源流，高人逸士之超谊悬解，闺阁妇子之奇志庸行，披卷可睹，兹不具书。

〔1〕道光十六年（1836），林则徐为太仓王宝仁编《娄水文征》作序，以在江苏大办水利的体会，说明水利不仅对农业经济，而且对社会人文的发展有重要的作用。

〔2〕弇山兄弟：指王世贞、王世懋兄弟。王世贞（1526—1590），字元美，号凤洲，弇州山人。嘉靖二十六年（1547）进士。官至南京刑部尚

书。著有《弇州山人四部稿·续稿》等。王世懋,字敬美,嘉靖三十八年(1559)进士。官至太常少卿。著有《王奉常集》等。

〔3〕天如:张溥(1602—1641),字天如,崇祯四年(1631)进士。曾集郡中文士结复社以继东林。著有《七录斋集》。骏公:吴伟业(1609—1672),字骏公,号梅村,崇祯四年(1631)进士。康熙时出仕清朝,任国子监祭酒。著有《梅村集》、《绥寇纪略》。

〔4〕以巍科领节钺:指通过科举考试得到重用。巍(wēi危)科,古时称科举考试中名次在前者。节钺(yuè月),符节及斧钺,古时天子授予将帅以示威信的信物。

〔5〕三江:吴淞江、黄浦江和刘河。

〔6〕癸未:道光三年(1823)。上命总江浙水利:金安清《林文忠公传》载,道光四年(1824),"江、浙两抚议修七府水利,以继夏原吉之绩,奏公总其成。硃批:'即朕特派,非伊而谁。'"会以艰归:因母亲逝世而辞归。艰,丁内艰,即守母丧。

〔7〕奏借:指道光十四年(1834)正月,林则徐上《筹挑刘河白茆河以工代赈折》,奏请挑浚刘河,"尚不敷六万二千三百二十馀两,请于封贮款内借支"。

〔8〕甲午:道光十四年(1834)。乙未:道光十五年(1835)。丙申:道光十六年(1836)。

〔9〕蓰(xǐ喜):五倍。

〔10〕郏氏父子:即郏亶、郏乔。郏亶(1038—1103),字正夫,北宋嘉祐进士。曾任司农寺丞,提举兴修两浙水利,著有《治田利害大概》等。郏乔,郏亶的儿子,继承父业,编撰《吴门水利书》。

巡河日记(四则)[1]

一

十月初九日。午后东北风,天阴。由淮城东门外雇船[2],行十五里至石场镇,三十里至崔家桥。约有三鼓时候,有微雨,泊船。是晚与船家闲谈,据称孟令操守颇好,不要钱,尚须赔钱,惟以做文章为事,不理民事,有抢劫之案不验不审,任听胥差调停,不免有索诈情弊,壮头邱二麻子、快头仓连、潘标其尤也。今年秋收有八九分年成,每两银完钱一千八百文,却无包漕包粮等弊。至粮差格外勒索,或所不免,未得其真。该县地方殷实户甚少,有县库吏吴姓者,家有三万金,即为上户。城内外无典铺,只有小押数间[3],亦照三年满限,头月加一起息,以后仍仅二分。小押多无真本,人来典物,先交小票与之,俟一二日后,或三五日,或七八日,将票来支现钱。盖押店须将原典之物转典于邻邑大当,始得有以藉为挹注也[4]。

盐邑之南伍祐场,为该处大市镇,向有宝场[5],不甚大。

〔1〕道光十六年十月初九日至十五日(1836年11月17日—23日),林则徐为挑浚皮大河,在苏北淮安至盐城间乘船微服查访,逐日记

录了所见所闻。这份《巡河日记》,体现林则徐重视调查研究、处事精详的作风,也保存了一百多年前苏北的地方社会资料,令人如亲历其境,感受当时的官风民情。这里选用其中头四天的日记。

〔2〕淮城:淮安府城。

〔3〕小押:旧时质期最短但取利极高的当铺。

〔4〕挹(yì意)注:将液体引入或引出,此指取有馀以补足。

〔5〕宝场:赌场。

二

初十日。天晴,西北风。行十五里至金口关,七里至刘金沟(盐邑地界)。先五里有普渡庵,为山阳、盐城交界之处,离淮安府城有六十馀里。刘金沟人家颇大,上岸问其年成,云有十分收。一路来河港仅有二三丈阔,两岸高者有六七尺,低者不过二尺。坐船长有二丈馀,中舱长有一丈,宽六尺馀,恰够三人铺位,后则炉灶。船户吴太,系盐邑南门外人,船中只有帮篙一人,舱后有眷口,一妇一幼子。其妇之父姓董名新,亦系本邑快头。问其家道如何?据云亦罢。因问其孟太爷既不理事,所有案件何人代为料理?据船妇云,有罗老爷代为料理。问其罗老爷系何官职?云是左堂[1],现已上清江去,下月即当回县,以便孟太爷上府交漕。午后转东北风,系属顶风。又问其太爷既不管事,胥差得以有权如此,邱二、仓连等自应发财?据云渠们虽有所得,但解费俱系其津贴,花费亦属不少。张福人颇明白,亦不刁乖,问其清河陶太爷只好做诗喝酒,不爱坐堂,究竟如何?据云有之,但醉后亦多坐堂打人。问其清否?据云不免要钱,然差事多而缺分苦[2],甚见掣肘,上半年入都,借债一千五百银,以凭作押,及回清江算还,约须二千馀,无处张罗,甚为拮据,亏得本府周大老爷代为担认,始得有凭赴省。问其清江宝场。云现实无有,即摇摊亦少。问其各厅官有吃鸦片烟否?据云亦少,惟跟官者为多[3]。

由刘金沟行,三十里至涧河口出荡。荡湖虽比内港宽阔数倍,然水尚浅,中间所生芦苇多露于水面,两岸尽是芦田,现已收割净尽。去船少而来船多,而苇材之船居其八九。荡以南达于高、宝、兴、泰[4],北达阜宁。荡旁多蟹簖鱼笱[5],如吾乡浦城以下溪河样式[6]。十五里至武冈口,入内河。本由西阳村涧阳湖涂入东塘河,因东北风大,不便,故直由武冈口唐桥入东塘河。据船家云,少行三十里。张福云,前单系王三、王四所开,伊系湖涂住家,故往来多由彼处。船家所云,倒是直道,非由小径,理或然也。岸上近田处所多有风车,以备水旱车水之用,可与水碓作对。盐邑低田处所,夏秋被水,亦有歉收,在通邑中不过十分之一厘。蝗螟所食,间亦有之,但无多耳。

由武冈口七里至金家河,遇有红伞船来,问是牛姓千总查河[7]。船户因言今春盐邑唐桥地方有木客一船[8],被劫去银百两,牛千总曾于兴化地界获盗二名解交县讯,孟太爷诘马怪[快]何不中用,大案不能拿人,偏获此区区小贼。问其孟太爷亦肯问案？云看其高兴，若闲暇无事，亦有时坐堂。问其堂口如何？云堂口却清，亦多刻薄抓〔挖〕苦。若不高兴，则委罗老爷讯问，甚至不委不问，所获人犯便搁在班管。又言此贼多由兴化汤家庄来的，汤家庄有二百馀家，都是盗贼巢穴，盐邑马快到彼，率被打伤而回。又言孟太爷心慈，有一奸妇谋杀亲夫之案，临刑时孟太爷尚对之而泣。由金家河至唐桥，是晚在此泊船。

〔1〕左堂：即佐堂，知县的辅佐官。
〔2〕缺分：差役。
〔3〕跟官者：即长随。
〔4〕高：高邮。宝：宝应。兴：兴化。泰：泰州。
〔5〕蟹簖（duàn 断）：捉蟹时用的竹栅。鱼笱（gǒu 苟）：捕鱼的渔具。
〔6〕浦城：今福建南平市浦城县。
〔7〕千总：武职官名，在守备之下。
〔8〕木客：木材商人。

三

十一日。天晴，西北风。挂帆而行，二十里至东塘河。自武冈口而来，港路仍止有三丈阔，两岸七八尺，或丈馀不等，至此港阔数倍，与淮河相仿。五里入皮大河，河口尚深，中有四五尺水，两旁多淤成平陆，所存水仅二三丈阔，北岸有七八尺高，南岸止有三五尺，旁有一二家农民。上岸问其应挑与否？答云应挑。问其从何时淤起？答云年代已久，不能知其详细。问其每方挑工几何？答云亦是活的，约一百五六十文一方。问其要挑到何处止？答云自河口起至盐城之北门闸止，共四十五里。问其共估须若干方？答云此须问董事，董事有陈姓者，居住小富庄，此去十馀里光景。问此河实系民间要挑？农田有关利益否？答云实为现不可缓之工，农田大有裨益，并非官府多事。

行五里，见南岸比北岸淤滩尤甚，两岸均是水田，一二顷便有风车，人家极少。至此见有一二农民，又上岸问其此河多淤成平陆，约隔几时不挑？答云乾隆年间挑后，距今有八十馀年。河本甚大，故谓之皮大河，因其岔港多，故又谓之皮岔河，本与东塘河宽阔相仿，积久失挑，以至多半淤成平陆，河身狭者仅有三分之一，且河底浅壅，转高于东塘河，所有诸湖荡东注之水，不能容纳。一遇洪湖水大，各坝开放，便不免淹及两岸民田，若遇旱荒，田堤离水较远，亦不便于风车，此河必不可不挑。问其土工每方若干？答云一百八十文。问其何以照闲月缓工、忙月常办工之例？答云自以闲月挑为便，方价亦可较省。问其董事何人？答云领头系朱连芳，帮董有陈季元、潘长松、王庆元，皆是监生，家道殷实，办理素来妥当。问其孟太爷管理否？答云孟太爷人极公道，惟欠勤紧。问衙门有勒扣工项否？答云想工房总有规矩，此须问董事，我们不知。又问其挑土归于何处？答云即堆在两岸。诘其既在岸旁，大雨一来，不怕仍冲到水中否？答云此系淤泥，与沙土不同，不患冲流入水。诘其然则何以淤成平陆？答云此由积淤使然，若二三十年一挑，自不至此。

又五里，至小富庄上岸。有一杂货烟店，中有丹徒唐姓者，系属店东，颇明晰此河源委，因到其店内细询之。据云此河八年即议挑浚[1]，至旧年甫有头绪，连年潦荒，皆由此河失挑，湖荡东注之水不能畅流归海，加以海潮顶托，漫然回港，两岸之田被淹。若开通此河，将所挑之土作为岸堆，水既畅流，田亦有所障蔽，水利农田均有裨益。问其董事姓名，与前乡民所言悉合，且云董事皆极妥当。渠所以留心者，并无图利之意，惟家有田亩，藉此一挑，人已均受其益。孟太爷亦不要钱，官无可议，惟以无事为福，地方公件均不大亲理，内外诸事皆委任严师爷一人，因此严师爷大有权柄，与衙门内外（问其姓名，亦不尽知）通同舞弊，谅所不免，我们不能尽知。至此河，据各董事云，上岁据严师爷及衙内诸人与董事议妥，要成办此事，须先送其一万银，方能为之详请准办，董事因恐花费过多，不免赔累，不敢担承，后闻还过六千银，未知说妥否？若交董事办，自属妥当。又闻孟太爷自家督办，则未免多被衙中侵蚀矣。又问其此处收成若何？云东塘河以上有十分收，此处亦有六七分收。董事尚有徐宜金（详内有名），住北门闸，亦监生。

五里至冯家桥，此下港路稍阔，淤处比前亦减。十二里至陈家桥，十五里至天妃闸，旁有天后宫[2]，正闸五洞，越闸二洞。三里至盐城县北门,又五六里,至南门泊船,中遇两道长桥(一登云,一太平)。此处河阔水深,泊船已有定更时候。县城四面环河,将至天妃闸东南,望海云一带有似远山,因得一联云:"岸树已消残叶绿,海云犹带远峰青。"是夜月明如昼。

〔1〕八年:指道光八年(1828)。
〔2〕天妃、天后:即妈祖。本是福建沿海的航海保护神,后入国家祀典,元代封为天妃,清初封为天后。明代以后传播我国沿海地区和东南亚一带,内地临水处居民亦有信仰。

四

十二日。天晴。早晨上岸,到茶场一坐,无可与谈。又到面馆(近在县署)点心,有打水烟者,问其孟太爷如何?答云不好。问其如何不好?答云渠来三年,从未坐过大堂,人犯任听管押,高兴时审结一二案,馀则置之度外,岂不坑死人么?!问太爷既不管事,胥差自必弄权索诈?答云倒不见得。问衙门师爷有弄权否?答云不知。因令张福到他店点心,顺便探问。据云探得孟太爷官是好的,毫不要钱,惟疏懒性成,不爱坐堂审案。严师爷是绍兴人,系太爷官亲,内中各件都管,与门上金四爷俱孟太爷委任。至书差,问他不肯说。内衙舞弊何事,亦不得其详。

又上岸遇土人群坐,问其今年收成如何?答云有八九分。米价如何(此地斗大,每石有一百八十斤)？答云顶上者亦须二十八文一升,粗者二十三四。问此处征收如何收法？答云钱粮每两完钱一千八百文(每两银换足钱一千三百七十文),漕米完加一五(或云加二),每石贴费四百零四文,太爷交漕贴费每石四十文零四毫。问太爷钱漕出息可以敷衍动用否？答云谅不至亏短,其如何动用,我们不知。问此外尚有要钱否？答云丝毫不要。问衙内师爷、官亲、内司有要钱否？答云官清衙内自清。问书差有要钱否？答云亦无十分乱要。问太爷多不理事,究竟如何？答云大事亦理,至寻常小事则不免延搁耳。问其皮岔河要挑,是否农民情愿？答云实系农民要挑,盖此河有四十五里长,若挑则两岸田亩均受其益,不挑则旱时无水灌田,潦时又被淹没,两受其害。问其挑将此土放在何处？答云即以堆培两岸。诘其堆在两岸不患大水冲散否？答云此河淤泥堆在岸上,可期结实,不比沙土质松,易于冲散。诘其既不冲散,则河中所淤之土从何而来？答云此由积渐使然。此河失挑距今将近百年,以百年之久,城垣都会破坏,何况土岸。以现在论,挑后之土堆在岸上,且离河亦有远近不同,远者有二三丈,何患经雨遽至冲散成淤。问其方价实系若干？答云百馀文,或云百七八光景。问共须用若干银？答云须四万馀银,现已详请尚未领回。问领回即开工否？答云若即领回,十一月即可动工。问此项尽数发交董事办理？抑系太爷自办？答云此尚未知的实。问衙内有克扣否？答云此却不知。问其董事共有几人？答云约有七人，分段督理。又往他处茶馆问讯，大略相同。看城厢内外，人民尚无菜色，亦无乞丐，市廛亦旺盛，人亦颇近循良，衙门前亦尚清静，未见有枷号之犯。据所见所闻，颇有政简民淳之象。

早饭后潮上，便即开船，乘潮西上。南门至北门河港甚阔，靠岸船只亦多，西门外尤其热闹，市多米行，船来亦多买米者，有自涧门来买米者。询其本地田收若何？据云因天落水蝗虫，稍形歉薄，只有五六分收。问一路有抢劫否？云今年各处多丰收，匪类较少，未有抢劫。又言今年本邑完漕有一万四千石，馀皆折色。据土人言，折色每石折钱六千计，县中钱漕出息不下三万馀两，算来亦足敷动用，不致赔累，或不善经理，则未可知耳。

午后北风，船由西路直上，不由天妃闸、皮大河行走矣。十里至九里窑，又十里至涧门（村庄甚大，此处虽亦有淤，而河底却深）。皮大河口至天妃闸，共长七千馀尺，为四十五里。昨船行通经阅过，上半段淤滩多而港面狭，下半段淤滩少而港面宽，按段办工，自有分别，按估册亦新旧开除。所问方价，有百五六文，百七八文之不同，若以百八文为准，照册中所开每方需银一钱九分（细按估册方价，连戽水在内，所问乡民之方价，只就挑土而言，所以不同），合以本邑现在时价，每两曹纹换足串钱（每千只扣四文）一千三百七十文折算，计每方应长钱八十文，积而至于万方，则应长钱八百千文，以二十五万方计之，应长二万千文，再加以土坝桩坝各工，再加以库平盈馀,尚不止此数。图中所开汊港,船户多不知识,惟知有封子河而已。皮大河受西南北五六州县八八六十四万荡下注之水,十一年马棚湾漫口[1],水没至盐城县城根二丈,诸农田均被淹浸,皆由此河淤塞不能畅流归海之故(补记乡民语)。

由涧门二十里至新河庙泊船,已有定更时候。此处由西直上,即为西盐河,船应由此折入东塘河归来时原路。是晚问船家,该邑城乡间有地棍地霸为害于一乡者否?答云先前原有,近来却无,地方极为安静。

[1] 十一年:道光十一年(1831)。是年夏,运河在马棚湾、十四堡溃口,造成苏北特大洪灾。

畿辅水利议(八则)[1]

一 总叙

窃惟国家建都在北,转粟自南,京仓一石之储,常縻数石之费,循行既久,转输固自不穷,而经国远猷[2],务为万年至计,窃愿更有进也。

恭查雍正三年命怡贤亲王总理畿辅水利营田[3],不数年垦成六千馀顷。厥后功虽未竟,而当时效有明征,至今论者,慨想遗踪,称道勿绝。盖近畿水田之利,自宋臣何承矩[4]，元臣托克托[5]、郭守敬[6]、虞集[7]，明臣徐贞明[8]、邱濬[9]、袁黄[10]、汪应蛟[11]、左光斗[12]、董应举辈[13]，历历议行，皆有成绩。国朝诸臣章疏文牒，指陈直隶垦田利益者，如李光地[14]、陆陇其[15]、朱轼[16]、徐越[17]、汤世昌[18]、胡宝瑔[19]、柴潮生[20]、蓝鼎元[21]，皆详乎其言之。

窃见南方地亩狭于北方，而一亩之田，中熟之岁，收谷约有五石，则为米二石五斗矣。苏、松等属正耗漕粮，年约一百五十万石，果使原垦之六千馀顷修而不废，其数即足以当之。又尝统计南漕四百万石之米，如有二万顷田即敷所运[22]。倘恐岁功不齐，再得一倍之田，亦必无虞短绌。而直隶天津、河间、永平、遵化四府州可作水田之地，闻颇有馀，或居洼下而沦为沮洳[23]，或纳海河而延为苇荡[24]，若行沟洫之法，皆可成为上腴[25]。

谨考宋臣郏亶、郏乔之议[26]，谓治水先治田，自是确论。直隶地亩，若俟众水全治而后营田，则无成田之日。前于道光三年举而复辍[27]，职是之故。如仿雍正年间成法，先于官荡试行，兴工之初，自须酌给工本，若垦有功效，则花息年增一年[28]。譬如成田千顷，即得米二十馀万石，或先酌改南漕十万石折征银两解京，而疲帮九运之船[29]，便可停造十只。此后年收北米若干，概令核其一半之数折征南漕，以为归还原垦工本及续垦佃力之费。行之十年，而苏、松、常、镇、太、杭、嘉、湖八府州之漕，皆得取给于畿辅。如能多多益善，则南漕折征，岁可数百万两，而粮船既不须起运,凡漕务中例给银米所省,当亦称是[30]。且河工经费,因此更可大为撙节[31]。上以裕国,下以便民,皆成效之可卜者。至漕船由渐而减,不虑骤散水手之难;而漕弊不禁自除,绝无调剂旗丁之苦。朝廷万年至计,似在于此。

谨荟萃诸书,择其简明切要可备设施者,条列事宜,析为十二门:首胪水田利益,国计民生,明当务之急也。次辨土宜。次考成绩,因利而利,示已成之事,著必效之券也。次专责成。次优劝奖,齐心力,励勤能也。次轻科则,以绝顾虑。次禁扰累,以杜流弊。次破浮议阻挠,以防中梗,由是令行禁止,而经画可施。次以田制沟洫,而营种之事备焉。经画既施,美利务在均平,故摊拨次之。美利既昭,见小终贻远害,故禁占碍又次之。首善倡行有效,以次推行各省,普享乐利,而营田之能事毕矣。凡所抄辑,博稽约取,匪资考古,专尚宜今,冀于裕国便民至计,或稍有裨补云。臣林则徐谨叙。

〔1〕本书初名《北直水利书》,酝酿于林则徐供职翰林院时期,编定于江苏巡抚任内,备采宋、元、明以来何承钜等数十家言,提出在畿辅即北京附近一带兴修水利、开治水田,就地取粮,作为解决南漕北运弊端丛生的根本方案。原稿已佚,传世本系林则徐四子林拱枢得于某友宅,署名《直隶水田事宜》之钞本。林则徐孙林涧溆于光绪二年丙子(1876)校刻,似以此为底本,改用今名。篇首为总叙,下分十二篇,每篇辑录历代有关议论,末有林则徐案语。这里选收总叙和七篇案语。

〔2〕猷(yóu 尤):计划。远猷,长远计划。

〔3〕怡贤亲王:清康熙帝第二十二子允祥,雍正时封怡亲王,死后谥号贤。

〔4〕何承矩(946—1006):字正则,太原(今属山西)人。宋太宗时,任沧州节度副使,疏请于顺安砦西(今河北高阳东)开易河蒲口,资其陂泽,筑堤贮水为屯田。旋被任命为制置屯田使,董其役,自顺安以东,濒海东西三百馀里、南北五七十里,悉为稻田。

〔5〕托克托:即脱脱(1314—1356),字大用。元惠宗(顺帝)时,官至右丞相。至正十三年(1353),脱脱言:"京畿近水地,召募南人耕种,岁可收百万馀石。"于是,西至西山,南至保定、河间,北抵檀顺,东至迁民镇,凡系官地及屯田,悉从分司农司,立法佃种,岁及大稔。

〔6〕郭守敬(1231—1316):字若思,顺德邢台(今河北邢台)人。元世祖时任都水监,设计开凿通惠河,并修治其他河渠多处。

〔7〕虞集(1272—1348):字伯生,号道园、邵庵,崇仁(今属江西)人。元泰定帝时任翰林直学士兼国子祭酒,进言,"京师之东,濒海数千里",宜"用浙人之法,筑堤捍水为田。听富民欲得官者,合其众分授以地"。

〔8〕徐贞明(?—1590):字孺东,一字伯继,贵溪(今属江西)人。明隆庆五年(1571)进士。万历三年(1575)任工科给事中时,上水利议,主张仿虞集意,在北京附近开治水田,未被采纳,被谪后著《潞水客谈》申其说。万历十三年(1585),以尚宝司少卿兼监察御史领垦田使,诣永平募南人垦田。

〔9〕邱濬(1420—1495):字仲深,广东琼山(今属海南)人。明景泰进士。官至礼部尚书、文渊阁大学士。在《大学衍义补》中提出:"京畿地势平衍,不必霖潦之久,辄有害稼之苦,莫若少仿遂人之制,每郡以境中河水为主,又随地势,各为大沟广一丈以上者,以达于河。又各随地势,开小沟广四尺以上者,以达于大沟。又各随地势,开细沟广二三尺以

上者,委曲以达于小沟。"

〔10〕袁黄(1533—1606):字坤仪,号了凡,浙江嘉善人。明万历四十四年(1616)进士。官兵部主事。著有《皇都水利》,主张在近畿开治水田。宝坻县令任内,劝农随地形势开凿水利。

〔11〕汪应蛟(1550—1628):字潜夫,婺源(今属江西)人。明万历二年(1574)进士。天津巡抚任内,募民于葛沽、白塘二处垦田五千亩,为水田者十之四。万历三十年(1602),移抚保定,请应兴水利,通渠筑堤,量发军夫,一准南方水田之法行之。

〔12〕左光斗(1575—1625):字遗直,桐城(今属安徽)人。明万历三十五年(1607)进士。任御史时,出理京畿屯田,上《屯田水利疏》,陈三因十四议,被采纳实行。

〔13〕董应举(1557—1639):字崇相,福建闽县(今闽侯县)人。明万历进士。天启二年(1622)为太仆寺卿,奉命管天津至山海关屯田,规画数年,开田十八万亩。

〔14〕李光地(1642—1718):字晋卿,福建安溪人。清康熙进士。在直隶巡抚任上,治理漳河、永定河,饬兴水利,上《请开河间府水田疏》,建议:"其可兴水田者,教之栽秧插稻之法,其难以成田者,则广其蒲稗菱藕之利。"

〔15〕陆陇其(1630—1692):字稼书,浙江平湖人。清康熙进士。在灵寿知县任上,督民疏浚卫河。在《论直隶兴除事宜书》中,主张讲求水利于未荒之前,通查所属州县水道,统一规划,分年举行。

〔16〕朱轼(1665—1736):字若瞻,江西高安人。清康熙进士。雍正初任大学士时,协助怡贤亲王经理畿辅水利营田。

〔17〕徐越(1620—1687):字山琢,江苏山阳(今淮安)人。清顺治进士。任御史时,上有《畿辅水利疏》,建议大兴畿辅水利,积漕利国,富旗安民。

69

〔18〕汤世昌:字其五,浙江仁和(今杭州市)人。清乾隆进士。任御史时,上有《西北各省疏筑沟道疏》,建议西北各省于大道两旁开沟蓄泄。

〔19〕胡宝瑔(1694—1763):字泰舒,江苏青浦(今属上海市)人。任河南巡抚时,上《开田沟路沟疏》,率属在浚河道工竣后,开民田沟洫,加挑路沟及小沟,修复废渠。

〔20〕柴潮生:字禹门,仁和人,雍正间举人,曾任山西道监察御史。乾隆九年(1744)上《水利救荒疏》,考古证今,建议在直隶兴水利、开水田。

〔21〕蓝鼎元(1680—1733):字玉霖,别字任庵,号鹿州,福建漳浦人。雍正元年(1723)拔贡,充内阁一统志馆纂修效力。二年(1724)作《论北直水利书》,认为"不特北直之水可兴,而山东、河南、淮徐上下数千里,亦可以次第举行"。

〔22〕即敷所运:二万顷田以中等收成计算可收米五百万石,足够抵上运来南漕的数量。

〔23〕沮洳(jù rù 具入):湿地。

〔24〕苇荡:长满芦苇的荡地。

〔25〕上腴(yú 鱼):肥沃的上等田地。

〔26〕郏亶、郏乔:见《娄水文征序》注。

〔27〕举而复辍:指道光三年(1823)清廷发银五十万两,命直隶总督蒋攸铦浚河北各河道,未成功而中止。

〔28〕花息:指工本的利息。

〔29〕疲帮:疲困的漕船帮。九运:运过九年。

〔30〕当亦称是:应当也有这个数字。

〔31〕撙(zǔn 傅)节:节省。

二　直隶土性宜稻,有水皆可成田

稻,水谷也。《禹谟》六府始水而终谷[1],故天下有水之地,无不宜稻之田。近在内地者无论已,迪化在沙漠之境[2],而有泉可引,宜禾锡以嘉名;台湾悬闽海之中,而有潮可通,产米甲于诸郡。此皆从古天荒,开自本朝,而一经耕治,遂成乐土。况神京雄据上游,负崇山而襟沧海,来源之盛,势若建瓴,归壑之流,形有聚扇,而又有淀泊以大其潴蓄,有潮汐以资其润泽,水脉之播流于全省,若气血之周贯于一身。奥衍之资,天造地设,是有一水,即当收一水之用,有一水,即当享一水之利者也。然非深明乎因地制宜之用,化瘠为沃之方,恐狃于成见,必将以水土异性为疑。今且不敢远征,断自元、明建都以来敷陈诸策,固已言之凿凿,试之有效;而我朝怡贤亲王周历经度,叠次疏陈,参之诸臣奏议、三辅志乘,凡土之宜稻、地之可田,悉经逐段指出,则畇畇畿甸[3],实具天地自然之利,尤为万无可疑。今即水道之通塞分合,不无小殊,而土性依然,地利自在,可知稻田之不广,良田人事之未修,而所以物土宜兴水利者,可以考求遗迹,实力举行矣!

〔1〕《禹谟》:《尚书》篇名,记载大禹事。
〔2〕迪化:清迪化州,即今新疆维吾尔自治区首府乌鲁木齐一带。

〔3〕畇(yún 云)畇:田地整齐。

三　缓科轻则

水田之兴,西北大利也。然或计其岁入之饶,而议及岁供之数,则民情惧罹重赋,必将瞻顾不前。昔徐贞明领垦地,使北人惧东南漕储派于西北,事初举而烦言顿起,遂以中止[1],此其明征也。宋臣晁公武有言[2]:"晚唐民务稼穑则增其租,故播种少;吴越民垦荒而不加税,故无旷土。"是因垦议赋,适因赋病垦,卒至田不加辟,赋无可增,于国于民,两无裨益。况我朝赋役之制,东南赋重而役轻,西北赋轻而役重,用一缓二,实为立法之精心。今役既无可议减,赋又何可议增?请自新开水田,若本系行粮地亩,照原额征收,永不加增;或系无粮荒地,亦须酌宽年限,缓其升科,轻其赋则。明定章程,遍行晓谕,俾共知圣天子深仁大度,但求民间有倍入之收,不计国赋有丝毫之益,庶良懦绝顾瞻之虑,豪猾息梗阻之谋,而乐事劝功,共戴皇仁矣。

〔1〕"昔徐贞明领垦地"四句:事见《明史·徐贞明传》:"初议时,吴人伍袁萃谓贞明曰:'民可使由,不可使知。君所言,得无太尽耶?'贞明问故。袁萃曰:'北人惧东南漕储派于西北,烦言必起矣。'贞明默然。已而(王)之栋竟劾奏如袁萃言。"

〔2〕晁公武:字子止,钜野人。宋臣。官至敷文阁直学士,临安少尹。著有《郡斋读书志》。

四　禁扰累

为国不患无任事之人,而患有偾事之人[1]。任事者,方兴利以救弊;偾事者,即因利而滋弊。故曰"利不百不兴,害不百不去",诚慎之也。今兴治水田,为西北百姓建无穷之利,民间自营之产,人自耕之,人自享之,赋税不增,租典由便,有利无害者也。特恐创行之始,或急于见功,奉行不善,或假手胥吏,生事滋扰,甚或违理妄行,藉以阻挠政事,如雍正六年上谕处革之梁文中其人者[2],将养民之政,反为扰民之事。此端一开,浮议乘隙而生,必至惩羹吹齑[3],因噎废食。是在承办各官,毋急近功,毋执偏见,虚心谘访,善言劝导,毋令书役得以藉手,庶杜渐防微之虑周,而善作善成之效可期也。

[1] 偾(fèn奋)事:败事。
[2] 梁文中:时为直隶营田工员,推行开治水田,强迫命令,拔去民间已种豇豆,被参革职。雍正上谕指出:"梁文中不行晓谕,于事先乃将已成之禾稼逼令抛弃,违理妄行,显欲阻挠政事,非无心错误可比。……著革职于工所,枷号示众。其所毁坏豇豆,著即于梁文中名下照数追赔。"
[3] 惩羹吹齑(jī机):屈原《九章·惜诵》:"惩于羹者而吹齑兮。"人被热汤烫过后,吃冷菜也要吹一下。比喻戒惧过甚或矫枉过正。

五　破浮议,惩阻挠

天下事当积重难返之后,万不得已而思变通,幸而就理,万世之利也。然北米充仓,南漕改折,国家岁省经费万万,民间岁省浮费万万,此皆自蠹穴中剔出[1],陋规中芟除者,则举行之日,浮议阻挠,必且百出。如前明宏治间,浚大通河,漕船已达大通桥,节省金钱无算,而张鹤龄等因失车利[2],造黑眚之说[3],以阻坏之。夫成功尚可坏,况未成乎?徐贞明初上水利议,格不行。迟之十年,重以苏瓒、徐待、王敬民、申时行诸人之力,仅得一试。无何,蜚语潜入,王之栋一疏败之而有馀[4]。举事者何其难,挠事者又何其易也!今圣谟枢赞,一德一心,询谋既定,无虑异议之滋,而小人之浮言梗阻,势亦在所不免。要之,簧鼓不足听[5],而刁健不可长,是在卓然不惑,处之有道而已。

[1] 蠹(dù 杜)穴:虫蛀的穴洞。
[2] 张鹤龄:明孝宗孝康张皇后之弟,弘治五年(1492)袭封寿宁侯。以皇亲在畿辅一带广占田地,占据关津,与民争利,骄肆不法。车利:大通河未浚前,漕粮由车运入京中各仓。车运工价,若遇泥泞时,每米一石约银一钱;改船运直达大通桥,每石止钱几文(《明孝宗实录》卷一六〇),车运利益比船运高出十多倍。
[3] 黑眚(shěng 生上声):视力出现黑点的眼病。此指自内生成的妖祥。

〔4〕"迟之十年"六句：指万历十三年（1585），御史苏瓒、徐待、给事中王敬民交章论荐徐贞明《水利议》之可行，明神宗乃敕贞明会抚按诸臣勘议，九月命领垦田使，诣永平试办。一时烦言四起，奄人、勋戚失其利者争言不便，神宗动摇。次年三月，阁臣申时行上疏陈时政，力言其利。而御史畿辅人王之栋上疏言水田必不可行，且陈开淳沱河不便者十二，神宗乃召见时行等，谕令停役。

〔5〕簧鼓：《庄子·骈拇》："使天下簧鼓以奉不及之法。"即迷惑人的花言巧语。

六　田制沟洫水器稻种附

沟洫之利甚溥，非独水田宜设，前人论之详矣！而经画水田，要在尽力沟洫。陂塘之潴蓄，所以供沟洫之挹注也；闸堰涵洞之启闭，所以均沟洫之节宣也。沟洫修而田制备，田制备而地中之水无一勺不疏如血脉，水旁之地无一亩不化为膏腴。大禹之粒蒸民[1]，举其要，不外浚川距海，浚畎浍距川，然则营田之政，亦尽力沟洫而已。

直隶八郡地势，西北高，东南下，而一郡之中，又各有高下之异。今择其近水之处，随宜经画，负山高仰之地，可导泉引溉，则为陂、为塘，以备旦暮日易；滨河平广之地，可疏渠引溉，则为闸、为堰，以齐旱涝；濒海近淀之地，可筑围引溉，则为圩、为堤，以防漫溢。如是，则水之为田患者寡，水之不为田用者盖亦寡已。经画既定，播种可施，乃更揆度地形，作水器以省灌溉之力；辨别土性，择稻种以适气候之宜。

使向之听丰歉于天时者,一视勤惰于人事,人事修举,而天时不害,地宝咸登矣。

〔1〕粒蒸民:养育众民。粒,谷粒,引申为养活。蒸,众。

七　禁占垦碍水淤地

天以五行生万物,而先水。水之有利,水之性也。至用水者,与水争地,而水违其性。水利失,水患滋矣。明臣潘凤梧曰[1]:"若计开田,先计储水。"《荒政要览》曰:"泽不得川不行,川不得泽不止,二者相为体用,为上流之壑,为下流之源,全系于泽,泽废,是无川也。"畿辅之地,百川辐辏,赖淀泊以为之容畜,而后涝不虞,汛不滥,旱不至焦枯。自规图小利者,于附近淤地日渐占垦,以至阻碍水道,旱涝皆病,于通省水利大局关系非小。夫治地之法,将有所取,必有所弃。彼第知泽内之地可为田,而不知泽外之田将胥而为水,其弊视即鹿无虞[2],凿空寻访者,殆有甚焉。今履勘所至,凡有此等地亩,务须查明界址,分别划除,永禁侵垦。所谓舍尺寸之利,而远无穷之害,此正经营之始,所当早为禁绝,以杜流弊者也。

〔1〕潘凤梧:桐乡人,贵州籍,隆庆四年(1570)举人。著有《治河管见》四卷。引文见此书。

〔2〕即鹿无虞:出自《周易·屯》:即鹿无虞,唯入于林中;君子几,

不如舍,往咨。

八　推行各省

西北诸省,古称沃饶之地,甚多河渠沟洫。汉唐以来,代有兴举,成效著于史策。自水利积久未修,膏腴之壤皆为陆田,遂若大河以北,土性本不宜稻者,骤举稻田之利语人,人必不信。然粤西民俗,则又止知水田种稻,不知旱地可种杂粮。先臣李绂因地有馀利[1],请多觅农师教导,兼植北方粱粟。易地以观,可知南北种植之殊,端由民习,不尽关土性也。今请俟畿辅倡行之后,确有明效,且共睹稻田之入倍于旱田,自必闻风兴起,乃以营种之法,颁之山、陕、豫东诸省,令各随宜相度,以渐兴举。由是推行愈广,乐利愈宏,财用阜成,家给人足,风俗纯厚,经正民兴,东南可藉苏积困,而西北且普庆屡丰,此亿万世无疆之福也。

[1] 李绂(1673—1750):字巨来,号穆堂。江西临川人。康熙进士。历任广西巡抚、内阁学士、户部侍郎等职。

防汛事宜[1]

一、设窝铺。凡临流顶冲最险要处,必须多聚人夫料物,应择适中最要处所,报明建盖窝铺。计所辖各段,正堤共需窝铺几座,每座所雇人夫约以三名为度。合两三铺再派家丁一人往来稽查,仍按段竖立宽阔牌签一枝,大书丁役人夫姓名,以凭点验。

一、制抬篷。窝铺不能多设,既设即难迁移,自应添制抬篷。篷以木为之,上盖篾席,中有板铺,可睡二人,两头俱有木杠伸出,可以抬走。

一、积土牛。汛涨猝至,临时无土,每致束手。必须挑土积起,即以所雇人役为之。每一土牛高约四尺,长二丈,顶宽二尺,底宽一丈,每日一夫应挑土几担,几夫可积一土牛,按夫按日核定挑积,报候点验。其无土之处,挑堆瓦矽亦属可用。

一、备物料。石块(方圆大小不拘,多多益善,下俱仿此)、砖块、木桩、板片、木橛、草束、柴把、苇把、树枝、绳缆、草帘、油篓、麻袋(篓袋内均贮沙贮土,或贮瓦矽,俱不拘)、破烂棉絮、破锅、破缸(以扣泉眼)、硬煤、芦席、火把、油烛。

一、储器具。石硪、木夯、铁锄、铁锹、粪箕、木桶(成担)、扁桶、路灯、灯架、手灯、雨伞、箬笠、蓑衣、草鞋、铜锣、木梆。

一、境内工段,最要几处,次要几处,某处派丁役几名,通堤统共若干,归于汛委何员管束,先即核定人数,造册详明候验。

一、防汛之人,每名每日饭食连油烛约一百文,挑土者视其难易远近,酌予加增,不得少发。

一、修工时监修之董事人等，大汛责令如所修工段，随同印汛委员住堤防护，该州县应即随时督率，务使认真。遇有险工，协力抢护，以期化险为平，不得听其推诿躲避。

一、此段有险，上下段及对岸夫役均须赶往帮抢，并携带料物协济。

一、各属所配军流徒犯及有案窃匪，如可收作夫役，使之挑积土牛，给予饭钱，以免逃脱复犯，较之充警，更为一举两得，似属可行。应饬各州县督率汛员，查明境内此种人犯共有几名，分别安插，以资役使，仍造册报候点验。

〔1〕道光十七年正月二十二日（1837年2月26日），林则徐升任湖广总督。三月初五日（4月9日），抵武昌就任。五月，长江流域进入夏汛期，林则徐亲自制订防汛事宜十条，督饬沿江各地官员做好防汛准备。本文是对长江防汛经验的总结和推广。

筹防襄河新旧堤工折[1]

奏为阅视襄河新旧堤工，分别督饬筹防抢险，并现在水势情形，恭折奏祈圣鉴事：

窃臣前因大汛期内，各属堤防险工林立，即于六月间附片奏明出省督防在案。臣由汉阳溯流而上，经历汉川、沔阳、天门、潜江、京山、荆门、钟祥、襄阳各州县，将南北两岸堤工量明丈尺，分为最险、次险、平稳三项，以便稽查防护。

其河滩宽远、堤塍高厚者,列为平稳一项;若滩窄溜近而河形尚顺,堤虽单薄而土性尚坚者,列为次险。至迎溜顶冲,或对面沙嘴挺出,堤前嫩滩塌尽,以及土性沙松,屡筑屡溃之处,皆为最险要工,逐年必须加培,大汛尤资守护。且查襄河河底从前深皆数丈,自陕省南山一带及楚北之郧阳上游,深山老林尽行开垦,栽种包谷,山土日掘日松,遇有发水,沙泥随下,以致节年淤垫,自汉阳至襄阳,愈上而河愈浅。又汉水性最善曲,一里之近竟有纡回数折者,此岸坐湾则彼岸受敌,正溜既猛即回溜亦狂。是以道光元年至今,襄河竟无一年不报漫溃。惟所溃之处受患轻重各有不同,溃在下游者轻,上游则重;溃在支堤者轻,正堤则重。如汉川以下,为汉渎尾闾,本不设堤,谓之厂畈。自此而上,沔阳高于汉川、潜江,天门高于沔阳、京山,钟祥又高于天门、潜江。设使上游失事,如顶灌足,即成异灾,故防守之道尤须于上游加意。

本年五月中旬涨水甚骤,几于漫堤,幸上游均经保全。其报溃之白鱼垸、长湖垸两处[2],一系下游,一系支堤,情形较轻。现在长湖垸业已补筑完竣,白鱼垸亦已钉桩,当饬该县严催业民集费抢筑。六月下旬水又加长七八尺不等,现在甫经消落,仍恐秋汛复涨,禾稼在地,守护不可稍疏,而尤莫要于钟祥、京山两县。查从前钟、京交界之王家营堤工,溃决频闻,仰蒙特命尚书陈若霖等临工勘估,前任湖广总督嵩孚驻工督修,经黄州府通判周存义建办石坝三道,挑溜护堤,至今十年,捍卫极为得力。上年讷尔经额在总督任内,恐此工一逾固限,众心或有懈弛,仍甚可虞,复将该石坝三道加培高宽,现在益臻巩固。惟京山第五段之张壁口[3],与钟祥第三工之万佛寺两处堤塍[4],目下俱被大溜冲刷,堤身壁立,极为险要。臣亲勘之后,即饬该府县估办护坝,并相势筑作盘头,又于迎溜各段抛填坚大块石斜长入水,追压到底,以资卫护,业已设法筹办,不敢请动帑项。

至上年讷尔经额奏请修复钟祥县第十工之刘公庵、何家潭两处溃堤,共七百二十八丈,并砌办石坝各工,此次经臣亲往验收,不独如式饱锥,且较原估更加宽厚,似此险要地段,须得有此结实工程。所有赔修之署钟祥县知县谢庆远,先因该工漫溃,奏奉谕旨革职留任,今赔修工竣,可否仰恳天恩,准予开复,恭候命下祗遵。

再,襄阳府城之老龙石堤[5],臣亦亲至查视,甚属坚固,足资保障。

除仍督属加意守护外,所有阅视襄河堤工筹防抢险缘由,理合恭折具奏,伏乞皇上圣鉴。谨奏。

[1]道光十七年六月二十五日至七月十二日(1837年7月27日至8月12日),林则徐乘船从汉阳至襄阳,沿途察看两岸堤工,指导防汛抗洪。七月十三日(8月13日),在襄阳拜发这份奏折,指出长江中游流域水患频仍,在于上游的乱砍乱伐,造成水土流失,河床淤浅,"设使上游失事,如顶灌足,即成异灾,故防守之道尤须于上游加意"。

[2]白鱼坈(yuàn院):在汉川县。林则徐《丁酉日记》:道光十七年六月二十七日(1837年7月29日),"至白鱼坈登岸履勘。五月间所

溃之堤将及百丈,口门有水二三尺,催令董事集料抢修"。长湖垸:在沔阳县,东荆河之内。

〔3〕张壁口:在京山县。林则徐《丁酉日记》:七月初四日(8月4日),至张壁口,"观新挽月堤八十丈。此地对岸有沙洲,挺出堤前,场滩殆尽,堤虽新筑,然不可恃,当与守、令商议,于堤前筑坝抛石防护"。

〔4〕万佛寺:地名,在钟祥县。林则徐《丁酉日记》:七月初五日(8月5日),至万佛寺,"登岸观堤工,对岸有沙洲挺出,溜势顶冲,堤外皆护块石,今与商议作盘头挑溜"。

〔5〕老龙石堤:在襄阳府城。林则徐《丁酉日记》:七月十二日(8月12日),"黎明登岸查视老龙石堤共二千零四丈,至万山而止"。

筹议严禁鸦片章程折[1]

奏为遵旨筹议章程,恭折复奏,仰祈圣鉴事:

本年五月初二日准兵部火票递到刑部咨开[2]:"道光十八年闰四月初十日上谕:'黄爵滋奏《请严塞漏卮以培国本》一折[3],著盛京、吉林、黑龙江将军,直省各督抚,各抒所见,妥议章程,迅速具奏。折并发。'钦此。"臣查原奏,内称"近来银价递增,每银一两,易制钱一千六百有零,非耗银于内地,实漏银于外夷。自鸦片烟流入中国,其初不过纨绔子弟习为浮靡,嗣后上自官府、缙绅,下至工商优隶,以及妇女、僧尼、道士,随在吸食。广东每年漏银渐至三千馀万两,合之各省,又数千万两。耗银之多,由于贩烟之盛,贩烟之盛,由于食烟之众,今欲加重罪名,必先重治吸食。请皇上严降谕旨,自今年某月日起至明年某月日止,准给一年限期。若一年以后,仍然吸食,是不奉法之乱民,罪以死论"等语[4]。

臣伏思鸦片流毒于中国,纹银潜耗于外洋,凡在臣工,谁不切齿。是以历年条奏,不啻发言盈廷,而独于吸食之人,未有请用大辟者[5]。一则《大清律例》早有明条,近复将不供兴贩姓名者由杖加徒,已属从重,若径坐死罪,是与十恶无所区别,即于五刑恐未协中[6];一则以犯者太多,有不可胜诛之势,若议刑过重,则弄法滋奸,恐讦告诬攀,贿纵索诈之风,因而愈炽。所以论死之说,私相拟议者未尝乏人,而毅然上陈者独有此奏。然流毒至于已甚,断非常法之所能防,力挽颓波,非严蔑济[7]。兹蒙谕旨敕议,虽以臣之愚昧,敢不竭虑筹维。

窃谓治狱者,固宜准情罪以持其平;而体国者,尤宜审时势而权所重。今鸦片之贻害于内地,如病人经络之间久为外邪缠扰,常药既不足以胜病,则攻破之峻剂,亦有时不能不用也。夫鸦片非难于革瘾,而难于革心,欲革玩法之心,安得不立怵心之法。况行法在一年以后,而议法在一年以前,转移之机正系诸此。《书》所谓"旧染污俗,咸与惟新"[8],《传》所谓"火烈民畏,故鲜死焉"者[9],似皆有合于大圣人辟以止辟之义[10],断不至与苛法同日而语也。惟是吸烟之辈,陷溺已深,志气无不惰昏,今日安知来日。当夫严刑初设,虽亦魄悚魂惊,而转思期限尚宽,姑俟临时再断,至期迫而又不能骤断，则罹法者仍多，故臣谓转移之机，即在至此一年中。必直省大小官员共矢一心，极力挽回，间不容发，期于必收成效，永绝浇风，而此法乃不为赘设。兹谨就臣见所及，拟具章程六条，为我皇上敬陈之：

一、烟具先宜收缴净尽，以绝馋根也。查吸烟之竹杆谓之枪，其枪头装烟点火之具，又须细泥烧成，名曰烟斗。凡新枪新斗皆不适口，且难过瘾。必其素所习用之具，有烟油渍乎其中者，愈久而愈宝之，虽骨肉不轻以相让。此外零星器具，不一而足，然尚可以他具代之，惟枪斗均难替代，而斗比枪尤不可离。遇无枪时，以习用之斗配别样烟杆，犹或迁就一吸。若无斗即烟无装处，而自不得不断矣。今须责成州县，尽力收缴枪斗，视其距海疆之远近，与夫地方之冲僻，户口之繁约，民俗之华朴，由各大吏酌期定数，责以起获，示以劝惩。除新枪新斗听该州县自行毁碎不必核计外，凡渍油之枪斗，皆须包封，粘贴印花，汇册送省，该省大吏当堂公同启封毁碎。无论此具或由搜获，或由首缴，或由收觅，皆许核作州县功过之数。若地方繁庶而收缴寥寥者，立予撤参。如能格外多收，亦当分别奖励。

一、此议定后，各省应即出示，劝令自新，仍将一年之期，划分四限，递加罪名，以免因循观望也。查重典之设，原为断吸起见，果能人人断吸，亦又何求？所谓以人治人[11]，改而止也。各省奉文之后，应由大吏发给告示，遍行剀切晓谕。自奉文之日起，扣至三个月为初限，如吸烟之人，于限内改悔断绝赴官投首者,请照"习教人首明出教"之例[12],准予免罪。然投首非空言也,必将家藏烟具几副,馀烟若干,全行呈缴到官,出具改悔自新毫无藏匿甘结,加具族邻保结,立案报查。如日后再犯,或被告发,或经访闻,拘讯得实,加倍重办。其二、三、四限之内投首者,虽不能概予免罪,似亦可酌量减轻。惟不投首者,一经发觉,即须加重。盖四时成岁,三月成时,气候不为不久,果知畏法,尽可改图;若仍悠忽迁延,再三自误,揆以诛心之律[13],已非徒杖所可蔽辜。除初限以内拿获者,仍照原例办理外,其初限以外,四限以内未首之犯,拿获审实,似应按月递加一等,至军为止。其中详细条款,并先后投首如何减等,首后再犯如何惩办之处,均请敕部核议施行。似此由宽而严,由轻而重,不肖之徒,如再不知悔惧,置诸死地,诚不足惜矣。

一、开馆兴贩以及制造烟具各罪名,均应一体加重,并分别勒限缴具自首,以截其流也。查开馆本系死罪,兴贩亦应远戍[14],近因吸食者多,互相包庇,以致被获者转少。今吸烟既拟重刑,若辈岂宜末减!应请一体加重,方昭平允。但浇俗已深,亦宜予以自新之路。请自奉文之日起,开馆者勒限一月,将烟具烟土全缴到官,准将原罪量减。如系拿获,照原例办理。地方官于一月内办出者,无论或缴或拿,均免从前失察处分,倘逾限拿获犯,照新例加重,自获之员减等议处。其兴贩之徒,路有远近,或于新例尚未闻知,不能概限一月投首。应请酌限三个月内,不拘行至何处,准赴所在有司衙门缴烟免罪。若逾限发觉,亦应论死。其缴到之烟土烟膏,眼同在城文武,加用桐油立时烧化,投灰江河。匿者与犯同罪。至制造烟具之人,近日愈夥,如烟枪固多用竹,亦间有削木为之,大抵皆烟袋铺所制。其枪头则裹以金银铜锡,枪口亦饰以金玉角牙。闽、粤间又有一种甘蔗枪,漆而饰之,尤为若辈所重。其烟斗自广东来者,以洋瓷为上;在内地制者,以宜兴为高。恐其屡烧易裂也,则亦包以银锡,而发蓝点翠,各极其工;恐其屡吸易塞也,则又通以铁条,而矛戟锥刀不一其状。手艺之人喜其易售,奇技淫巧,竞相传习,虽照例惩办而制造如故。应请概限奉文一月内,将所制大小烟具全行缴官毁化免罪。并谕烟袋作坊,瓦器窑户以及金银铜锡竹木牙漆各匠,互相稽查。如逾限不首及首后再制,俱照新例重办。其装成枪斗可用吸食者,即须论死。保甲知情不首,与犯同罪。

一、失察处分,宜先严于所近也。文武属员有犯,该管上司,于奉文三个月内查明举发者,均予免议。逾限失察者,分别议处。其本署戚友家丁,近在耳目之前,断无不知,应勒限一个月查明。若不能早令革除,又不肯据实举发,即是有心庇匿,除犯者加重治罪外,应将庇匿之员,即行革职。本署书差有犯,限三个月内查明惩办,逾限失察者,分别降调。

一、地保牌头甲长,本有稽查奸宄之责,凡有烟土烟膏烟具,均应著令查起也。挟仇讦告之风,固难保其必无,但能起获赃证,即已有据。且起一件,即少一害。虽初行之时,亦恐难免滋扰,然凡事不能全无一弊,若果吸烟者惧其滋扰,而皆决意断绝,正不为无裨也。至开馆之房主及该地方保甲,断无不知之理,若不举发,显系包庇,应与正犯同罪,并将房屋入官。

一、审断之法,宜预讲也。此议定后,除简僻州县,犯者本少,即有一二,无难随时审办外,若海疆商贾马头及通衢繁会之区,吸食者不可胜数。告发既多,地方有司日不暇给,即终日承审,而片刻放松则瘾已过矣,委人代看则弊已作矣,是非问罪之难而定谳之难也[15]。要知吸烟之虚实,原不在审而在熬,熬一人与熬数人数十人,其工夫一耳,且专熬一人容或有弊,多人同熬转无可欺。譬如省会地方,择一公所,汇提被控被拿之人,委正印以上候补者一员往审足矣[16],不必多员也。临审时,恐其带药过瘾,则必先将身上按名严搜,即糕点亦须敲碎,然后点入封门,如考棚之坐号,各离尺许,不准往来。问官亦只准带一丁两役,随身伺候,不许擅离。自辰巳以至子丑[17],只须静对,不必问供,而有瘾之人,情态已皆百出矣。其审系虚诬者,何员所审,即令何员出具切结,倘日后别经发觉,惟原审官是问。

以上六条,就臣愚昧之见,斟酌筹议,未知当否?理合缮折具奏,伏乞皇上圣鉴训示。

再,臣十馀年来,目击鸦片烟流毒无穷,心焉如捣。久经采访各种医方[18],配制药料,于禁戒吸烟之时,即施药以疗之。就中历试历验者，计有丸方两种，饮方两种。谨缮另单，恭呈御鉴。可否颁行各省，以资疗治之处，伏候圣裁。谨奏。

〔1〕道光十八年五月初二日(1838年6月23日)，林则徐接到对黄爵滋禁烟"疏各抒所见、妥议章程"的谕旨，即于初四、初五两天(25日—26日)写成这篇折稿，表示严禁鸦片的态度，并提出禁烟章程六条。

〔2〕兵部火票：兵部命令沿途各驿站火速传送公文的凭照。刑部咨：刑部的咨文。开：开列。

〔3〕黄爵滋(1793—1853)：字德成，号树斋，江西宜黄人。道光三年(1823)进士。时任鸿胪寺卿。

〔4〕原奏：即黄爵滋的《请严塞漏卮以培国本疏》，收入《黄爵滋奏疏许乃济奏议合刊》卷八，又见《道光朝筹办夷务始末》卷二。这里所引并非原文，而是摘要。

〔5〕大辟：死刑。

〔6〕十恶：古代不可赦免的十大罪名，即谋反、谋大逆、谋叛、谋恶逆、不道、大不敬、不孝、不睦、不义、内乱。五刑：即笞、杖、徒、流、死五种刑罚。协中：适中。

〔7〕蔑济：无济于事。

〔8〕《书》：《尚书》。引文见《尚书·胤征》。

〔9〕《传》：《左传》。引文见《左传·昭公二十年》。

〔10〕辟以止辟：以刑去刑。语见《尚书·君陈》。

〔11〕以人治人：人人都畏法而互相约束。

〔12〕"习教人首明出教"之例：《大清律例》规定，信天主教、基督教者向官府自首，声明退出，可以免罪。

〔13〕诛心：究其居心蓄意以论定罪状。

〔14〕"查开馆"二句：雍正七年（1729），清廷首次颁布禁烟令中规定的刑罚。《大清律例按语》卷五十载："兴贩鸦片烟，照收买违禁货物例，枷号一个月，发边卫充军；若私开鸦片烟馆，引诱良家子弟者，照邪教惑众律，拟绞，监候。"又见《大清会典事例》卷八二九《刑部·刑律条犯·烟禁》。

〔15〕定谳（yàn厌）：审判定罪。

〔16〕正印：正印官，即知县。候补：听候委用，未授实缺。

〔17〕自辰巳以至子丑：相当自早上七时至次日凌晨三时。辰、巳、子、丑，时辰名。

〔18〕"久经"句：目前可见林则徐采访医方的记录，最早是道光七年四月初二日（1827年4月27日）写的《致心斋书》。距这次上奏十一年。道光十三年（1833）季春，林则徐延请青浦名医何书田到苏州抚署，"据医经，考药性，阐医理，参订递减递增之法"，编成《救迷良方》一书。

钱票无甚关碍
宜重禁吃烟以杜弊源片[1]

再，臣接准部咨[2]："钦奉上谕'据宝兴奏[3]，近年银价日昂，纹银一两易制钱一串六七百文之多，由于奸商所出钱票[4]，注写外兑字样，辗转磨兑，并无现钱，请严禁各钱铺，不准支吾磨兑，总以现钱交易，以防流弊'等语，著步军统领衙门、顺天府、五城会议具奏，并著直省各督抚妥议章程，奏明办理。钦此。"

臣查钱票之流弊，在于行空票而无现钱。盖兑银之人，本恐钱重难携，每以用票为便，而奸商即因以为利。遇有不取钱而开票者，彼即唉以高价，希图以纸易银。愚民小利是贪，遂甘受其欺而不悟。迨其所开之票，积至盈千累百，并无实钱可支，则于暮夜关歇潜逃，兑银者持票控追，终成无著。此奸商以票骗银之积弊也。臣愚以弊固有之，治亦不难。但须饬具五家钱铺连环保结，如有一家逋负，责令五家分赔，其小铺五家互结，复由年久之大铺及殷实之银号加结送官，无结者不准开铺，如违严究，并拘拿脱逃之铺户，照诓骗财物例，计赃从重科罪，自可以遏其流。但此弊只系欺诈病民，而于国家度支大计殊无关碍。

盖钱票之通行，业已多年，并非始于今日，即从前纹银每两兑钱一串之时，各铺亦未尝无票，何以银不如是之贵？即谓近日奸商更为诡猾，专以高价骗人，亦只能每两多许制钱数文及十数文为止，岂能因用票之故，而将银之仅可兑钱一串者，忽抬至一串六七百文之多，恐必无是理也。且市侩之牟利，无论银贵钱贵，出入皆可取赢，并非必待银价甚昂然后获利。设使此时定以限制，每两只许易钱一串，彼市侩何尝不更乐从，不过兑银之人吃亏更甚耳。若抑银价而使之贱，遂谓已无漏卮，其可信乎？查近来纹银之绌，凡钱粮盐课关税一切支解，皆已极费经营，犹藉民间钱票通行，稍可济民用之不足，若不许其用票，恐捉襟见肘之状，更有立至者矣。夫银之流通于天下，犹水之流行于地中，操舟者必较水之浅深，而陆行者未必过问；贸易者必探银之消息，而当官者未必尽知。譬如闸河之水,一遇天旱,重重套板,以防渗漏,犹恐不足济舟。若闭闸不严,任其外泄,而但责各船水手以挖浅,即使此段磨浅而过,尚能保前段之无阻乎?银之短绌,何以异是。臣历任所经,如苏州之南濠,湖北之汉口,皆阛阓聚集之地[5],叠向行商铺户暗访密查,佥谓近来各种货物,销路皆疲,凡二三十年以前,某货约有万金交易者,今只剩得半之数。问其一半售于何货?则一言以蔽之,曰鸦片烟而已矣。此亦如行舟者验闸河之水志,而知闸外泄水之多,不得以现在行船尚未搁浅,而姑苟于旦夕也。

臣窃思人生日用饮食所需,在富侈者,固不能定其准数,若以食贫之人,当中熟之岁,大约一人有银四五分即可过一日,若一日有银一钱,则诸凡宽裕矣。吸鸦片者,每日除衣食外,至少亦需另费银一钱。是每人每年即另费银三十六两。以户部历年所奏,各直省民数计之,总不止于四万万人,若一百分之中,仅有一分之人吸食鸦片,则一年之漏卮,即不止于万万两,此可核数而见者。况目下吸食之人,又何止百分中之一分乎?鸿胪寺卿黄爵滋原奏所云,岁漏银数千万两,尚系举其极少之数而言。内地膏脂年年如此剥丧,岂堪设想?而吸食者方且呼朋引类,以诱人上瘾为能,陷溺愈深,愈无忌惮。儆玩心而回颓俗,是不得不严其法于吸食之人也。

或谓重办开馆兴贩之徒,鸦片自绝,不妨于吸食者稍从末减,似亦持平之论。而臣前议条款,请将开馆兴贩一体加重,仍不敢宽吸食之条者,盖以衙门中吸食最多,如幕友、官亲、长随、书办、差役,嗜鸦片者十之八九,皆力能包庇贩卖之人,若不从此严起,彼正欲卖烟者为之源源接济,安肯破获以断来路?是以开馆应拟绞罪,律例早有明条,而历年未闻绞过一人,办过一案,几使例同虚设,其为包庇可知,即此时众议之难齐,亦恐未必不由乎此也。吸食者论死,则开馆与兴贩即加至斩决枭示亦不为过。若徒重于彼而轻于此,仍无益耳。譬之人家子弟在外游荡,靡恶不为,徒治引诱之人而不锢其子弟,彼有恃无恐,何在不敢复犯?故欲令行禁止,必以重治吸食者为先。且吸食罪名,如未奉旨饬议,虽现在止科徒杖,尚恐将来忽罹重刑。若既议而终不行,或略有加增,无关生死,彼吸食者皆知从此永无重法,孰有戒心?恐嗣后吃食越多,则卖贩之利越厚,即冒死犯法,亦必有人为之。是专严开馆兴贩之议,意在持平,而药不中病,依然未效之旧方已耳。谚云:"刖足之市无业屦,僧寮之旁不鬻栉[6]。"果无吸食,更何开馆兴贩之有哉?

或谓罪名重则讹诈多,此论亦似。殊不思轻罪亦可讹诈,惟无罪乃无可讹诈。与其用常法而有名无实,讹诈正无了期,何如执重法而雷厉风行,吸食可以立断,吸食既断,讹诈者又安所施乎?若恐断不易断,则目前之缴具已是明征;若恐诛不胜诛,岂一年之限期犹难尽改,特视奉行者之果肯认真否耳。诚使中外一心,誓除此害,不惑于姑息,不视为具文,将见人人涤滤洗心,怀刑畏罪,先时虽有论死之法,届时并无法死之人。即使届期竟不能无处死之人,而此后所保全之人且不可胜计,以视养痈贻患,又孰得而孰失焉?夫《舜典》有怙终贼刑之令[7],《周书》有群饮拘杀之条[8],古圣王正惟不乐于用法,乃不能严于立法。法之轻重以弊之轻重为衡,故曰刑罚世轻世重,盖因时制宜,非得已也。当鸦片未盛行之时,吸食者不过害及其身,故杖徒已足蔽辜。迨流毒于天下,则为害甚巨,法当从严。若犹泄泄视之,是使数十年后,中原几无可以御敌之兵,且无可以充饷之银。兴思及此,能无股栗!

夫财者,亿兆养命之原,自当为亿兆惜之。果皆散在内地,何妨损上益下,藏富于民。无如漏向外洋,岂宜藉寇资盗,不亟为计?臣才识浅陋,惟自念受恩深重,备职封圻,睹此利害切要关头,窃恐筑室道谋[9],一纵即不可复挽,不揣冒昧,谨再沥忱附片密陈。伏乞圣鉴。谨奏。

[1] 道光十八年八月中旬(1838年10月初),禁烟运动在全国展开,但各省督抚、将军对黄爵滋禁烟疏的复议意见不一,暴露出清朝统治高层在禁烟问题上的思想混乱和步调不一。林则徐借奉旨复议宝兴折的机会,阐述鸦片流毒对国家经济、民族存亡的威胁,力主严厉禁烟。"若犹泄泄视之,是使数十年后,中原几无可以御敌之兵,且无可以充饷之银",成为近百年来传颂不衰的警句。

[2] 部咨:这里指户部的公文。

[3] 宝兴(1776—1848):字见山,满族镶黄旗人。嘉庆进士。时任四川总督。

〔4〕钱票:钱铺印制填写的代替钱币流通的纸票。

〔5〕阛阓(huán huì 环汇):指店铺。

〔6〕"刖足"两句:断脚人聚居的地方没有做鞋的行业,和尚居住的僧寮旁不做梳篦的买卖。刖(yuè 月)足,断脚。屦(jù 具),古代的一种鞋。栉(zhì 至),梳子和篦子的总称。

〔7〕怙(hù 护)终:有所恃而终不改悔。

〔8〕群饮:聚众酗酒。

〔9〕筑室道谋:《诗经·小雅·小旻》:"如彼筑室于道谋,是用不溃于成。"比喻人多论杂,办事不成。

复龚自珍书[1]

定庵先生执事[2]:月前述职在都[3],碌碌软尘,刻无暇晷,仅得一聆清诲,未罄积怀[4]。惠赠鸿文[5],不及报谢。出都后,于舆中绅绎大作[6],责难陈义之高,非谋识宏远者不能言,而非关注深切者不肯言也。窃谓旁义之第三[7],与答难义之第三[8],均可入决定义。若旁义之第二,弟早已陈请,惜未允行,不敢再渎[9];答难之第二义,则近日已略陈梗概矣[10]。归墟一义,足坚我心,虽不才曷敢不勉[11]?执事所解诗人悄悄之义,谓彼中游说多,恐为多口所动;弟则虑多口之不在彼也[12]。如履如临[13],曷能已已!昨者附申菲意,濒行接诵手函,复经唾弃,甚滋颜厚。至阁下有南游之意,弟非敢沮止旌旆之南,而事势有难言者,曾嘱敝本家岵瞻主政代述一切[14],想蒙清听。专此布颂腊祺。统惟心鉴不宣。

愚弟林则徐叩头。戊戌冬至后十日[15]。

〔1〕道光十八年十一月十五日(1838年12月31日),林则徐奉命为钦差大臣,前往广东查禁鸦片。这一任命,在朝野引起巨大反响,各种不同的议论纷至沓来,不少人为林则徐能否顺利完成使命担忧。挚友龚自珍作《送钦差大臣侯官林公序》,剀切提供建议。林则徐在南下途中写了这封复函,展现离京奔赴广东的内心世界,表达为国家民族争命而不畏难险的决心。龚自珍(1792—1841),一名鞏祚,字璱人,号定庵,浙江仁和人。道光九年(1829)进士。案:林则徐和龚自珍之父龚丽正是旧交。据林则徐《壬午日记》,道光二年三月二十八日(1822年4月19日),林则徐与龚丽正在山东汶山县相遇,结伴同行上京,后又同日请训,同日南下,至五月二十二(7月10日)在清江浦离别,多次共饭聚谈。林则徐对龚氏家学渊源和"一门华萼总联芳",留下深刻的印象。林则徐何时和龚自珍订交,未能确考。龚自珍在《重摹宋刻洛神赋九行跋尾》中称:"同者吴县顾莼、昌平王蘐龄、大兴徐松、侯官林则徐、泰兴陈潮、阳城张葆采、邵阳魏源、道州何绍基、长乐梁逢辰、金坛于铿。道光九年,岁在己丑。"但是年林则徐在籍丁忧,疑龚自珍记误。

〔2〕执事:龚自珍时为礼部主客司主事。

〔3〕月前:上月。述职在都:据林则徐《戊戌日记》,道光十八年十一月十一日(1838年12月27日),"入内递折。卯刻第一起召见,命上毡垫,垂问至三刻有馀"。十二日(28日),"第四起召见,约有两刻"。十三日(29日),"第六起召见,亦有两刻。蒙垂询能骑马否?旋奉恩旨在紫禁城内骑马"。十四日(30日),"寅刻骑马进内,递折谢恩。第五起召见,蒙谕云:你不惯骑马,可坐椅子轿"。十五日(31日),"卯刻肩舆入

95

内,第四起召见,约三刻有馀。旋奉谕旨:颁给钦差大臣关防,驰驿前往广东查办海口事件,该省水师兼归节制"。十六日(1839年1月1日),"寅刻肩舆入内,递折,第七起召见,约有三刻。出赴军机处领出钦差大臣关防"。十七日(1月2日),"卯刻肩舆入内,第五起召见,约有两刻零"。十八日(1月3日),"卯刻肩舆入内,第六起召见,约三刻,谕令即于是日跑安。计自到京后召见凡八次,皆上毡垫"。

〔4〕聆:聆听。謦:倾诉。在此期间,林则徐利用晚上时间出城拜客五次,仅和龚自珍见上一面,未能将积怀尽情倾诉。

〔5〕鸿文:指龚自珍的《送钦差大臣侯官林公序》。作于林则徐陛辞之后,出都之前,即十一月十九日(1月4日)至二十二日(1月7日)之间。

〔6〕舆:轿。林则徐十一月二十三日(1月8日)出都,于良乡县发出传牌云:"所坐大轿一乘……所带行李,自雇大车二辆,轿车一辆。"绅绎(chōu yì 抽义):理出头绪。此句意指在出都南下途中仔细拜读了大作。

〔7〕旁义之第三:即龚文所谓"火器宜讲求……宜下群吏议,如带广州兵赴澳门,多带巧匠,以便修整军器"。案:当时朝野普遍认为林则徐将到澳门查办,英国驻华商务监督义律(Captain Charles Elliot)也认为:"钦差大臣和总督将立即前往澳门或其附近,从该处开始行动。"林则徐似有此打算,到广州后发出的第一份奏折就说:"拟于旬日之间出赴中路之虎门、澳门等处,与水师提臣关天培乘船周览,以便相机度势,通计熟筹。"故龚自珍将"公驻澳门","此行宜以重兵相随"作为决定义之第三,而林则徐不仅同意,还进一步把"多带巧匠,以便修整军器"也列入决定义。

〔8〕答难义之第三:即"至于用兵,不比陆路之用兵,此驱之也,非剿之也;此守海口,防我境,不许其入,非与彼战于海,战于艅艎也。……

况陆路可追,此无可追,取不逞夷人及奸民,就地正典刑,非有大兵陈之原野之事,岂古人于陆路开边衅之比也哉"。案:这是龚自珍对京中流行的"毋启边衅"言论的反驳,认为驱逐外国烟贩、防守海口、处决贩毒罪犯等都要"用兵",但不能与古代陆路边境的对外战争相提并论。林则徐表示赞同,故将其列入决定义。

〔9〕旁义之第二:即龚文"宜勒限使夷人徙澳门,不许留一夷,留夷馆一所,为互市之栖止"。渎(dú 毒):亵渎,冒犯。

〔10〕答难之第二义:即龚文"于是有关吏送难者曰:不用呢羽、钟表、燕窝、玻璃,税将绌。……宜正告之曰:行将关税定额,陆续请减,未必不蒙恩允,国家断断不恃榷关所入,矧所损细、所益大"。近日已略陈梗概:指陛见时已向道光帝面奏过。关于"答难"二句,林则徐到广州后,在《致莲友书》中亦提及此事:"来教又以查办鸦片,关税不免暂绌,此一节弟先已面奏,已蒙宵旰鉴原。"

〔11〕归墟一义:即龚文"我与公约,期公以两期期年,使中国十八行省银价平,物力实,人心定,而后归报我皇上"。曷敢不勉:怎么敢不为实现这一目标而努力。

〔12〕执事所解诗人悄悄之义:即"悄悄者何也?虑尝试也,虑窥伺也,虑泄言也"。彼中:指广东方面。多口:指"粤省僚吏中有之,幕客中有之,游客中有之,商估中有之,绅士中未必无之"。动:动摇。即"公此行此心,为若辈所动,游移万一。此千载之一时,事机一跌,不敢言之矣"。不在彼:即不在广东方面,隐喻阻力来自京师。"执事"四句,表明林则徐对禁烟形势之严峻,比龚自珍估计得更为深刻。

〔13〕如履如临:化用《诗经·小雅·小旻》:"如临深渊,如履薄冰。"形容前途险象丛生,有危机感。

〔14〕沮(jǔ):阻止。事势有难言者:指事态发展很难意料。岵瞻:即林扬祖(1799—1883),字孙诒,号岵瞻,福建莆田人,时为户部主事。

林则徐祖籍莆田,与他同属"九牧林氏"派下,故称本家。

〔15〕戊戌冬至后十日:即道光十八年十一月十六日(1839年1月1日)。案:林则徐此日尚在北京,复信日期显然有误。来新夏《林则徐年谱》考订:"林在旅途中很可能把冬至、小寒两个相连的节气偶然记误或笔误,所以'戊戌冬至后十日'或为'戊戌小寒后十日'之偶误。林的复函很可能是写在十二月初二(1839年1月16日)。"

谕各国夷人呈缴烟土稿[1]

谕各国夷人知悉:

照得夷船到广通商[2],获利甚厚,是以从前来船,每岁不及数十只,近年来至一百数十只之多。不论所带何货无不全销,愿置何货无不立办,试问天地间如此利市码头,尚有别处可觅否?我大皇帝一视同仁,准尔贸易,尔才沾得此利,倘一封港,尔各国何利可图?况茶叶、大黄,外夷若不得此,即无以为命[3],乃听尔年年贩运出洋,绝不靳惜,恩莫大焉。尔等感恩即须畏法,利己不可害人,何得将尔国不食之鸦片烟带来内地,骗人财而害人命乎!

查尔等以此物蛊惑华民,已历数十年[4],所得不义之财,不可胜计,此人心所共愤,亦天理所难容。从前天朝例禁尚宽,各口犹可偷漏。今大皇帝闻而震怒,必尽除之而后已,所有内地民人贩鸦片开烟馆者立即正法,吸食者亦议死罪。尔等来至天朝地方,即应与内地民人同遵法度。本大臣家居闽海,于外夷一切伎俩,早皆深悉其详[5],是以特蒙大皇帝颁给平定外域屡次立功之钦差大臣关防[6],前来查办。若追究该夷人积年贩卖之罪,即已不可姑容。惟念究系远人,从前尚未知有此严禁,今与明定约法,不忍不教而诛。查尔等现泊伶仃等洋之趸船[7],存有鸦片数万箱,意欲私行售卖。独不思海口如此严拿,岂复有人敢为护送,而各省亦皆严拿,更有何处敢与销售。此时鸦片禁止不行,人人知为鸩毒,何苦贮在夷趸,久碇大洋,不独枉费工资,恐风火更不测也。

合行谕饬。谕到,该夷商等速即遵照将趸船鸦片尽数缴官。由洋商查明何人名下缴出若干箱,统共若干斤两,造具清册,呈官点验,收明毁化,以绝其害,不得丝毫藏匿。一面出具夷字汉字合同甘结,声明"嗣后来船永不敢夹带鸦片,如有带来,一经查出,货尽没官,人即正法,情甘服罪"字样。闻该夷平日重一信字,果如本大臣所谕,已来者尽数呈缴,未来者断绝不来,是能悔罪畏刑,尚可不追既往,本大臣即当会同督部堂、抚部院禀恳大皇帝格外施恩[8],不特宽免前愆,并请酌予赏犒,以奖其悔惧之心。此后照常贸易,既不失为良夷,且正经买卖尽可获利致富,岂不体面。倘执迷不悟,犹思捏禀售私,或托名水手带来与尔无涉,或诡称带回该国投入海中,或乘间而赴他省觅售,或搪塞而缴十之一二,是皆有心违抗,怙恶不悛,虽以天朝柔远绥怀,亦不能任其藐玩,应即遵照新例[9],一体从重惩创。

此次本大臣自京面承圣谕,法在必行,且既带此关防,得以便宜行事,非寻常查办他务可比。若鸦片一日未绝,本大臣一日不回,誓与此事相始终,断无中止之理。况察看内地民情,皆动公愤,倘该夷不知改悔,惟利是图,非但水陆官兵,军威壮盛,即号召民间丁壮,已足制其命而有馀。而且暂则封舱,久则封港,更何难绝其交通?我中原数万里版舆,百产丰盈,并不藉资夷货,恐尔各国生计,从此休矣。尔等远出经商,岂尚不知劳逸之殊形,与众寡之异势哉。

至夷馆中惯贩鸦片之奸夷,本大臣早已备记其名,而不卖鸦片之良夷,亦不可不为剖白。有能指出奸夷,责令呈缴鸦片并首先具结者,即是良夷,本大臣必先优加奖赏。祸福荣辱,惟其自取。

今令洋商伍绍荣等到馆开导[10],限三日内回禀,一面取具切实甘结,听候会同督部堂、抚部院示期收缴,毋得观望诿延,后悔无及!特谕。

[1] 道光十九年正月二十五日(1839年3月10日),林则徐抵广州就钦差大臣任。二月初四日(3月18日)午后,林则徐在越华书院寓所会同两广总督邓廷桢、广东巡抚怡良传讯十三行洋商,颁给谕贴二件,责令呈缴鸦片烟土。这是发给洋商转交住在十三行商馆的外国商人的谕稿。夷人,当时对外国人的传统称呼。

[2] 广:广东。乾隆二十二年十月初七日(1757年11月10日),清廷宣布"嗣后口岸定于广东",夷船"止许在广东收泊贸易"。广东口岸,即广州。从此到鸦片战争战败被迫废止,史称广州一口对外通商时期。

〔3〕大(dài 代)黄:多年生草本植物,根茎有苦味,用作药材,健胃止泻。无以为命:无法生活。林则徐在湖广总督任上,就认为"茶叶、大黄、湖丝,皆内地宝贵之物,而外洋不可一日无者"。此句反映林则徐初到广州时,对外国情况还不够了解。

〔4〕已历数十年:乾隆二十二年(1757),英国在东印度公司名义下占领印度鸦片产地孟加拉,乾隆三十八年(1773),东印度公司取得鸦片专卖权,开始向中国输入鸦片。到林则徐抵广州禁烟时,已有五十五年。

〔5〕家居闽海:家住福建沿海。林则徐出生地福州,为闽东港口城市,濒临台湾海峡。于外夷一切伎俩,早皆深悉其详:嘉庆十一年(1806),林则徐在厦门任海防同知书记时,对外国鸦片贩子走私鸦片的伎俩有所了解。深悉其详是夸张之词。

〔6〕钦差大臣关防:钦差大臣的官印,长方形,用紫红色印水,也叫紫花大印。林则徐《戊戌日记》:道光十八年十一月十六日(1839年1月1日),"出赴军机处领出钦差大臣关防,满汉篆文各六字,系乾隆十六年(1741)五月所铸,编乾字六千六百十一号"。

〔7〕伶仃等洋:在珠江口外。趸(dǔn 盹)船:固定在水面供堆存装卸货物的船只。道光元年(1821)以后,外国鸦片贩子为对抗清朝的禁烟命令,将鸦片走私据点从澳门转移到伶仃洋上,设立固定的趸船,冬季停泊在伶仃岛洋面,西南季候风到来时移泊于金星门、急水门和香港岛附近。

〔8〕督部堂:总督。此指两广总督,即邓廷桢(1776—1846),字维周,号嶰筠,江宁(今南京)人。嘉庆六年(1801)进士。道光十五年(1825)起任两广总督。抚部院:巡抚。此指广东巡抚,即怡良(1791—1857),姓瓜尔佳氏,字悦亭,满洲正红旗人。道光十八年(1838)起任广东巡抚。

〔9〕新例:新的条例。

〔10〕伍绍荣：即伍秉鉴（1765—1843），袭用父伍国莹商名浩官（Howqua）和兄伍秉钧商名沛官（Puiqua）。广东南海人，祖籍福建泉州安海。怡和行洋商，时为广东十三行总商。馆：十三行夷馆，又称十三行夷楼，外国人称为"商馆"，在广州城西珠江岸边，今十三行街南面的文化公园附近。关于夷馆的由来，林则徐札稿称："省城十三行夷楼，建于乾隆年间，从前原止在澳夷人，偶因贸易事宜来省暂住。嗣是夷船日益增多，各夷人常川在省，与民人交易往来。"

会奏销化烟土一律完竣折[1]

奏为虎门销化烟土，公同核实稽查，现已一律完竣，恭折奏祈圣鉴事：

窃臣等钦遵谕旨[2]，将夷船缴到烟土二万馀箱在粤销毁，所有核实杜弊，并会督文武大员公同目击情形，已于五月初三日销化及半之时，先行恭折会奏在案[3]。嗣是仍照前法，劈箱过秤，将烟土切碎抛入石池[4]，泡以盐卤，煅以石灰，统俟戳化成渣，于退潮时送出大海。臣等会督文武员弁，逐日到厂看视稽查。其间非无人夫乘机图窃，而执事员弁多人留神侦察，是以当场拿获之犯，前后共有十馀名，均即立予严行惩治。并有贼匪于贮烟处所，乘夜爬墙，凿箱偷土，亦经内外看守各员弁巡获破案，现在发司严审，尤当按律重办。

其远近民人来厂观看者，端节前后愈见其多[5]，无不肃然懔畏。并有米利坚国之夷商经与别治文、弁逊等[6]，携带眷口由澳门乘坐三板向沙角守口之水师提标游击羊英科递禀，求许入棚瞻视。臣等先因钦奉谕旨"准令在粤夷人共见共闻，咸知震詟"，曾经出示晓谕[7]，是以该夷等遵谕前来[8]。且查夷商经等，平素系作正经买卖，不贩鸦片，人所共知，因准派员带赴池旁，使其看明切土捣烂及撒盐燃灰诸法，该夷人等咸知一一点头，且皆时时掩鼻，旋至臣等厂前，摘帽敛手，似以表其畏服之诚。当令通事传谕该夷等，以现在天朝禁绝鸦片，新例极严，不但尔等素不贩卖之人永远不可夹带，更须传谕各国夷人，从此专作正经贸易，获利无穷，万不可冒禁营私，自投法网。该夷人等倾耳敬听，俯首输诚，察其情形，颇知倾心向化。随即公同赏给食物，欢欣祗领而去。

至臣等前奏烟土名色本有三种：曰公斑，曰白土，曰金花[9]。迨后复经劈出原箱，另有一种小公斑[10]，每箱贮八十个，其式样比行常之公斑较小，而个数倍之，故每箱斤两不相上下，每个用洋布包裹，制造亦较精致。访闻此种在外国系最上之烟，价值极贵。是现在所化烟土，竟有四种。臣等近日于邸钞中伏读上谕[11]："烟膏烟具多有假造，其弊不可胜言等因，钦此。"仰见圣明务求真实，力戒欺朦之至意。臣等愚昧之见，欲辨其伪，必须先识其真，未知近时各处所拿获者，皆系何种烟土。若以外夷原箱之物互相比较，则真伪似可立辨，不至混淆。谨将现在四种烟土，每种各留两箱,可否即将此八箱作为样土[12],如蒙准令解京,即委便员搭解,并不费事。倘亦无须解送,则此时粤东每月俱有各属拿获解省验毁之烟,亦可随同销化。

现除暂存此八箱外,计已化烟土,凑合前奏之数,共有一万九千一百七十九箱,二千一百一十九袋[13],其斤两除去箱袋,实共二百三十七万六千二百五十四斤,截至五月十五日业已销化全完。期时荡秽涤瑕,幸免毒流于四海,此后除奸拯溺,尤期约立于三章[14],庶几仰副我圣主除害保民之至意。

所有销化烟土完竣缘由,臣等谨会同水师提督臣关天培[15]、粤海关监督臣豫堃[16],合词恭折具奏,伏乞皇上圣鉴训示。

再,虎门现在无事,臣林则徐亦暂回省城商办一切,合并声明。谨奏。

[1]道光十九年四月二十二日(1839年6月3日)至五月十五日(6月25日),林则徐主持震动中外的虎门销烟。五月二十五日(7月5日),与两广总督邓廷桢、广东巡抚怡良会衔拜发此折,奏报销烟过程。道光帝在此折后硃批:"可称大快人心一事。"

[2]谕旨:指林则徐于四月十八日(5月30日)接到的上谕:"林则徐等经朕委任,此次查办粤洋烟土,甚属认真,朕断不疑其稍有欺饰。且长途转运,不无借贷民力。著无庸解送来京,即交林则徐、邓廷桢、怡良,于收缴完竣后,即在该处督率文武员弁,公同查核,目击烧毁,俾沿海居民及在粤夷人,共见共闻,咸知震詟。"

〔3〕折:指五月初四日(6月14日)拜发的《会奏销化烟土已将及半情形折》。

〔4〕石池:指销烟池。据林则徐五月初四日(6月14日)奏:"其池平铺石底,纵横各十五丈馀尺,四旁栏桩钉板,不令少有渗漏,前面设一涵洞,后面通一水沟,池岸周围广树栅栏,中设棚厂数座,为文武员弁查视之所。"

〔5〕端节:端午节,即农历五月初五日。

〔6〕米利坚国:美国。经:即美国商人 C. W. King,奥立芬公司(Olyphant & Co.)的合伙人。别治文:又译裨治文,即美国牧师 Elijah Coleman Bridgman(1801—1861),时在澳门主办《中国丛报》(Chinese Repository)。弁逊:美国"马利逊号"商船船长 Capt. Benson。

〔7〕出示:指林则徐四月十九日(5月31日)发布的《虎门销烟告示》,英文译载于《中国丛报》第八卷第一期(5月号)。

〔8〕遵谕前来:美商经等人遵照告示的晓谕,于五月初七日(6月17日)到虎门参观销烟。

〔9〕公斑:Bengal Opium,主要产于印度八达拿(Patna)、比纳斯(Benares)和孟加拉,每箱约重一百二十斤。白土:Malwa Opium,即白皮土,主要产于印度麻洼(Malwa),每箱约重一百斤。金花:Turkey Opium,主要产于土耳其士麦那(Smyrna)。

〔10〕小公斑:小包装的公斑土,制造较精致。

〔11〕邸钞:又叫邸报、京报,官文书的钞本。

〔12〕"可否"句:八箱样土后来道光帝谕令无庸解京,就地销毁。

〔13〕英国外交部档案所存《凭据》,作二万零二百八十三箱二十八斤又七个,此奏数字或将箱袋分计。

〔14〕约立于三章:即约法三章。《史记·高祖本纪》:刘邦入关中,"与父老约法三章耳:杀人者死,伤人及盗抵罪"。此处指制订严禁鸦片

105

的法律。

〔15〕关天培(1780—1841):字仲因,号滋圃,江苏山阳(今淮安)人。道光十五年(1835)起任广东水师提督。

〔16〕豫堃:字厚庵,满族人。道光十八年至二十年(1838—1840)任粤海关监督。

谕英吉利国王檄〔1〕

为照会事:

洪惟我大皇帝,抚绥中外,一视同仁,利则与天下公之,害则为天下去之,盖以天地之心为心也。贵国王累世相传,皆称恭顺,观历次进贡表文云"凡本国人到中国贸易,均蒙大皇帝一体公平恩待"等语〔2〕。窃喜贵国王深明大义,感激天恩,是以天朝柔远绥怀,倍加优礼,贸易之利垂二百年,该国所由以富庶称者,赖有此也。唯是通商已久,众夷良莠不齐,遂有夹带鸦片,诱惑华民,以致毒流各省者。似此但知利己,不顾害人,乃天理所不容,人情所共愤。大皇帝闻而震怒,特遣本大臣来至广东,与本总督部堂、本巡抚部院会同查办。凡内地民人贩鸦片、食鸦片者,皆应处死。若追究夷人历年贩卖之罪,则其贻害深而攫利重,本为法所当诛。惟念众夷尚知悔罪乞诚,将趸船鸦片二万二百八十三箱,由领事官义律禀请缴收,全行毁化。叠经本大臣等据实具奏,幸蒙大皇帝格外施恩,以自首者情尚可原,姑宽免罪,再犯者法难屡贷[3],立定新章。谅贵国王向化倾心,定能谕令众夷兢兢奉法,但必晓以利害,乃知天朝法度断不可以不懔遵也。

查该国距内地六七万里,而夷船争来贸易者,为获利之厚故耳。以中国之利利外夷,是夷人所获之厚利,皆从华民分去,岂有反以毒物害华民之理。即夷人未必有心为害,而贪利之极,不顾害人,试问天良安在?闻该国禁食鸦片甚严,是固明知鸦片之为害也[4]。既不使为害于该国,则他国尚不可移害,况中国乎!中国所行于外国者,无一非利人之物:利于食,利于用,并利于转卖,皆利也。中国曾有一物为害外国否?况如茶叶、大黄,外国所不可一日无也。中国若靳其利而不恤其害,则夷人何以为生?又外国之呢羽哔叽,非得中国丝斤不能成织,若中国亦靳其利,夷人何利可图?其馀食物,自糖料、姜桂而外,用物自绸缎、瓷器而外,外国所必需者,曷可胜数?而外来之物,皆不过以供玩好,可有可无,既非中国要需,何难闭关绝市!乃天朝于茶、丝诸货,悉任其贩运流通,绝不靳惜,无他,利与天下公之也。该国带去内地货物,不特自资食用,且得以分售各国,获利三倍,即不卖鸦片,而其三倍之利自在,何忍更以害人之物,恣无厌之求乎!设使别国有人贩鸦片至英国诱人买食,当亦贵国王所深恶而痛绝之也。

向闻贵国王存心仁厚,自不肯以己所不欲者施之于人[5]。并闻来粤之船,皆经颁给条约,有不许携带禁物之语[6]。是贵国王之政令本属严明,只因商船众多,前此或未加察[7]。今行文照会,明知天朝禁令之严,定必使之不敢再犯。且闻贵国王所都之兰顿及斯葛兰、爱伦等处[8],本皆不产鸦片,惟所辖印度地方,如孟阿拉、曼达拉萨、孟买、八达拿、默拿、麻尔洼数处[9],连山栽种,开池制造[10],累月经年,以厚其毒,臭秽上达,天怒神恫。贵国王诚能于此等处,拔尽根株,尽锄其地,改种五谷,有敢再图种造鸦片者,重治其罪,此真兴利除害之大仁政,天所佑而神所福,延年寿,长子孙,必在此举矣。

至夷商来至内地,饮食居处,无非天朝之恩膏,积聚丰盈,无非天朝之乐利,其在该国之日犹少,而在粤东之日转多,弼教明刑[11],古今通义,譬如别国人到英国贸易,尚须遵英国法度,况天朝乎!今定华民之例,卖鸦片者死,食者亦死。试思夷人若无鸦片带来,则华民何由转卖?何由吸食?是奸夷实陷华民于死,岂能独予以生?彼害人一命者,尚须以命抵之,况鸦片之害人,岂止一命已乎?故新例于带鸦片来内地之夷人,定以斩绞之罪,所谓为天下去害者此也。复查本年二月间,据该国领事义律以鸦片禁令森严[12],禀求宽限,凡印度港脚属地请限五月[13],英国本地请限十月,然后即以新例遵行等语。今本大臣等奏蒙大皇帝格外天恩,倍加体恤,凡在一年六个月之内,误带鸦片但能自首全缴者,免其治罪。若过此限期,仍有带来,则是明知故犯,即行正法,断不宽宥,可谓仁之至、义之尽矣。

我天朝君临万国,尽有不测神威[14],然不忍不教而诛,故特明宣定例[15]。该国夷商欲图长久贸易,必当懔遵宪典,将鸦片永断来源,切勿以身试法。王其诘奸除慝[16],以保乂尔有邦[17],益昭恭顺之忱,共享太平之福。幸甚,幸甚!

接到此文之后,即将杜绝鸦片缘由速行移复,切勿诿延。须至照会者。

〔1〕林则徐在京陛见时,曾面奏禁止鸦片一事,拟向外国颁发檄谕。虎门销烟后,他于道光十九年六月二十四日(1839年8月3日)与邓廷桢、怡良会奏,将这份谕英吉利国王檄底稿呈报道光帝。道光帝于七月十九日(8月27日)详加披阅,下谕:"所议得体周到。著林等即行照录颁发该国王,俾知遵守。"林则徐接旨后,交袁德辉译成英文,并请美国传教士伯驾(P. Parker)另译一份。十一月十一日(12月16日),又在天后宫接见英船"杉达"号(Sanda)遇难人员时,请喜尔(Hill)等人对英文稿的不当文词加以修改。十二月十四日(1840年1月18日),交付英国"担麻士葛"号(The Thomas Coutts)船主弯喇(Captain Warner)带往伦敦,但后来英国外交部拒绝接收。《澳门新闻纸》评论说"中国官府全不知道外国之政事……至今仍旧不知西边","然林行事与上相反",致英国女王书"好似初学知识之效验"。

〔2〕进贡:英国为了打开中国市场,曾几次派遣使臣访华。乾隆五十七年(1792),英使马戛尔尼(George Macartney, 1737—1806)到热河避暑山庄(今河北承德)觐见乾隆帝;嘉庆二十一年(1816),英使阿美士德(W. P. Amherst)到北京。清朝视之为进贡。表文:英国国王致清朝皇帝的书信。乾隆五十七年(1792),英国国王致乾隆帝的信中提到:"从

前本国的许多人到中国海口来做买卖,两下的人都能得到好处。"乾隆六十年(1795),英国国王致乾隆帝的信中也说:"蒙大皇帝谕称,凡有我本国的人来中国贸易,俱要公平恩待,这是大皇帝最大的天恩。"

〔3〕屡贷:多次宽恕。

〔4〕"闻该国"二句:此为翻译西方书报得出的认识。

〔5〕己所不欲:《论语·卫灵公》:"己所不欲,勿施于人。"此句用中国传统的恕道推测英国人的心理。

〔6〕"并闻"三句:指英国东印度公司垄断对华贸易时期,曾伪善地规定:禁止公司船只贩运鸦片。

〔7〕加察:觉察、发现。实际上,英国东印度公司在给予私人商船的执照中却明文规定,这些船只不得载运非东印度公司生产的鸦片,否则要处以罚金。

〔8〕兰顿:即伦敦。斯葛兰:即苏格兰。爱伦:即爱尔兰。

〔9〕孟阿拉:今孟加拉国,当时是英属印度的一个省。曼达拉萨:即马德拉斯,当时是英属印度的一个省。孟买:英属印度孟买省的首府,当时为印度西海岸鸦片贩卖转运中心。八达拿:在英属印度孟加拉省,"公斑土"鸦片产地。默拿:在英属印度孟加拉省,制造鸦片的中心之一。麻尔洼:在印度德干高原北麓,"白皮土"鸦片产地。

〔10〕开池制造:林则徐向英国医生史济泰和旅英归侨、香山南屏村(今属广东珠海市)人容林访查外情,得知孟加拉、八达拿鸦片制法,是"筑一大厂,内掘百十方池,径宽三丈,深约一丈,身底石砌"。见陈德培抄录的《洋事杂录》。

〔11〕弼教明刑:把刑律明白地告知民众,以辅助教化的不足。

〔12〕义律:即查理·义律(Charles Elliot, 1801—1875),道光十四年(1834)随英国首任驻华商务监督(清朝称为领事)律劳卑(W. J. Napier)来华,先后充当船务总管、监督处秘书、第三监督、第二监督,道光十六年十一

月初七日(1836年12月14日)起为第四任英国驻华商务监督。鸦片战争中担任英国全权公使,道光二十一年(1841)被撤职。

〔13〕港脚:Country 的音译。指往来广州、印度、东南亚沿海的英国私人商船 Country Ships。当时十三行行商误以为"港脚国"船,"港脚国"是印度属地。

〔14〕"我天朝"二句:清朝盲目自大的习惯用语。

〔15〕定例:此指禁烟条例。

〔16〕慝(tè 特):奸邪,灾害。

〔17〕乂(yì 义):治理、安定。

会奏穿鼻尖沙嘴叠次轰击夷船情形折[1]

奏为英国货船正在具结进口,被该国兵船二只拦阻滋扰,即经舟师击逐,逃回尖沙嘴,窥伺陆路营盘,复经我兵据险俯攻,叠次轰击,将尖沙嘴夷船尽行逐出,不使占为巢穴,现只散泊外洋,不敢近岸。臣等仍饬严行堵御,一面绥抚良夷,以示恩威而安贸易,恭折奏祈圣鉴事:

窃照英夷领事义律,前因抗违法度,当经示以兵威,旋据悔罪求诚,已将趸船奸夷尽驱回国,其甘结亦经议具,惟命案尚未交凶[2]。臣等以夷情反复靡常,虽已具禀乞恩,仍将夷埠兵船暗招来粤,名为护货,恐有奸谋,业于前折奏明[3]:"静则严防,动则进剿,不敢稍示柔弱。"旋于九月二十八日由驿递到回折[4]。伏读硃批:"朕不虑卿等孟浪,但诚卿等不可畏葸,先威后德,控制之良法也,相机悉心筹度。勉之慎之!等因。钦此。"又钦奉上谕:"当此得势之后,断不可稍形畏葸,示以柔弱,虽据该夷领事义律浼西洋夷目恳求转圜,但该夷等诡诈性成,外示恐惧,内存叵测,不可不防。著林则徐等相度相宜,悉力筹画。如果该夷等畏罪输诚,不妨先威后德。倘仍形桀骜,或佯为畏惧而暗布戈矛,是该夷自外生成,有心寻衅,既已大张挞伐,何难再示兵威。林则徐等经朕谆谕,谅必计出万全,一劳永逸,断不敢轻率偾事,亦不致畏葸无能也。等因。钦此。"臣等跪诵之下,仰见我皇上先几洞烛,训示严明,数万里外夷情,毫发难逃圣鉴。臣等服膺铭佩,遵守弥虔。其特蒙恩赏呼尔察图巴图鲁名号[5],并照例赏戴花翎、以副将即升先换顶带之参将赖恩爵等[6],感激天恩,益图报效。凡在将弁士卒,亦皆感奋倍常。

  提臣关天培,督率舟师,数月以来,常驻虎门二十里外之沙角炮台,巡防弹压,间赴三十里外之穿鼻洋面,来往稽查。近日各国货船络绎具结,俱经验明带进黄埔。英国货船中首先遵结者曰弯剌[7],亦已进埔贸易。其次遵结者曰当郎[8],于九月二十八日正报入口。讵有该国兵船二只,于午刻驶至穿鼻,其一即七月内向九龙滋扰之士密[9],其一则近来新到之华伦[10],硬将已具结之当郎货船追令折回,不得进口。提臣关天培闻而诧异。正在查究间,士密一船辄先开放大炮,前来攻击。关天培亟令本船弁兵开炮回击,并挥令后船协力进攻。该提督亲身挺立桅前,自拔腰刀,执持督阵,厉声喝称:"敢退后者立斩。"适有夷船炮子飞过桅边,剥落桅木一片,由该提督手面擦过,皮破见红。关天培奋不顾身,仍复持刀屹立,又取银锭先置案上,有击中夷船一炮者,立刻赏银两锭。其本船所载三千斤铜炮,最称得力,首先打中士密船头。查夷船制度与内地不同,其为全船主宰者,转不在船尾而在船头,粤人呼为头鼻,船身转动得此乃灵,其风帆节节加高,帆索纷如蛛网,皆系结于头鼻之上。是日士密船头拨鼻拉索者,约有数十夷人,关天培督令弁兵对准连轰数炮,将其头鼻打断,船头之人纷纷滚跌入海。又奏升水师提标左营游击麦廷章[11],督率弁兵,连轰两炮,击破该船后楼,夷人亦随炮落海,左右舱口,间有打穿。华伦船不甚向前,未致受创。接仗约有一时之久。士密船上帆斜旗落,且御且逃,华伦亦随同遁去。我军本欲追蹑,无如师船下旁灰路,多被夷炮击开,内有三船渐见进水,势难远驶。而夷船受伤只在舱面,其船旁船底皆整株番木所为,且全用铜包,虽炮击亦不能遽透,是以不值追剿。收军之后,经附近渔艇捞获夷帽二十一顶,内两项据通事认系夷官所戴,并获夷履等件,其随潮漂淌者尚不可以数计。我师员弁虽有受伤,并无阵亡。惟各船兵丁,除中炮致毙九名外,有提标左营二号米艇,适被炮火落在火药舱中,登时燃起,烧毙兵丁六名,继已扑灭。又有受伤之额外黄凤腾,与受伤各弁兵,俱饬妥为医治。

此次士密等前来寻衅，固因前在九龙被击，意图报复，而实则由于义律与图卖鸦片之奸夷暗中指使。臣等访知义律，于该国烟土卖出一箱，有抽分洋银数十元，私邀夷埠兵船前来，以张声势。每次送给劳金数至巨万，到粤后，全船伙食皆从各货船凑银供给。无非恃其船坚炮利，以悍济贪。臣等并力坚持，总不受其恫喝。所定具结之令，虽据义律勉强遵依，但不肯缮写"人即正法"字样，而九月间复有该国富商数人至澳门集议，又谓义律但虑人之正法，而各商尤虑货之没官，反复刁难，迄无定议。所喜该国犹有良夷，如弯剌、当郎两船，屡谕之馀，颇知感悟，甫与他国夷商一体遵式具结，臣等加意优奖，冀为众夷之倡。而义律与该国奸夷，恐此结具后鸦片绝不能来，遂痛恨该两船之首先遵具，怂恿士密等兵船与之寻衅生事。因弯剌已进口内，无可如何，探知当郎入口之时，赶来追捉，适我师在口外弹压，辄敢开炮来攻。是滋扰虽系夷兵，而播弄实由义律。诚如圣谕："佯为畏惧，暗布戈矛，自外生成，不得不大张挞伐。"经提臣关天培统师攻击，虽已逃窜不遑，究以师船木料不坚，未便穷追远蹑，则仍须扼其要害，务使可守可攻。

查该夷船所泊之尖沙嘴洋面，群山环抱，浪静风恬，奸夷久聚其间，不惟藏垢纳污，且等负隅纵壑，若任其踞为巢穴，贻患曷可胜言。臣等自严断接济以来，已于尖沙嘴一带择要扎营，时加防范，本意只欲其畏威奉法，仍听贸易如常，原不忍遽行轰击。而乃抗不具结，匿不交凶，迨兵船由穿鼻被创逃回,仍在该处停桡修理,实难容其负固,又奚恤其复巢。

节据派防各文武禀称:尖沙嘴迤北,有山梁一座,名曰官涌,恰当夷船脊背之上,俯攻最为得力。当即饬令固垒深沟,相机剿办。夷船见山上动作,不能安居,乃纠众屡放三板,持械上坡窥探。即经驻扎该处之增城营参将陈连陞、护理水师提标后营游击之守备伍通标等,派兵截拿,打伤夷人两名,夺枪一杆,馀众滚崖逃走,遗落夷帽数顶。九月二十九日,夷船排列海面,齐向官涌营盘开炮,仰攻数次,我军扎营得势,炮子不能横穿,仅从高处坠下,计拾获大炮子十馀个,重七八斤至十二斤不等。官兵放炮回击,即闻夷船齐声喊叫,究竟轰毙几人,因黑夜未能查数。十月初三日,该夷大船在正面开炮,而小船抄赴旁面,乘潮扑岸,有百馀人抢上山岗,齐放鸟枪,仅伤两兵手足,被增城右营把总刘明辉等率兵迎截,砍伤打伤数十名,刀棍上均沾血迹,夷人披靡而散,帽履刀鞘遗落无数,次日望见沙滩地上掩埋夷尸多具。初四日,夷船又至官涌稍东之胡椒角,开炮探试,经驻守之陆路提标后营游击德连将大炮抬炮一齐回击,受伤而走。

臣等节据禀报,知该处叠被滋扰,势难歇手,当又添调官兵二百名,派原任游击马辰,暨署守备周国英、把总黄者华,带往会剿。复思该处既占地利,必须添安大炮数位,方可致远攻坚,复与提臣挑拨得力大炮六门,委弁解往,以资轰击。并派熟悉情形之候补知府南雄直隶州知州余保纯，带同候补县丞张起鹍驰往，会同新安县知县梁星源，相度山梁形势，妥为布置。复札驻守九龙之参将赖恩爵、都司洪名香、驻守宋王台之参将张斌，亦皆就近督带兵械，移至官涌，并力夹击。兹据会禀：十月初六日，该文武等均在官涌营盘会同商定，诸将领各认山梁，安设炮位，分为五路进攻：陈连陞、伍通标、张斌各为一路，赖恩爵及马辰、周国英、黄者华为一路，德连、洪名香为一路，该县梁星源管带乡勇前后策应。晡时，夷人在该船桅上窥见营盘安炮，即各赶装炮弹，至起更时连放数口打来，我军五路大炮重叠发击，遥闻撞破船舱之声，不绝于耳。该夷初犹开炮抵拒，迨一两时后，只听呀哑叫喊，竟无回击之暇，各船灯火一时灭息，弃碇潜逃。初七日天明瞭望，约已逃去其半，有双桅三板一只在洋面半沉半浮，馀船十馀只退远停泊，所有篷扇桅樯绳索杠具，大都狼狈不堪。该文武等因夷船尚未全去，正在查探间，即据引水等报称：查有原扮兵船在九龙被炮打断手腕之得忌剌士[12]，及访明林维喜命案系伊水手逞凶之多利两船[13]，尚欲潜图报复。该将领等因相密约，故作虚寂之状，待其前来窥伺，正可痛剿。果于初八日晡时，多利并得忌剌士两船，潜移向内，渐近官涌，后船十馀只相随行驶。我军一经了见，仍分起赶赴五路山梁，约计炮力可到，即齐放大炮，注定头船攻击，恰有两炮连打多利船舱，击倒数人，且多落海漂去者。其在旁探水之夷划一只，亦被击翻。后船惊见，即先折退,而多利一船尤极仓皇遁去,无暇回炮。

计官涌一处,旬日之内,大小接仗六次,具系全胜。惟初八日晚间,有大鹏营一千斤大炮放至第四出,铁热火猛,偶一炸裂,致毙顺德协兵丁二名。除与穿鼻洋面阵亡兵丁及受伤兵内,如有续故者,一体咨部请恤外。现据新安县营禀,据引水探报:士密、华伦兵船,义律三板,暨英夷未进口大小各船,自尖沙嘴逃出后,各于龙鼓、筲洲、赤沥角、长沙湾等处外洋四散寄泊。查粤省中路各洋,为汉夷通商总道,虽皆可许泊舟,亦须察看形势,随时制驭。即如道光十四五年间,夷船借称避风,辄泊金星门,该处地属内洋,不得任其逼处,经臣邓廷桢严行驱逐,至今不敢进窥。年来改泊尖沙嘴,只于入口之先出口之后,暂作停留,尚无妨碍。今岁占泊日久,俨有负固之形,始则抗违,继且猖獗,是驱逐由其自取,并非衅自我开。此次剿办之馀,于澳门既不能陆居,于尖沙嘴又不能水处,苟知悔悟,尽许回头[14]。若义律与士密等尚以报复为心,则坚垒固军,静以待之,亦自确有把握[15],不敢轻率畏葸,致失机宜。

至贸易一事,该国之国计民生皆系于此,断不肯决然舍去。若果英夷惮于具结,竟皆歇业不来,正米利坚等国之人所祷祠而求,冀得多收此利者。与其开门揖盗,何如去莠安良。而良莠之所以分,即以生死甘结为断。臣等现又传谕诸夷,以天朝法纪森严,奉法者来之,抗法者去之,实至公无私之义[16]。凡外夷来粤者,无不以此为衡,并非独为英吉利而设。此时他国货船,遵式具结者,固许进埔,即英国货船,亦不因其违抗于前,而并阻其自新于后。又如英国弯剌之船,已在口内,闻有穿鼻、官涌之役,难免自疑。臣等谕令地方印委各员,谆切开导,以伊独知遵式具结,查明并无鸦片,洵属良夷,不惟保护安全,且必倍加优待。复经海关监督臣豫堃,亲至黄埔验货,特传弯剌面加慰谕,该夷感激涕零。惟当郎一船,被士密吓唬之后,尚未知避往何处,臣等饬属查明下落,护带进埔[17]。倘士密兵船复敢阻挡,仍须示以兵威,总期悉就范围,仰副圣主绥靖华夷之至意。

现在沿海闾阎照常安贴,堪以上慰宸怀。所有现办情形,谨会同广东巡抚臣怡良、水师提督臣关天培、粤海关监督臣豫堃,恭折具奏,伏乞皇上圣鉴。谨奏。

〔1〕虎门销烟后,义律阻挠英商遵式具结进口贸易,又借林维喜命案挑战中国司法主权。道光十九年七月二十七日(1839年9月4日),义律挑起九龙之战,继又于九月二十八日(11月3日)至十月初八日(11月13日)连续在穿鼻洋面和官涌一带,进行武装挑衅。这几次中英前哨战,拉开了鸦片战争的序幕。十月十六日(11月21日),林则徐与邓廷桢会奏此折,报告穿鼻、官涌交战情形,和采取"奉法者来之,抗法者去之"的策略,欢迎遵守中国法律的各国商人前来经商,对以前犯法的英商也"苟知悔悟,尽许回头",绝"不因其违抗于前,而并阻其自新之后"。但这一策略为道光帝所否定。穿鼻,即穿鼻洋,在珠江口外。官涌,即官涌山,在今香港九龙尖沙嘴之北。

〔2〕命案:即林维喜命案。道光十九年五月二十七日(1839年7月7日),英船"卡那蒂克"(Carnatic)号和"曼加罗尔"(Mangalore)号约三

十名水手在九龙尖沙嘴村酗酒行凶,打伤多人,村民林维喜伤重于次日殒命。案发后,义律收买尸亲,掩饰事实,拒绝交凶,并于七月初四日(8月12日)在"威廉要塞"(Fort William)号上自设法庭,对商人陪审团提出的谋杀起诉状不予受理,只判五名水手监禁三至六个月并处罚金,送回英国执行。但英国政府并未授予义律设立法庭的权力,审判无效,这五名水手回到英国后即被释放。

〔3〕前折:指道光十九年九月二十八日(1839年11月3日)林则徐拜发的《英国趸船及应逐烟贩现已驱逐并饬取切结情形折》。

〔4〕回折:指道光十九年八月十一日(1839年9月18日)拜发的《会奏九龙洋面轰击夷船情形折》。

〔5〕巴图鲁:满语"勇士"音译。清代用作封号,赐给作战有功的官员,名为"勇号",有清字勇号和汉字勇号之分。呼尔察图巴图鲁属清字勇号。

〔6〕赖恩爵:广东水师大鹏营参将。九龙之战时,指挥九龙炮台和率师船反击英国武装挑衅。

〔7〕弯剌:英国"担麻士噶"(The Thomas Coutts)号船主 Captain Warner。他于道光十九年九月初八日(1839年10月14日)具结,进黄埔港贸易。

〔8〕当郎:英国"皇家萨克逊"(Royal Saxan)号船主。

〔9〕士密:英舰"窝拉疑"(Volage)号舰长 Capt. H. Smith。该舰于道光十九年七月二十三日(8月31日)驶抵广东海域,七月二十七日(9月4日)参与九龙洋面的武装挑衅。

〔10〕华伦:英舰"海阿新"(Hyacinth)号舰长 Warren。比"窝拉疑"号迟近一个月抵达广东海域。这两艘军舰系英印总督奥克兰(Lord Auckland)应义律要求派出的增援部队。

〔11〕麦廷章:广东鹤山人。时任水师署提标左营游击。次年赏戴

花翎,加参将衔。道光二十一年正月(1841年2月)虎门炮台保卫战中阵亡。

〔12〕得忌剌士:英国武装商船"甘米力治"(Combridge)号船长Douglas。

〔13〕多利:英船"曼加罗尔"(Mangalore)号船长。

〔14〕"此次"五句:十一月初八日(12月13日)道光帝阅后硃批:"不应如此,恐失体制。"

〔15〕"若义律"四句:同日道光帝硃批:"虽有把握,究非经久之谋。"

〔16〕"奉法者"三句:同日道光帝硃批:"所见甚是,而所办未免自相矛盾矣。"

〔17〕"惟当郎"五句:同日道光帝硃批:"恭顺抗拒,情节虽属不同,究系一国之人,不应若是办理。"

复奏曾望颜条陈封关禁海事宜折[1]

奏为遵旨悉心筹议,恭折复奏,仰祈圣鉴事:

窃臣等承准军机大臣字寄[2]:"道光十九年十二月十一日,奉上谕:'本日据曾望颜奏,夷情反复,请封关禁海,设法剿办,以清弊源一折。又另片奏,澳夷互市货物[3],亦请定以限制等语[4]。著林则徐、怡良、关天培、郭继昌并传谕豫堃知之。钦此。'"臣林则徐、怡良谨将钞发原折,细加阅看,并传知臣豫堃一体领阅。因关各国夷人事务,只宜慎密商办,未便遽事宣扬,复经函约臣关天培、臣郭继昌于查阅营伍之便,过省面商。兹已询谋佥同,谨将察看筹议情形,为我皇上敬陈之。

查原奏以制夷要策[5],首在封关,无论何国夷船,概不准其互市,而禁绝茶叶、大黄,有以制伏其命。封关之后,海禁宜严,应饬舟师将海盗剿捕尽绝。又禁大小民船,概不准其出海。复募善泅之人,使驾火船,乘风纵放,而以舟师继之。能擒夷船,即将货物全数给赏,该夷未有不畏惧求我者。察其果能诚心悔罪,再行奏恳天恩,准其互市,仍将大黄、茶叶,毋许逾额多运,以为钳制之法。所论甚切,所筹亦甚周。臣等查粤东二百年来,准令诸夷互市[6],原系推恩外服,普示怀柔,并非内地赖其食用之资,更非关权利其抽分之税。况自上冬断绝英夷贸易以来,叠奉谕旨[7]:"区区税银,何足计论!"大哉谟训,中外同钦。臣等有所秉承,更可遵循办理,绝无所用其瞻顾。即将各外国在粤贸易一律停业,亦并不难。惟是细察情形,有尚须从长计议者。

窃以封关禁海之策,一以绝诸夷之生计,一以杜鸦片之来源,虽若确有把握,然专断一国贸易,与概断各国贸易,揆理度势,迥不相同。盖鸦片出产之地,皆在英吉利国所辖地方[8]。从前例禁宽时,原不止英夷贩烟来粤,即别国夷船,亦多以此为利。而自上年缴清趸船烟土以后,业经奏奉恩旨[9],概免治罪,即未便追究前非。此后别国货船,莫不遵具切结,层层查验,并无夹带鸦片,乃准进口开舱[10]。惟英吉利货船聚泊尖沙嘴,不遵法度,是以将其驱逐,不准通商[11]。今若忽立新章,将现未犯法之各国夷船,与英吉利一同拒绝,是抗违者摈之,恭顺者亦摈之,未免不分良莠,事出无名。设诸夷禀问何辜,臣等即碍难批示。且查英吉利在外国最称强悍,诸夷中惟米利坚及佛兰西尚足与之抗衡,然亦忌且惮之。其他若荷兰、大小吕宋、连国、瑞国、单鹰、双鹰、甚波立等国[12],到粤贸易者,多仰英夷鼻息。自英夷贸易断后,他国颇皆欣欣向荣[13]。盖逐利者喜彼绌而此赢,怀忿者谓此荣而彼辱,此中控驭之法,似可以夷治夷[14],使其相间相睽,以彼此之离心,各输忱而内向。若概与之绝,则觖望之后,转易联成一气,勾结图私。《左传》有云:"彼则惧而协以谋我,故难间也[15]。"我天朝之驭诸夷,固非其比,要亦罚不及众,仍宜示以大公。

且封关云者,为断鸦片也。若鸦片果因封关而断,亦何惮而不为?惟是大海茫茫,四通八达,鸦片断与不断,转不在乎关之封与不封。即如上冬以来,已不准英夷贸易,而臣等今春查访外洋信息,知其将货物载回夷埠,转将烟土换至粤洋。并闻奸夷口出狂言,谓关以内法度虽严,关以外汪洋无际;通商则受管束,而不能违禁,不通商则不受管束,而正好卖烟。此种贪狡之心,实堪令人发指。是以臣等近日更不得不于各海口倍加严拿,有一日而船烟并获数起者[16]。可见英夷货去烟来之言,转非虚捏。不然,以外洋风浪之恶,而英夷仍不肯尽行开去,果何所图?

若如原奏所云,大小民船概不准其出海,则又不能。缘广东民人以海面为生者[17],尤倍于陆地,故有"渔七耕三"之说,又有"三山六海"之谣。若一概不准其出洋,其势即不可以终日。至捕鱼者,只许在附近海内,此说虽亦近情,然既许出洋,则风信靡常,远近几难自定,又孰能于洋面而阻之?即使责令水师查禁,而昼伏则夜动,东拿则西逃,亦莫可如何之事。臣林则徐上年刊立章程,责令口岸澳甲编列船号,责以五船互保,又令于风帆两面,及船身两旁,悉用大字书写姓名,以及里居牌保。惟船数至于无算,至今尚未编完。继又通行沿海县营,如有夷船窜至该辖,无论内洋外洋,均将附近各船,暂禁出口,必俟夷船远遁,始许口内开船。其平时出入渔舟,逐一验查,只许带一日之粮,不得多携食物,若银两洋钱,尤不许随带出口,庶可少除接济购买之弊。

至大黄、茶叶二物,固属外类要需,惟臣等历查向来大黄出口[18],多者不过一千担。缘每人所用无几,随身皆可收存,且尚非必不可无之物,不值为之厉禁。惟茶叶历年所销[19],自三十馀万担至五十馀万担不等,现在议立公所,酌中定制,不许各夷逾额多运,即为钳制之方。然第一要义,尤在沿海各口查拿偷漏。若中路封关,操之过蹙,而东、西各路得以偷贩出洋[20],则正税徒亏,而漏卮依然莫塞。是以制驭之道,惟贵平允不偏,始不至转生他弊。若谓他国买回之后,难保不转卖英夷,此即内地行铺互售,尚难家至目见,而况其在域外乎?要知英夷平日广收厚积,本有长袖善舞之名[21],其分卖他夷,以牟馀利,乃该夷之惯技。今断绝贸易之后,即使他夷转售一二,亦已忍垢蒙耻,多吃暗亏。譬如大贾殷商,一旦仅开子店,寄人篱下,已觉难堪。惟操纵有方,备防无懈,则原奏所谓该夷当畏惧而求我者,将于是乎在矣。

至于备大船、练乡勇、募善泅之人等事,则臣等自上年至今,皆经筹商办理,惟待相机而动。即各山淡水,上年本已派弁守之,始则夷船以布帆兜接雨水,几于不能救渴,继而觅诸山麓,随处汲取不穷,则已守不胜守,似毋庸议。

总之,驭夷宜刚柔互用,不必视之太重,亦未便视之太轻。与其泾渭不分,转致无所忌惮,曷若薰莸有别[22],俾皆就我范围?而且用诸国以并拒英夷,则有如踏鹿[23]。若因英夷而并绝诸国,则不啻驱鱼[24]。此际机宜,不敢不慎。况所杜绝者,惟在鸦片,即原奏亦云"凡有夹带鸦片夷船,无论何国,不准通商",则不带鸦片者,仍皆准予通商,亦已明甚。彼各国夷人,原难保其始终不带,若果查出夹带,应即治以新例,不但绝其经商,如其无之,自不在峻拒之列也。

又另片请将澳门西洋贸易,定以限制。查上年臣林则徐先已会同前督臣邓廷桢暨臣豫堃,节次商议及之,嗣经核定章程,谕令澳门同知转饬西洋夷目遵照[25]。即如茶叶一项,每岁连箱准给五十万斤,仍以三年通融并计,以示酌中之道。其他分条列款,该夷均已遵行。本年正月,澳内容留英夷,即暂停西洋贸易[26],迨其将英夷驱出,仍即令开关。

亦与原奏请议章程不谋而合。

至所请责令澳夷代英夷保结一节,现既不准英夷贸易,自可毋庸置议。

臣等彼此商酌,意见相同。谨合词恭折复奏,伏乞皇上圣鉴训示〔27〕。

再,此折系臣林则徐主稿,内有密陈夷情之处,谨请毋庸发钞。合并声明。谨奏。

〔1〕此折与广东巡抚怡良、水师提督关天培、陆路提督郭继昌、粤海关监督豫堃会衔,具奏时间为道光二十年三月二十六日(1840年4月27日)。道光帝下令断绝英国贸易后,曾望颜上奏提出封关禁海的主张。林则徐在复奏中阐述了反对的理由。曾望颜,广东香山县(今中山市)人。道光进士。时任大理寺正卿、顺天府尹。

〔2〕字寄:见《会奏查议银昂钱贱除弊便民事宜折》注〔2〕。林则徐等于道光二十年二月初四日(1840年3月7日)前收到军机大臣字寄。

〔3〕澳夷:即澳门葡萄牙人,又称西洋人。明嘉靖三十二年至三十六年(1553—1557)间,泛海东来的葡萄牙人入据澳门,并将其发展为固定居留地。

〔4〕限制:雍正三年(1725),定澳门夷船额数为25只。林则徐《严禁中外商民贩卖鸦片烟示》:"照得粤东自通商以来,一切贸易章程至为周备,除住澳之西洋夷人设有澳船额数,相延已久,该船所带货物,例许进澳行销外,其馀各国货船到粤,均须驶进黄埔,方准报验开舱,投行交易,此天朝一定法制。"

〔5〕原奏:即曾望颜折,道光十九年十二月十一日(1840年1月15日)奏。见《筹办夷务始末·道光朝》卷九。

〔6〕互市：贸易。康熙二十三年(1684)，清朝在统一台湾后，宣布开放海禁。次年(1685)，设粤、闽、浙、江(苏)四海关，准令外商互市。清廷允许外商互市的理由，最典型的是乾隆帝的这段谕语："天朝物产丰盈，无所不有，原不借外夷货物以通有无。特因天朝所产茶叶、瓷器、丝斤为西洋各国及尔国(英国)必需之物，是以加恩体恤。"

〔7〕叠奉谕旨：林则徐接到相同的谕旨有两次。道光十九年十一月初八日(1839年12月13日)上谕："若屡次抗拒，仍准通商，殊属不成事体。至区区税银，何足计论！我朝抚绥外夷，恩泽极厚，该夷等不知感戴，反肆鸱张，是彼曲我直，中外咸知，自外生成，尚何足惜！著林则徐等酌量情形，即将英吉利国贸易停止。"又，同年十二月初二日(1840年1月6日)上谕："著林则徐仍遵前旨，凡系英吉利夷船，一概驱逐出境，不准逗留。……至于区区关税之盈绌，朕所不计也。"

〔8〕英吉利国所辖地方：即印度。当时输入中国的鸦片以公班土和白皮土为主，产地都是英属印度殖民地。土耳其产的金花土，主要由美国鸦片贩子贩运。

〔9〕奏奉恩旨：收缴趸船鸦片后，林则徐奏请暂时首缴免罪。道光十九年四月二十九日(1839年6月10日)，道光帝谕军机大臣等："本日据林则徐等由驿驰奏，收缴鸦片烟土，有赢无绌。又另片奏，请将夷人带鸦片来内地者，定例治罪等语。夷人违禁带物，并暂时首缴免罪，自应专定条例，已明降谕旨，交军机大臣会同刑部议奏矣。"同日谕内阁："林则徐等奏，夷人带鸦片烟来内地者，请照化外有犯之例，人即正法，货物入官，议一专条，并暂时首缴免罪，如何酌予限期之处，著军机大臣会同刑部议奏。"五月十三日(6月23日)，穆彰阿等议奏："恭候命下，臣等即行知两广总督，以奉文之日为始，予以一年六个月限期，如于限内自将烟土全数呈缴者，仍免治罪。"奉旨："依议。"

〔10〕"此后"五句：据林则徐道光十九年七月二十四日(1839年9

月1日)奏:"截至七月初八日(8月16日),进口报验夷船共一十七只,经粤海关监督臣豫堃验明,均无鸦片,准其开舱贸易。不进口而回国者亦有三只,其中即有鸦片,当不至毒流内地。"

〔11〕"惟英吉利"四句:义律在上缴趸船鸦片后,拒绝英船在具结的条件下恢复贸易,带领广州英商退往澳门,英国货船遂聚泊于尖沙嘴(今香港九龙)一带洋面。道光十九年五月二十七日(1839年7月7日),英船"卡那蒂克"(Carnatic)号和"曼加罗尔"(Mangalore)号水手在尖沙嘴村酗酒行凶,致村民林维喜于次日死亡。事发后,义律抗不交凶。交涉无效后,林则徐于七月初八日(8月15日)援引嘉庆十三年(1808)成例,宣布驱逐英人出澳门。七月二十七日(9月4日),义律率武装船只,以要求接济之名,挑起九龙之战。九月二十七日(11月3日),挑起穿鼻洋海战。九月二十九日至十月初八日(11月4日—13日),英船又对九龙的官涌山进行六次小规模的窥探和偷袭。十月二十一日(11月26日),林则徐宣布从十一月初一日(12月6日)起,停止英国贸易。十二月初一日(1840年1月5日),奉旨宣布封港,断绝英国贸易。

〔12〕米利坚:即美国。佛兰西:即法国。大吕宋:即西班牙。小吕宋:即菲律宾,时为西班牙殖民地。连国:即丹麦。瑞国:即瑞典。单鹰:即普鲁士。双鹰:即奥地利。甚波立:即汉堡。

〔13〕他国:指丹麦、瑞典、普鲁士、汉堡、美国等。林则徐道光十九年十一月初七日(1839年12月14日)奏:"如连国、瑞国及单鹰、甚波立等国,历年不过偶来一二船,本年来者特多,是他夷皆有欣欣向荣之象。而米利坚国之船现来四十五只,则比往届全年之数已有浮多。……至他国遵照具结进口,查无鸦片者已有船六十二只,并据报带来洋钱将及二百万元。"十二月二十四日(1840年1月28日),又奏:"本年夷船载运入口洋银,已经查验者有二百七十三万二千九百馀元,其未验者尚不在此数之内。"

〔14〕以夷治夷：中国古代朝廷处理边疆少数民族事务的传统手法。林则徐将其运用于海外国家，表面上看是简单的套用，实际上已寓有新意。从逐利者(商人)的心态分析西方国家间的利益矛盾，符合市场的原则，这是林则徐通过翻译西文书报得到的新知，在当时是难能可贵的。

〔15〕《左传》有云：引文见《左传·桓公六年》。

〔16〕一日而船烟并获数起：林则徐道光二十年二月二十六日(1840年3月29日)奏："各口岸近日所获鸦片，得自渔船蜑艇者尤多，内有余阿盛等一起烟土二千七百三十馀两，曾亚八等一起烟土七千六百八十馀两，更为通夷售私之大夥。"

〔17〕以海面为生：以海面为生计，即"以海为田"。案：民船出洋捕鱼或经商是广东传统海洋经济的主要构成。顺治时，"渔箔横列，以海为田，滨海之人渔佃为生"(道光《电白县志》卷一四，艺文，《观海记》)。雍正时，"广东沿海数百万生灵复以捕鱼为业，海即其田也"(杨琳奏，《雍正朝汉文硃批奏折》第二册，第605页)。林则徐认为重新禁海将剥夺沿海人民的生计，"其势即不可以终日"，是很有见地的。当时的统治高层中有此认识的并不多。在此之前，他还以转述"市井之谈"的方式，上奏说"且闻华民惯见夷商获利之厚，莫不歆羡垂涎，以为内地民人格于定例，不准赴各国贸易，以致利薮转归外夷"，反映民间要求开放华民出国贸易的愿望。

〔18〕大黄出口：清朝官方一向把大黄当作外国不可一日缺少的商品，林则徐原来也持此看法。湖广总督任内，尝奏称："茶叶、大黄、湖丝，皆内地宝贵之物，而外洋所不可一日无者。"到广州后不久，还说："至茶叶、大黄两项，臣等悉心访察，实为外夷所必需……果能悉行断绝，固可制死命而收利权。"这里表明他的看法已经改变。

〔19〕茶叶历年所销：鸦片战争前几年，茶叶占广州出口货值的70%，其中75%以上销往英国。若对英国实行经济制裁，茶叶是首要的

商品。

〔20〕"而东、西各路"句:林则徐道光十九年五月初四日(1839年6月14日)奏:"窃照粤省海洋,向分中、东、西三路。中路自老万山以内,如九洲、伶仃等洋,皆各国夷商来粤贸易准其行船之路,寄碇聚泊,岁以为常。若西路之高、廉、雷、琼,东路之潮州、南澳,皆夷船例不应到之区。"

〔21〕长袖善舞:《韩非子·五蠹》:"鄙谚曰:'长袖善舞,多钱善贾。'此言多资之易为工也。"林则徐用以描述英国以商立国。此前,他还说过:"该夷性奢而贪,不务本富,专以贸易求赢……故贸易者,彼国之所以为命。"

〔22〕薰(xūn勋):香草。莸(yóu由):臭草。

〔23〕踣(bó博):僵仆。《左传·襄公十四年》:"譬如捕鹿,晋人角之,诸戎掎之,与晋踣之。"后以"踣鹿"喻得到旁人帮助。

〔24〕驱鱼:即为渊驱鱼,把鱼赶入深潭中。《孟子·离娄上》:"故为渊驱鱼者,獭也。"

〔25〕西洋夷目:即葡萄牙澳门议事会的理事官(Procurador)。

〔26〕暂停西洋贸易:道光二十年正月十八日(1840年2月18日),林则徐因义律潜入澳门,澳葡当局借口中立不加驱逐,遂暂停澳门葡萄牙人贸易。

〔27〕圣鉴训示:道光帝于四月二十五日(5月26日)收到此折,谕曰:"林则徐等复奏曾望颜条陈一折,鉴奏均悉。俱著照所议办理。夷情狡狯异常,总不外牟利之一途。惟在彼之伎俩百出不穷,而在我之控制总宜坚定。恭顺者自未便与抗违者一同拒绝,以致良莠不分……"但此谕旨下达广东时,英军已到珠江口,发动侵华战争,林则徐的策略难以施展。

英夷鸱张安民告示[1]

谕近省一带军民、客商、工匠、渔户诸色人等知悉[2]：

照得英吉利夷人本多狡诈，且以鸦片害我民人性命，骗我内地资财，亦我民所同仇共愤。乃自断其贸易以后，该夷人尚不迅速回国，又不悔罪输诚，近更传言有兵船来粤[3]。其来意之善恶，到后之顺逆，虽不可尽知[4]，而彼既自外生成，我无难力制其命。在不知者，或恐其闯近内河[5]，不无滋扰；有知者，正欲其闯入内河，乃可一鼓聚歼，不留馀孽。本部堂现于乌涌至大豪头一带备齐石船数十只[6]，并非先塞河头，杜其闯入；乃欲俟其闯入，然后填塞，使其不能逃出也。英夷诡谲，凡事虚张，来兵即极多，亦不过一万馀人为止。彼之数有尽，而内地兵勇用之不尽，不独以十抵一，以百抵一，直以十千万万抵一[7]，又何不能剿灭之有？彼若敢来内河，一则潮退水浅，船胶臕裂，再则伙食尽罄，三则军火不继，如鱼处涸河，自来送死，安能生全？倘因势迫奔逃上岸，该夷浑身裹紧，腰腿直扑，一跌不能复起[8]。凡我内地无论何等之人，皆可诛此异类，如宰犬羊，使靡有孑遗，方足以快人心而彰国宪。

本部堂、本部院今与尔等约：如英夷兵船一进内河，许尔人人持刀痛杀，凡杀有白鬼一名，赏洋一百元；杀死黑鬼一名,赏洋五十元[9]。如持首级来献,本部堂、本部院验明后,即于辕门立时给赏。擒夹带鸦片之侦船者倍之,擒及杀死鬼夷官者又倍之。如能夺其炮位,亦照炮之大小,分别给赏。虽通夷之汉奸杀无赦[10],能立功赎罪并赏之。业经分别赏单[11],榜诸道路,谅尔等共知。本部堂、本部院急于荡邪涤秽,无非除害安民,定必敌忾情殷,争先恐后也。至于十三行夷楼[12],内有别国夷人住处,闭户安居,不与英夷助势,断不许尔等乘机滋扰,擅行入室,抢夺杀人,立斩抵偿。其各凛遵毋违。特示。

道光二十年六月初五日示

〔1〕道光二十年五月二十二日(1840年6月21日),英国远征军海军司令伯麦(J. G. Bremer)率舰抵达澳门湾外,次日在旗舰"威里士厘"(Wellesley)号上,发布一星期后封锁珠江口的公告。二十四日(25日),马礼逊(John Robert Morrison)将伯麦公告按中文告示格式,编成汉字说帖,写在木牌上,插于尖沙嘴一带的海滩上。六月初四日(7月2日),林则徐收到新安县抄送的伯麦汉字说帖,次日即和广东巡抚怡良会衔发出本告示。从这份告示,可以看出鸦片战争一触即发之际,林则徐对敌情的判断和抵抗的措施。

〔2〕近省一带:即靠近省城广州的地方,指广州附近濒海各县城镇与乡村。

〔3〕兵船:指英国军舰。林则徐在发布本告示同日发出的奏片称:"五月二十二、三等日,又到大小兵船九只,车轮船三只,游奕外洋,东停西窜。……兹查近日该英夷又先后到大小兵船十只,车轮船二只,仍止散泊外洋,别无动静。……而先来之谷巴士一船及后到之布林麻等船八

只、车轮船三只,又据引水禀报,于五月底及六月初间,先后驶出老万山,东向扬帆而去,瞭望无踪。"由于义律认为"不宜于让广州中国当局最先知道英国的要求是什么",未按英国政府训令向林则徐寄交巴麦尊外相致中国宰相书,林则徐靠探报才知道英国兵船到粤,故对外称为"传闻"。

〔4〕"其来意"三句:言对英军的来意并不清楚。发布本告示当日清晨,林则徐在致怡良书中说:"前据禀报,出老万山之夷船,扬言向东而去,欲赴江、浙、天津。顷据阳江镇来禀,初二日有夷船大小七只至彼,谅即前报之船折向西去,仍只为护送鸦片耳。"林则徐估计到的是英军会为护送鸦片或求通贸易进行"滋扰"和"窜越",即发生小型、局部的战争。

〔5〕内河:即珠江。

〔6〕乌涌、大豪:黄埔以东珠江沿岸地名,船只进入广州的必经之地。石船即装载石料的民船。

〔7〕十千万万:形容内地兵源充沛,非实际计量。案:战争初起时,来华英军总兵力为7000人,清军总兵力为80万人,约1∶110。

〔8〕直扑:直挺挺地跌倒。一跌不能复起:跌倒爬不起来。这是他的主观推想,可知当时他对英军的陆战能力茫然无知。

〔9〕白鬼:指英兵。当时广东人称外国人为鬼子。林则徐《己亥日记》,道光十九年七月二十六日(1839年9月3日)巡阅澳门所记:"其发多卷,又剪去长者,仅留数寸。须本多髯,乃或剃其半,而留一道卷毛,骤见能令人骇,粤人呼为鬼子,良非丑诋。"黑鬼:指印度兵。林则徐译编、陈德培录存的《洋事杂录》中云:"孟呀拉(孟加拉)土番,即么罗黑鬼,脚长无腿肚,红毛选其身材高大者充伍,谓之叙跛兵。"

〔10〕汉奸:指与外国人多方勾串、贩毒走私、通风报信、接济食物的内地奸民。即林则徐《密拿汉奸札稿》所谓"包买之窑口,说好之仔毡与兴贩各路之奸商,护送快艇之头目"。

〔11〕赏单:行赏的赏格清单。中籍失载,英文《中国丛报》(*Chinese Repository*)曾予报导,见第九卷第165—166页。

〔12〕十三行夷楼:参见《谕各国夷人呈缴烟土稿》注。

洋事杂录(六则)〔1〕

一

史济泰、容林同述

史济泰系医生。容林香山南屏村人,到过英吉利。

一、英吉利国疆域不大,国都在懒顿(即兰敦)〔2〕。并无城池,周围约六十里。楼房重叠。至矮亦有五层。房屋华丽,街道洁净,终宵灯火辉煌,照耀如同白日。

一、英夷国王系少年女人,现年约二十三四岁,已立四五年,国号或多利也〔3〕,貌极富厚、美丽,澳夷有其图像〔4〕,识字善琴。国中政事,有头等番官四人综理。

一、国王、番官所居之屋,款式与民房毫无区别,惟门首书明有某官字样,绘有彩画,以别官民。又大门外,只有番兵一二人持枪峙立把守,此外并无护卫。

一、英国交易行使洋钱有五种:大者七钱二分,曰打拉〔5〕;中者三钱六分,曰哈打喇〔6〕,又曰花儿晋;小者一钱八分,曰时吟[7]。又小者九分,曰半时吟[8]。其最小者,只重二分半,曰边厘,又有名先士者[9],亦洋钱之类,每先士一个七厘二毫,每百个合大洋一元。

一、英吉利公司之设[10],因该夷国用不足,签国中富户聚资贸易中国,使专其利,他人不得与贾。凡国中岁需正供外有不足者,悉取资焉,谓之公司。始议公司之限,以三十年为届。满届即散,听民自贾,不限年数。乾隆间,公司之届满,该国因用度仍不敷,再展一限。嘉庆甲戌、乙亥间[11],二届复满,公司仍复请展,俾清帐目,许以十年为限。嗣因与佛兰西比岁连兵,军需不继,用公司款项过多,复又予限十年,于道光十四年散去。计公司立局共有八十年,至此国人始得自贾。闻其国人云:日后国用不足,又须重复公司矣。

〔1〕林则徐在广州禁烟抗英期间,为了解西方,探讨御敌之策,十分注意搜集国外的情况资料,在组织翻译西方书报的同时,还向到过国外的中国人、来广州的外国人等询问,留下口述资料。现存《洋事杂录》,为陈德培手录,现藏上海社会科学院历史研究所。这里选用其中的一部分。陈德培,字子茂,江苏苏州人,林则徐江苏巡抚任内旧属,后为补官到甘肃,道光二十二年(1842)任甘肃安定县(今定西市)主簿。道光二十六年(1846)二至六月林则徐署理陕甘总督期间,招陈德培于幕下。陈德培向林则徐借阅随身携带的探访外情资料,"得录此千百之一"。

〔2〕懒顿:今译伦敦。

〔3〕或多利也:英国女王 Victoria(1819—1901)的音译,今译维多利亚。1837—1901年在位。

〔4〕澳夷:在澳门的葡萄牙人。

〔5〕打拉:dollar。元。当时一种面值五先令的硬币。

〔6〕哈打喇:half dollar。半元。

〔7〕时吟:shilling。今译先令。

〔8〕半时吟:half shilling。

〔9〕先士:cent。分。

〔10〕英吉利公司:即英国东印度公司,系由英国议会核准的国家垄断企业。

〔11〕嘉庆甲戌:嘉庆十九年(1814)。乙亥:嘉庆二十年(1815)。

二

彭邦晦云

彭邦晦,香山县丞。

爱汉者纂《全人矩矱》一书[1],系英吉利夷人假托,并非实有其人。又刊刻夷书,多系吴士喇为之[2],一称士喇是也。

〔1〕爱汉者:德籍传教士郭实猎(Karl Friedrich August Gützlaff,1803—1851)的笔名。郭实猎懂德、英、荷兰文,1827年来亚洲传教后,又学会中文、马来文、泰文和日文,撰有各种文字的著作不下85种,其中中文著作61种。彭邦晦说爱汉者"并非实有其人",误。

〔2〕吴士喇:即郭实猎,为当时广东一带通行的译名。

三

袁德辉说

袁德辉,广东南海人,能写拉体讷字,原籍四川巴县人[1]。

一、新忌坡、马拉架、新埠,均系三处英吉利属地,共一岛屿[2]。由粤东出口,西南行约二十日,先到新忌坡,再行二日,到马拉架,又行二日,可到新埠。地方土番名马拉由,即"无来由"种类[3]。新忌坡店铺,约有四五百家。马拉架店铺,只有一百馀家。新埠店铺,约有一二千家,均系滨临海岸。闽、粤之人,在三埠开设杂货铺、裁缝铺、钟表铺、鞋铺、木匠铺,各款生意居其大半。佛兰西、荷兰、英吉利均有在彼住家,房屋高大华丽。马拉架镇旁建立书院一所,额曰"英华书院"[4]。有汉人朱姓在院教课,小夷人诵读汉书,每年修金三百圆。汉人子弟亦有在内读书。至汉人与土番,多有吸食鸦片。三处埠头,英吉利均派官兵镇守,凡有煮熬鸦片烟膏者,必须在番官处请领牌票,方准熬煮售销,未请牌票者不准私开。此外,尚有酿酒、屠宰、赌博三款,亦须纳税,所纳之饷,与煮熬鸦片同重。贸易行使累子,系红铜熔铸,如洋钱式,每百个易洋钱一圆,十馀个买猪肉一斤。土产胡椒。

〔1〕袁德辉:林则徐手下的英文译员之一。十来岁在槟榔屿罗马

天主教学校读书,学拉丁文。1825年,到马六甲英华书院读书,学习英文。1827年秋,从马六甲回国。拉体讷字,即拉丁文。

〔2〕新忌坡:今译新加坡。马拉架:今译马六甲。新埠:指槟榔屿。这三处"共一岛屿",误。

〔3〕马拉由:马来人,马来民族,中国古籍汉译为"无来由"。

〔4〕英华书院(Anglo-Chinese College):英国伦敦教会为训练远东传教士在马六甲所办的学院,首任院长为米怜牧师(Rev. Doctor William Milne,1785—1822)。1843年迁往香港。

四

温文伯述

广东民人,曾到孟牙拉[1],回粤已近三十年。

一、孟打铎,即马铎华,由孟丫铎去二十馀日[2],离英伦尚有三月路程。公土之种到其地再种,即变为白土[3],皆在本所发卖,亦有税饷,照公土一律纳饷,其馀与孟丫铎相仿。

一、得机,即孟米[4],由孟丫铎去约四十馀日,离英伦尚有三月路程。其地出白土,又出红土,即金花红[5]。其价俱由八达拿带来[6],亦有税馆,纳饷俱与孟丫铎相同。

〔1〕孟牙拉:今译孟加拉,时为印度的一省。本文中又译作"孟丫铎"。

〔2〕孟打铎、马铎华:即印度麻洼(Malwa)。

〔3〕公土:公斑土。白土:白皮土。见《会奏销化烟土一律完竣

折》注。

　　〔4〕得机、孟米：即印度孟买。

　　〔5〕红土：即金花土（Turkey Opium）。

　　〔6〕八达拿：印度鸦片产地 Patna。

五

记罗卜担语[1]

　　英吉利国王,嘉庆年间在位者,其国号曰着查[2],序第三,道光元年殁。传其子,亦号着查,序第四,道光九年殁。无子。其叔序第四者为王,国号威连[3],道光十七年殁。现系女王,国号威多里鸦[4],在位已四载。道光十九年,计该女王年二十岁,未招女婿。此女王,系老着查及威连之侄女,而小着查之堂妹也。

　　红毛兵有四支：步兵穿红衣,马兵有红有蓝,大炮兵穿蓝,散兵穿绿。武官职分,颇同内地。

　　印度（读作天竺）,即轩都士丹别名也[5]。轩都士丹,黑脸兵丁也。共三十万,行伍系黑面的,其武官系红毛人。前十三年与缅甸战胜,皆用叙跛兵。

　　〔1〕罗卜担：即罗伯聃（Robert Thom）。

　　〔2〕着查：George 的音译,今译乔治。此指乔治三世（George Ⅲ,1738—1820）,1760—1820 年在位。

〔3〕威连:William 的音译,今译威廉,此指威廉四世(William Ⅳ,1765—1837),1830—1837 年在位。

〔4〕威多里鸦:Victoria 的音译,今译维多利亚。

〔5〕轩都士丹:Hindustan 的音译,今译印度斯坦。

六

庚子八月廿三日士丹顿供[1]

广东在英吉利之东南方,约水程三万馀里。该夷士丹顿来时,在途三个半月。

英吉利国王所居之地,名曰蓝伦[2],在俄罗斯之西,约海程二十日。蓝伦东方去一日,即荷兰国。又走六七日,至士云顿[3],另有国主。又走一日,至颠没[4],另有国主。又走十日,至俄罗斯国主所居之地:布鲁臣深必顿肚邦[5]。

回疆在英吉利之东南[6],相距一月。缅甸在英吉利之东,相距四五个月。如由陆路,两月可到,须经俄罗斯过。西藏在英吉利之东,相距两月,须走回疆,无路可通。

番鬼字典,名曰力神拉里[7],系已故之马礼逊所著[8]。

〔1〕庚子八月廿三日,即公元 1840 年 9 月 18 日。士丹顿,英国商人。

〔2〕蓝伦:即伦敦。

〔3〕士云顿:当指瑞典(Sweden)

〔4〕颠没:即丹麦。

〔5〕布鲁臣深必顿肚邦:圣彼得堡。

〔6〕回疆:今新疆维吾尔自治区南部地区。

〔7〕力神拉里:英语字典(dictionary)的音译。

〔8〕马礼逊(Robert Morrison,1782—1834),英国早期来华传教士、汉学家。1815—1823年出版编著《英华字典》(*A Dictionary of the Chinese Language*)。案:虎门销烟时,林则徐向前来参观的美国传教士裨治文表示希望得到这部字典。

密陈夷务不能歇手片[1]

再,臣渥受厚恩,天良难昧,每念一身之获咎犹小,而国体之攸关甚大,不敢不以见闻所及,敬为圣主陈之。

查此次英逆所憾在粤省,而滋扰乃在浙省,虽变动若出于意外,其穷蹙正在于意中[2]。盖逆夷所不肯灰心者,以鸦片获利之重,每岁易换纹银出洋,多至数千万两。若在粤得以复兴旧业,何必远赴浙洋。现闻其于定海一带,大张招帖,每鸦片一斤,只卖洋钱一元,是即在该国孟阿拉等处出产之区,尚且不敷成本。其所以甘心亏折,急于觅销者,或云以给雇资,或云以充食用。并闻其在夷洋各埠,赁船雇兵而来,费用之繁,日以数万金计;即炮子火药,亦不能日久支持。穷蹙之形,已可概见。又,夷人向来过冬以毡为暖,不著皮衣,盖其素性然也。浙省地寒,势必不能忍受。现有夷信到粤,已言定海阴湿之气,病死者甚多。大抵朔风戒严,自然舍去舟山，扬帆南窜。而各国夷商之在粤者，自六月以来，贸易为英夷所阻，亦各气愤不平，均欲由该国派来兵船，与之讲理。是该逆现有进退维谷之势，能不内怯于心？惟其虚骄性成，愈穷蹙时，愈欲显其桀骜，试其恫喝，甚且别生秘计，冀得阴售其奸。如一切皆不得行，仍必帖然俯伏。臣前此屡经体验，颇悉其情。即此时不值与之海上交锋，而第固守藩篱[3]，亦足使之坐困也。

夫自古顽苗逆命[4]，初无损于尧、舜之朝。我皇上以尧、舜之治治中外，知鸦片之为害，甚于洪水猛兽，即尧、舜在今日，亦不能不为驱除。圣人执法惩奸，实为天下万世计；而天下万世之人，亦断无以鸦片为不必禁之理。若谓夷兵之来，系由禁烟而起，则彼之以鸦片入内地者，早已包藏祸心，发之于此时，与发之于异日，其轻重当必有辩矣。臣愚以为鸦片之流毒于内地，犹痈疽之流毒于人心也[5]。痈疽生则以渐而成脓，鸦片来则以渐而致寇，原属意计中事。若在数十年前查办，其时吸者尚少，禁令易行，犹如未经成脓之痈，内毒或可解散。今则毒流已久，譬诸痈疽作痛，不得不亟为拔脓，而逆夷滋扰浙洋，即与溃脓无异。然惟脓溃而后疾去，果其如法医治，托里扶元，待至脓尽之时，自然结痂收口。若因肿痛而别筹消散，万一毒邪内伏，诚恐患在养痈矣。

溯自查办鸦片以来，幸赖乾断严明，天威震叠，趸船二万馀箱之缴，系英夷领事义律自行递禀求收，现有汉夷字原禀可查,并有夷纸印封可验。继而在虎门毁化烟土,先期出示,准令夷人观看。维时来观之夷人,有撰为夷文数千言以纪其事者,大意谓天朝法令足服人心,今夷书中具载其文,谅外域尽能传诵[6]。迨后各国来船,遵具切结,写明"如有夹带鸦片,人即正法,船货没官",亦以汉夷字合为一纸。自具结之后,查验他国夷船,皆已绝无鸦片,惟英逆不遵法度,且肆鸱张,是以特奉谕旨,断其贸易。然未有浙洋之事,或尚可以仰恳恩施。今既攻占城池,戕害文武,逆情显著,中外咸闻,非惟难许通商,自当以威服叛。第恐议者以为内地船炮,非外夷之敌,与其旷日持久,何如设法羁縻[7]。抑知夷性无厌,得一步又进一步,若使威不能克,即恐患无已时;且他国效尤,更不可不虑。臣之愚昧,务思上崇国体,下慑夷情,实不敢稍存游移之见也。即以船炮而言,本为防海必需之物,虽一时难以猝办,而为长久计,亦不得不先事筹维。且广东利在通商,自道光元年至今,粤海关已征银三千馀万两。收其利者必须预防其害,若前此以关税十分之一制炮造船,则制夷已可裕如,何至尚形棘手。臣节次伏读谕旨[8],以税银何足计较,仰见圣主内本外末[9],不言有无,诚足昭垂奕祀[10]。但粤东关税既比他省丰饶,则以通夷之银,量为防夷之用,从此制炮必求极利,造船必求极坚,似经费可以酌筹,即裨益实非浅鲜矣。

臣于夷务办理不善,正在奏请治罪,何敢更献刍荛[11]。然苟有裨国家,虽顶踵捐糜[12],亦不敢自惜。倘格外天恩,宽其一线,或令戴罪前赴浙省,随营效力,以赎前愆,臣必当殚竭血诚,以图克复。至粤省各处口隘,防堵加严,察看现在情形,逆夷似无可乘之隙,藉堪仰慰宸怀。谨缮片密陈,伏祈圣鉴。谨奏。

〔1〕道光二十年六月初八日(1840年7月6日)英军攻陷定海后,道光帝对林则徐的态度显起变化。七月二十四日(8月21日)在收到林则徐《续获人烟枪具折》后,硃批训斥道:"外而断绝通商,并未断绝,内而查拿犯法,亦不能净,无非空言搪塞,不但终无实际,返生出许多波澜。思之曷胜愤懑,看汝以何词对朕也。"八月二十三日(9月18日)夜,林则徐收到这份批折,当即致书怡良,表示:"徐不敢不懔天威,亦不敢认罪戾,惟事之本末,诚不得不明白上陈耳。"二十七、二十八日(22日—23日),林则徐写作《奉旨革斥自请处分折》和这份附片,力辩禁烟的本末和是非。

〔2〕意中:意料之中。案:林则徐意料的只是武装走私鸦片的"滋扰",参见《英夷鸥张安民告示》注。

〔3〕固守藩篱:固守门户。即以守为战,不与敌海上交锋。

〔4〕苗:三苗,古部族名。原居于江淮荆州一带,传说舜时被迁到三危(今甘肃敦煌一带)。逆命:抗命。

〔5〕痈疽(jū居):结成块状的毒疮,浮浅者为痈,深厚者为疽。

〔6〕来观之夷人:指裨治文。夷文:裨治文所撰《镇口销烟记》。夷书:即《中国丛报》。此文载于第八卷第二期(1839年6月号)。

〔7〕羁縻(jī mí 基迷):牵制、笼络。

〔8〕谕旨:参见《复议曾望颜条陈封关禁海事宜折》注。

〔9〕内本外末:以国内经济为本,对外通商为末。中国传统社会以

农为本,以商为末的引申。

〔10〕昭垂奕祀:世代流传。垂,流传下去。祀,祭祀,这里作年解。奕祀,一年接一年。

〔11〕刍荛(chú ráo 锄饶):谦词,草野鄙陋之言。

〔12〕顶踵捐糜:从头到脚全部舍去。

答奕将军防御粤省六条[1]

一、水道要口,宜堵塞严防也。此时夷船既破虎门,深入堂奥。查省河迤东二十馀里,有要隘曰猎德,其附近二沙尾,两处皆有炮台,其河面宽约二百丈,水深二丈有零。又省河西南十五里,有要隘曰大黄滘,亦有炮台,其河面宽一百七丈,水深三丈馀尺。若前此果于该两处认真堵塞,驻以重兵,则逆夷兵船,万难闯进,省坦高枕,何须戒严。乃既延误于前[2],追悔无及。今夷船正于此两处要隘,横亘堵截,使我转不能自扼其要,几如骨鲠之在咽喉矣!惟有密饬近日往来说事之员,督同洋商,先用好言,诱令夷船退离此两处,而在我则密速备运巨石,雇齐人夫,一见其船稍退,即须乘机多集夫兵累千,连夜填塞河道,一面就其两岸,厚堆沙袋,每岸各驻精兵千馀,先使省河得有外障,然后再图进剿。此事不可缓图,尤不可偏废。若仅驻重兵而不塞水道,则夷船直可闯过,虽有兵如无兵也;仅塞水道,而不驻重兵,则逆夷仍可拔开,虽已塞犹不塞也;塞之驻之,而不堆沙袋,则以兵挡炮,立脚不住,相率而逃,仍犹之乎不塞不驻也。此两处办成后,应致力于内洋之长洲冈及蚝墩,最后则筹及虎门,彼处有南沙山巨石可采,如何堵塞,容再酌议。

一、洋面大小船只,应查明备用也。查虎门所泊师船,除沙角失事时被焚十只外,闻尚有提中营二号三号大米艇二只、五号小米艇一只,提右营二号大米艇一只、五号小米艇一只,现停镇口,自应由水师提督配齐弁兵炮械,以备调用。其虎门以外,附近之水师营,分东则提左营、大鹏协、平海营、碣石镇,西则香山协、广海寨。现在各有师船若干,配驾弁兵炮械若干,亦应分饬配足报明候调。至省河有府厂、运厂两处[3],均系成造师船之所,现在各有造竣师船几只,另购堪以出洋大船几只,应饬据实开报,并将篷索杠具即日备齐,听候查验。再上年府厂改造巡船,及新造安南三板[4],现在尚存几只,装配炮械若干,亦即开明听用。其招到快蟹船十九只[5],现泊何处,此内壮勇若干,炮械若干,亦即禀候核夺。

一、大小炮位,应演验拨用也。查此次虎门内外各炮台,既被占夺[6],所失铜铁炮位,合各师船计之,不下五百馀尊。其中近年所买夷炮[7],约居三分之一,尽以借寇资盗,深堪愤恨。今若接仗,非先筹炮不可,而炮之得用与否,非先演放不可。查佛山新铸八千斤火炮十四尊[8],佥谓无处试放,殊不知演炮并不必极宽之地,只须水上备一坚固之船,安炮对山打去,其山上两头设栅拦截,必不至于伤人。

并须堆贮大沙袋，每袋约长四五丈〔尺〕、宽二尺馀，堆成横竖各一丈，高七八丈〔尺〕，以为炮靶。对靶演放，既有准头，而炮子之入沙囊，深至多少尺寸，果否沙可挡炮，亦即见有确凭矣。此十四尊试过如皆可用，即日运省备防，其馀即于佛山如式再铸。倘试后有须酌改铸法之处，亦即就近谕匠遵办，以臻周妥。又番禺县大堂，现有五千斤夷炮四位，似可拨至离省十五里之雁塘墟向来演炮处所，亦照前式，堆排沙袋演试。又广协箭道，有夷炮六位，斤重较小，似可拨在北较场如式堆演。所有来粤客兵[9]，即令该管官带领轮班演炮。如此则炮力之远近，炮挡之坚松，与兵技之高下，无不毕见，一举而三善备焉。再前据广州协赵副将开报，该协箭道并贤良祠现存堪用各炮，约五百位，又红单船、拖风船，卸下各炮，亦约有一百位，虽俱不大，然未尝不可备防，似应分别查验演放，以便分配各船，及岸上营盘应用。至装配船兵，宜将船只驾到将近佛山之五叉口、茉莉沙、瓜埠口等处，分起装就听调，庶免疏虞。

一、火船水勇，宜整理挑用也。查夷船在内河，最宜火攻。前月经杨参赞[10]，饬备柴草、油料、松香，装就火船，约百馀只，闻系署督标中军副将祺寿、候补知县钱燕贻等，经理其事。兹隔多日，恐柴草等物，霉湿短少，应饬查明，重加整理。其装载之船，原只以备焚烧，固不必坚固新料，但亦不宜过于斁旧[11]。且必须有篷，方能驶风，若专藉一二人之力，犹恐推送迟缓，不能成功。其船约以数只为一排，驶近夷船,则环而攻之,能于各船头尾系大铁钉,钉住夷船燃火,使之推不开,拔不去,当更得力。其未用之先,此船宜移上游,近佛山一带,装载完妥,衾夜乘风,与有炮各船,一同放下,随攻随毁,谅必有效。又内河东路之茭塘司一带[12],另有捐办火船百馀只,即某所捐办也[13],分段停泊,如需应用,亦可随时调集,以收夹击之效。至水勇一项,人人以为必须雇用,惟患其有名无实,前此虚糜雇资,已非一次,除淇澳之二百八十人[14],系鲍鹏为前琦部堂雇用,闻已散去,可毋庸议外,若臬、运两司访雇之水勇一百二十名,闻有董事管带,应可得用,第未知其船现泊何处,似应查点试验。又番禺县张令[15],原由揭阳带来壮勇三百名,皆系以鸟枪擅长,每人各有自带之枪,施放颇准。此一起虽系雇为陆路之用,而上年曾经谕明,肯下船者多加雇资,彼即欣然下船,似宜将此壮勇三百名,作为水战之用。此外再雇,务须考其技艺,查其底里,必使层层保结,不任滥竽[16],并谕明临阵争先者,即予拔官,如敢潜逃,立斩示众。信赏必罚,自足以励士气壮戎行矣。

一、外海战船,宜分别筹办也。查洋面水战,系英夷长技。如夷船逃出虎门外,自非单薄之船所能追剿,应别制坚厚战船,以资制胜。上年曾经商定式样[17],旋因局面更改[18],未及制办。其船样尚存虎门寨,如即取来斟酌,赶紧制造,分路购料,多集匠人,大约四个月之内,可成二十船,以后仍陆续成造。总须有船一百只,始可敷用。此系海疆长久之计，似宜及早筹办。若此船未成之前，即须在洋接仗，计惟雇觅本省潮州及福建漳、泉之草鸟船[19]，亦以百只为率。将其人船器械一齐雇到，给予厚资，听其在洋自与夷船追击，不用营员带领，以免牵掣。仍派员在高远山头瞭望探报，果得胜仗，分别优赏，其最得力者，赏拔弁职，充入营伍。缘漳、泉、潮三郡，人性强悍，能出死力，既可兼得名利，自必踊跃争先，较之本地弁兵，顾惜身家者，相去远甚。至于能在水里潜伏之人，查本省陆丰县之高良乡，饶平县之井洲，及福建澎湖之八罩乡[20]，其人多能久伏水中，似亦可以募用。其火攻器具，如火箭、喷筒、火球、火罐之类，亦宜多制备，以便临阵抛用。

一、夷情叵测，宜周密探报也。查逆夷兵船进虎门内者，在三月中旬探报，有三桅船十四只，两桅船三只，火轮船一只，两桅大三板四只，单桅大三板一只。其各国货船，在黄埔者，现有四十只。自虎门以外，则香港地方，现泊有夷兵船十七只，伙食船三只。此等情形，朝夕变迁，并非一致，似宜分遣妥干弁兵，轮流改装，分路确探，密封飞报，不得捕风捉影，徒乱人意。其澳门地方，华夷杂处，各国夷人同聚，闻见最多，尤须密派精干稳实之人，暗中坐探，则夷情虚实，自可先得。又有夷人刊印之新闻纸[21]，每七日一礼拜后，即行刷出，系将广东事传至该国，并将该国事传至广东，彼此互相知照，即内地之塘报也[22]。彼本不与华人阅看，而华人不识夷字，亦即不看。近年雇有翻译之人，因而辗转购得新闻纸,密为译出[23]。其中所得夷情,实为不少,制驭准备之方,多由此出。虽近时间有伪托,然虚实可以印证,不妨兼听并观也。至汉奸随拿随招,自是剪其羽翼之良法。但汉奸中竟有数十等,其能为之画策招人、掉弄文墨、制办船械者,是为大奸。须将大者先除,则小者不过接济食物,即访拿亦易为力矣。

〔1〕林则徐被革职后,琦善继任两广总督,与英军议和。英军为迫琦善就范,于道光二十年十二月十五日(1841年1月7日)攻破大角、沙角炮台,道光二十一年正月初四日(1841年1月26日)占领香港。道光帝接到英军攻占大角沙角炮台的奏报后,于正月初八日(1月30日)任命奕山为靖逆将军,隆文、杨芳为参赞大臣,调兵赴粤剿办。奕山于三月二十三日(4月14日)抵达广州。在此之前,英军又攻破虎门各炮台,深入省河,兵临广州城下,局势十分危急。林则徐应奕山的要求,提供这份防御粤省的意见。奕将军,即奕山(1790—1878),姓爱新觉罗氏,字静轩,满洲镶蓝旗人,道光帝亲侄,时任靖逆将军。

〔2〕延误于前:猎德、二沙尾炮台和大黄滘炮台先后于这年二月十四日(3月6日)和二十一日(13日)被英军攻陷。

〔3〕府厂:广州府属船厂。运厂:广东盐运司属船厂。

〔4〕安南三板:越南轧船。林则徐于上年春命船厂"仿照越南制成轧船四只"。轧船专击船底,用以火攻。

〔5〕快蟹船:亦名扒龙。帆张三桅,左右有快桨五六十,水手数十人,运桨如飞。当时广东沿海民间多以这种快艇进行走私。

〔6〕占夺:英军于二月初六日(2月26日)攻占虎门各炮台。

〔7〕夷炮:指林则徐到粤后,从澳门和新加坡买进的外国铜铁

大炮。

〔8〕佛山新铸八千斤火炮:林则徐在三月十九日(4月10日)接到奕山、隆文来信,约赴前途面商事件,于二十二日(4月13日)到黄鼎,与奕山等一同前往佛山查验新铸炮位。

〔9〕客兵:外地调来的军队。此指奉调来粤的湖南兵、四川兵、贵州兵。

〔10〕杨参赞:即参赞大臣杨芳(1770—1846),字诚村,贵州松桃人。杨芳于道光二十一年二月十三日(1841年3月5日)抵达广州主持军事。

〔11〕䴀(cáo 曹):粗糙。

〔12〕茭塘司:在番禺县(今属广州市)境内东江入口处。

〔13〕某:即林则徐。

〔14〕淇澳:在今中山市东九十八里。

〔15〕番禺县张令:番禺县知县张熙宇。

〔16〕滥竽:滥竽充数。典出《韩非子·内储说上》。

〔17〕式样:战船图式。据汪仲洋《安南战船说》,林则徐在广东搜集的中外战船资料,绘有图式的有《广东水师营快蟹艇图》、《知沙碧船图》、《花旗船图》、《安南国鱼船图》、《安南国大师船图》、《安南布梭船图》、《安南大头三板图》、《车轮船图》等八种。

〔18〕局面更改:指林则徐自己被革职,已无权柄。

〔19〕草乌船:福建制造的海船,头小身肥,船头两侧绘有两只眼睛,多桨而能行,篷长橹快,有如飞鸟。一般用于捕鱼或商业运输,可改装成战船。闽南泉州、漳州和粤东潮州,是我国面向海洋发展的重要地区,素有造船和航海传统。

〔20〕八罩乡:今台湾澎湖列岛中的八罩屿。当时台湾隶属于福建省。

〔21〕新闻纸：报纸。此指《广州周报》（*The Canton Press*），当时已迁址澳门，每逢星期六出版；《广州纪事报》（*The Canton Registers*），当时已迁址澳门，每逢星期四出版。

〔22〕塘报：各省派驻北京的提塘官，抄录部院公文，送往本省刊发，称为塘报。

〔23〕雇有翻译之人：指林则徐到粤后，雇请翻译西报的亚孟、袁德辉、林阿适、梁进德等人。《澳门新闻纸》，主要译自《广州周报》、《广州纪事报》和《新加坡自由报》（*Singapore Free Press*），个别译自印度孟买出版的报纸，自1838年7月16日起，至1840年11月7日止。当时曾抄多份分送邓廷桢、怡良等同僚参考，现仅有邓廷桢后人保存的钞本，藏南京图书馆。

同游龙门香山寺记〔1〕

小庚郡伯守洛中七年于兹〔2〕，曩与余书，盛称其地有龙门香山之胜，而惜未能导余一游也。道光辛丑夏河决开封，是秋余奉命从负薪之役〔3〕。郡伯因公至河干，复为余述前言，第虑余竣役南归，仍无缘共登眺耳。余曰："是有数存焉。仆今年几出玉门矣，冰天雪海亦一壮游，比虽不果于行，究未知数之可终免否也？"郡伯颔之。无何开封河复，而余仍西戍。壬寅春三月道出洛中〔4〕，郡伯抚余手曰："有是哉，数之与时相需也〔5〕。昔期于行而不果行，今不期于游而转假此行以践其游，是时与数适相值耳，斯游乌可已哉！"乃与郡佐罗君钧亨、邑令马君恕命驾邀余，出南门三十里，见两山对峙，峨峨然若双阙者，询之即龙门也。伊水历其间，故号伊阙，亦曰阙塞，世传神禹凿此山行水，今以形势观之，诚天工，非人力也。且禹凿龙门在今韩城[6]，此虽名同而实无与焉。

是日也，晴峦绚空，林野映碧。循西崖而行，憩虚亭，面方池，山泉泠泠，石笋矗立。拾级而上，则岩沿窈窱[7]，石壁间凿为古佛像者，指不胜偻。前轩数楹，开窗面水，凭栏眺望，心眸为之豁然。斯时春水方生，清漪浅流，未及没马。复与诸君策骥涉伊至东崖，步入香山寺，其胜概亦与西崖埒[8]。寺之南乃石楼故址，今为平屋，因列坐，读屏间所刊白太傅文[9]。窃想其暮年居洛，以七十万缗修刹，有终焉之志，诚达哉乐天矣！要亦遇可退之时，悟修真之数，故得自署为幸民耳。仆虽不敢远希古贤，而止足之念，久已积诸怀抱，顾时事之艰，运数之奇，有不独关乎一身之休咎者[10]。今虽万里西行，而南望侧身，叹喟欲绝，尚敢希林泉之娱哉！虽然数与时相需，亦因时而转，即此征途中得与佳山水遇，或亦数不终奇，时不终艰，如东坡所云人厄非天穷者耶[11]？且夕间，瀛濡荡平[12]，环宇清晏，使仆东还有期，犹将随诸君子踵兹胜游，即以遂吾终焉之志，未尝不可以斯言为息壤也[13]。同人曰"善"，余遂援笔记之。

〔1〕道光二十二年（1842）三月，林则徐从东河治水工地前往伊犁戍所途中，经洛阳，应郡伯叶申芗之邀，同游龙门香山寺，撰此游记，借景抒情，感怀国事。

〔2〕小庚:即叶申芗(1780—1842),字维郁,一字小庚,又字培根,号箕园,福建闽县(今闽侯县)人。嘉庆十四年(1809)进士。林则徐的姻亲。郡伯:郡守。洛中:即洛阳地区。叶申芗时任河南陕汝道。自到洛阳任河南府知府至今已七年。

〔3〕道光辛丑:道光二十一年(1841)。负薪之役:指林则徐奉命折回东河治水工地效力。

〔4〕壬寅:道光二十二年(1842)。

〔5〕数:气数、运气。时:时机。

〔6〕韩城:在陕西省东部。韩城市东北与山西河津市西北间,即晋、陕二省界上的黄河,为大禹导河时凿通的龙门。

〔7〕窏寋:同窈窕,幽深之意。

〔8〕埒(liè列):等同。

〔9〕白太傅:即白居易(772—846),字乐天,下邽(今陕西渭南市)人,原籍太原。唐贞元十六年(800)进士。元和初翰林学士,迁左拾遗,贬江州司马,累迁杭州、苏州刺史。后诏还,授太子太傅。晚年居洛阳香山,号香山居士。

〔10〕休咎:吉凶。

〔11〕东坡:即苏轼(1036—1101),字子瞻,号东坡居士,眉州眉山(今属四川)人。宋嘉祐二年(1057)进士。宋代文学家、诗人。六十三岁时远谪儋州(今属海南省)。苏轼《登州海市》:"率然有请不我拒,信我人厄非天穷。"

〔12〕瀓濡:海滨,此指英军入侵的沿海地区。

〔13〕息壤:战国时秦地名。秦武王三年(前308)使甘茂约魏以伐韩,茂恐王中悔,乃与王盟于息壤以为信。见《战国策·秦策二》。后以息壤为信誓盟约之言。

致姚椿王柏心书[1]

　　春木、冬寿两先生师席：别已四载[2]，思何可言！去年仲冬及岁暮，在祥符河干先后奉到春翁三书、冬兄二札，并各赠谪戍一诗，及附录数首。所以爱惜而诲注之者，皆从胸膈中推诚而出，岂寻常慰藉语所能仿佛一二哉？三复紬绎，背汗心铭，恨不能作累日面谈，以倾衷臆。又值河事孔艰之际，昕夕在畚锸间，未遑裁答。迨河上蒇工[3]，则仍有荷戈之役矣。行至西安，痁作而伏[4]，几濒于殆，因是迟迟无以奉报，万罪万罪。夏杪疟始渐止，秋初由长安西行[5]，比于兰州晤唐观察[6]，询知两先生仍馆荆州，吟著如旧，虽皆不免依人，而韩、孟云龙合并之缘[7]，为可羡也。

　　近者时事至此，令人焦愤填胸。贱子一身休咎，又奚足道？第爱我者既以累纸长言反复慰谕，亦姑陈其崖略[8]，不敢贻贤者以失听也。徐自亥年赴粤[9]，早知身蹈危机，所以不敢稍避者，当造膝时[10]，训诲之切，委任之重，皆臣下所垂泣而承者，岂复有所观望？及至羊城，以一纸谕夷，宣布德威，不数日即得其缴烟之禀。禀中既缮汉文，复加夷字，画夷押，盖夷印，慎重如彼，似可谓诚心恭顺矣（原禀进呈，现存枢省[11]）。遂于虎门海口收烟，徐与夷舶连樯相对者再阅月[12]。其时犬羊之性，一有不愿，第以半段枪加我足矣。何以后来猖獗诸状，独不施诸当日？且毁烟之时，遵旨出示,令诸夷观看,彼来观者,归而勒成一书[13],备记其事,是明知此物之当毁,亦彰彰矣。收缴以后,并未罪其一人,惟谕以宽既往,儆将来,取其切结,以为久远通市之法度。它国皆已遵具,即英国人亦已取具数结。惟义律与积惯卖烟者十馀人,屡形反复,致与舟师接仗,我师迭挫其衄,彼即禀恳转圜。是冬明奉上谕,禁其贸易,且叠荷密旨:"区区税银,不足计较。"徐曾奏请彼国已具结者仍准通商,奉谕[14]:"究系该国之人,不应允准。钦此!"此办理禁烟之原委也。

英夷兵船之来,本在意中,徐在都时面陈者姑置勿论,即到粤后,奏请敕下沿海严防者,亦已五次[15]。各省奉到廷寄,率皆复奏,若浙中前抚军,则并胪列六条入告矣[16]。定海之攻,天津之诉,皆徐所先期奏闻者。庚子春夏间[17],逆夷添集兵船来粤,徐已移督两广,只有添船雇勇,日在虎门操练,以资剿堵。而逆艘之赴浙,有由粤折去者,亦有未至粤而径赴浙者。是秋知有变局,徐犹自陈赴浙收复定海,而未得行。于是在羊城杜门省愆[18],不敢过问。迨和议不成,沙角、虎门先后失守,不得已仍自雇水勇千人,拟别为一队。未几奉有赴浙之命[19],遂以离粤,彼四月间事,固徐所未与闻也。到浙兼旬[20],奉文遣戍,行至淮、扬,蒙恩改发河工效力。自八月至今年三月,乃复西行。此三年来踪迹之大略也。

自念祸福死生,早已度外置之,惟逆焰已若燎原,身虽放逐,安能诿诸不闻不见?润州失后[21],未得续耗,不知近日又复何似？愈行愈远，徒觉忧心如焚耳。窃谓剿夷而不谋船炮水军，是自取败也。沿海口岸，防之已不胜防，况又入长江与内河乎？逆夷以舟为窟宅，本不能离水，所以狼奔豕突，频陷郡邑城垣者，以水中无剿御之人、战胜之具，故无所用其却顾耳。侧闻议军务者，皆曰不可攻其所长，故不与水战，而专于陆守。此说在前一二年犹可，今则岸兵之溃，更甚于水，又安所得其短而攻之？况岸上之城郭廛庐，弁兵营垒，皆有定位者也，水中之船，无定位者也。彼以无定攻有定，便无一炮虚发。我以有定攻无定，舟一躲闪，则炮子落水矣。彼之大炮，远及十里内外，若我炮不能及彼，彼炮先已及我，是器不良也。彼之放炮，如内地之放排枪，连声不断，我放一炮后，须辗转移时，再放一炮，是技不熟也。求其良且熟焉，亦无它深巧耳。不此之务，即远调百万貔貅[22]，恐只供临敌之一哄。况逆船朝南暮北，惟水军始能尾追，岸兵能顷刻移动否？盖内地将弁兵丁，虽不乏久历戎行之人，而皆觌面接仗[23]，似此之相距十里八里，彼此不见面而接仗者，未之前闻，故所谋往往相左。

徐尝谓剿夷有八字要言，器良、技熟、胆壮、心齐是已。第一要大炮得用，今此一物置之不讲，真令岳、韩束手[24]，奈何，奈何！前曾觅一炮书[25]，铸法练法，皆与外洋相同，精之则不患无以制敌，扬州有刊本，惜鱼豕尚多[26]，未知两君曾见之否？徐前年获谴之后，尚力陈船炮事，若彼时专务此具，今日亦不至如是棘手。为今之计，战船制造不及，惟漳、泉、潮三郡民商之船，尚可雇用。其水军亦须于彼募敢死之士，缘其平日顶凶舍命，有死无生，今以重资募其赴敌，尚有生死两途，必能效命。次则老虎颈之盐船与人，亦尚可以酌用，但须善于驾驭耳。逆艘深入险地，是谓我中原无人也。若得计得法，正可殄灭无遗，不然咽喉被梗，岂堪设想耶？两先生非亲军旅者，徐之觇缕此事[27]，亦正为局外人，乃不妨言之，幸勿以示他人，祷切，祷切！

大作未及尽和，惟谪成五律，专为徐而作，谨次韵各一章，附请削正。孝长先生作亦所深佩。张蔗泉孝廉向所未识，承摘示名句，实堪心写。龚木民已调上元令，不知履任否？渠上年在丹徒相晤，尚有到兴化后再约春翁之语，今非其时，只可事定再说。建木兄事，因上年祥符工员，皆不出东、南河之人，故无可图，曾与诗舟令兄商明，由渠奉复，谅早鉴及矣！子寿仁兄抱道藏器，不患不传，寻常科名，奚足为君重？亦为其可传者而已。三、四两儿年已渐长，而连岁奔波，学俱不进。三儿于己亥岁乘便在里中小试，谬掇一衿[28]。现在却携此两儿出关，缘大儿汝舟不能擅自随去，须奏明请旨，而大府均惮于代奏，是以随至关中，仍不能赴关外耳。诸叨注问，故以附陈。

此时江左军情，果能大得捷音，则如天之福。倘被久踞，则恢复之策，扼要首在荆、襄，须连结秦、蜀以为之。不识局中筹及否？龙沙万里[29]，鳞羽难通，但有相思，勿劳惠答也。子方观察诚意恳挚，心甚感之，此函托其代寄，谅不浮沉[30]。馀惟为道自重,不宣。

　　　　愚弟林则徐手顿首
　　　　壬寅仲秋上浣兰州旅次

　　谦称心璧。顷闻荆州又被大水,万城堤有漫口,不知视前年何如?念甚,念甚!

　　〔1〕道光二十二年八月上浣(1842年9月上旬),林则徐赴戍途经兰州停留,给湖北旧友姚椿、王柏心写了这封信,倾吐情怀,阐述建立新式水军,与敌海战的思想。此时他虽然不知《南京条约》已签订,抗英战争以失败而告终,但他对抵抗英军应从陆守向海战转变的战略思考,在近代军事史上具有重要的思想启蒙意义。姚椿(1777—1853),字子寿,号春木,江苏娄县(今上海松江)人。著有《通艺阁诗录》。王柏心(1799—1873),字冬寿,号筠亭,湖北监利人。著有《百柱堂全集》。两人都在湖北荆州书院讲学。林则徐在湖广总督任上,曾几次巡视荆州,与他们结识往来。
　　〔2〕四载:林则徐和姚椿、王柏心最后见面在道光十八年(1838)秋,到此时正好已四年。
　　〔3〕蒇(chǎn 产)工:完工。祥符堵口工程于道光二十二年二月初八日(1842年3月19日)竣工。
　　〔4〕痁(shān 山):疟疾。林则徐于四月行至西安,因疟疾病倒。
　　〔5〕长安:即西安。林则徐于七月初六日(8月11日)从西安出发西行。
　　〔6〕唐观察:即唐树义(1793—1855),字子方,贵州遵义人。时任兰州道。

〔7〕韩:指韩愈,见《林希五先生文集后序》注。孟:指孟郊(751—814),字东野,湖州武康(今浙江德清)人。唐代诗人,著有《孟东野诗集》。云龙:龙行生云,比喻关系融洽。唐宪宗元和元年(806),孟郊客长安,曾与韩愈等人交游唱和。

〔8〕崖略:大略。

〔9〕亥年:己亥年,即道光十九年(1839)。

〔10〕造膝:到膝下,此指道光帝召见时。

〔11〕枢省:朝廷中枢机构,此指军机处。

〔12〕再阅月:经历二个月。

〔13〕一书:即裨治文的《虎门销烟记》。

〔14〕奉谕:奉到上谕。指道光十九年十一月初八日(1839年12月13日)在林则徐奏折上的硃批,原文是"恭顺抗拒,情节虽属不同,究系一国之人,不应若是办理"。

〔15〕五次:现存林则徐奏折,仅见二次。一、道光十九年四月初六日(1839年5月18日)奏:"应请敕下沿海各省一体严查,时加防范。"二、道光十九年十二月初四日(1840年1月8日)奏:"其沿海各省,以福建为最近,浙江、江苏次之,应请敕下各直省督抚,一体严行防堵,以绝出路。"但奏明飞咨沿海各省严防,还有三次。一、道光二十年五月二十五日(1840年6月24日)奏:"臣等现又飞咨闽、浙、江苏、山东、直隶各省,饬属严查海口,协力筹防。"二、同年六月初五日(7月3日)奏:"有其驶至浙江舟山,或江苏上海等处,该二省已叠接粤省咨文,自皆有备。"三、同年七月初十日(8月7日)奏:"沿海各省,亦叠经飞咨防备去后。"

〔16〕浙中前抚军:即乌尔恭额,姓富察氏,满洲镶黄旗人。道光十四年至二十年(1834—1840)任浙江巡抚,定海失陷后被革职治罪。六条:指乌尔恭额与闽浙总督钟祥、福建巡抚魏元烺会奏筹议海防章程六条。

〔17〕庚子:即道光二十年(1840)。

〔18〕省愆(qiān牵):反省过失。

〔19〕赴浙之命:指道光帝谕令:"著祁㙔、怡良传知林则徐,赏给四品卿衔,迅即驰驿前赴浙江省,听候谕旨。"林则徐于道光二十一年闰三月十一日(1841年5月1日)收到这份谕旨,十三日离开广州。

〔20〕兼旬:两旬。林则徐于是年四月二十一日(6月10日)到浙江镇海军营,五月二十五日(7月1日)奉到遣戍伊犁命令,离开镇海,整二十天。

〔21〕润州:江苏镇江。道光二十二年六月十四日(1842年7月21日)被英军攻陷。

〔22〕貔貅(pí xiū皮休):传说中的猛兽,比喻勇猛的战士。此处指陆军。

〔23〕觌(dí敌):见、相见。案,此处对清军与英军作战能力的分析,较鸦片战争初起时已有很大改变,更切合实际。

〔24〕岳:岳飞。韩:韩世忠(1089—1151),字良臣,陕西绥德人。南宋抗金名将。

〔25〕炮书:指明末焦勖据日耳曼耶稣会士汤若望(Johann Adam Schall von Bell 1592—1666)口述写成的《火攻挈要》。

〔26〕鱼豕:即鲁鱼亥豕。因字形近似而产生的文字错误。

〔27〕觍(luó罗)缕:逐条详尽地陈述。

〔28〕衿:青衿,即秀才。

〔29〕龙沙万里:遥远的西北边疆地区。

〔30〕浮沉:书信未送到。《世说新语·任诞》:"殷洪乔(羡)作豫章郡,临去,都下人因附百许函书,既至石头,悉掷水中,因祝曰:'沉者自沉,浮者自浮,殷洪乔不能作致书邮!'"

致汝舟书[1]

舟儿阅之：昨接汝五月初七之信，所言回疆地亩勘毕后[2]，应有一番议论，作为总结。此语想系京中有人持论若此，然而似是而非也。夫田亩欲招民户者，为边防计耳。殊不知回疆之所谓边防者，防卡外之浩罕、布鲁特、安集延而已[3]，若八城回民[4]，何防之有？回子至愚极懦，且极可怜。自汉官以至兵丁，使唤之甚于犬马，其贸易放债之汉民，欺骗之，盘剥之，视若豕羊而已。以公道言之，回子无日不应造反。其所以不反者，从前受准噶尔之害[5]，更甚于此，归本朝来，即算见了天日。故虽行路之人，见有汉官经过，即行下马磕头，其敬畏如此。军台弁兵偶一生气，伊即丧胆。鞭打脚踢，不惟不还手，且不敢逃开，是天生一种蠢人。为高庙当时看透[6]，故决计开辟，所向披靡，大功立成。前此张格尔之叛[7]，乃浩罕为之，非张逆有尺寸之能也。浩罕知回子最敬其和卓（即圣人）之后，以张格尔是和卓嫡派，养在彼国，居为奇货。道光六年，挟以作乱，扬言和卓得复回疆，所有田地分厘不要完粮，各城回子信以为真，是以该年西四城望风响应，一时俱陷。迨后所言不验，且将回子家产人口，掠抢往浩罕去者，不计其数。此等愚回始悔从逆之误。十年间再行煽惑[8]，遂骗不动矣。璧星泉《守边辑要》内言之甚详且确。此次历尽八城，亲见其居处饮食之苦，男女老幼之愚,实在可怜。一人两个冷饼,便度一日。桑葚枣杏瓜果一到熟时,即便度饥,并两个冷饼亦舍不得吃。如此好百姓,汉民中安得有之?若恐其富强而生反侧,此隔壁账而又隔壁账者也。前次汪衡甫致嵋翁信云[9]:"田地给回,恐致内占。"嵋翁谓此说大不可解。如以田与浩罕,始有内占之患,以本城回子耕本城地亩,何云内占?衡甫在枢曹中尚是最明亮人,所疑如此,馀子更不必言矣。如果南路欲严备边之法,只有将巴尔楚克旷地大为开垦,设为重镇,厚集兵力,不难成一都会,则卡外各夷如浩罕辈,永远不敢窥边。然必须有一百万经费,始能办成。而此一百万之费,不过二三十年内仍可收回,断不落空,何必欲于各城安插民户?无论此时无民可招,即使花钱搬送,亦是无益反害。非虑回子之不依汉民,乃虑汉民之糟蹋回子,至于十分已甚,反致激变耳。我本欲将此意作一总论,无如想及在朝乏人,即松湘浦、那绎堂今皆绝迹[10],更复何可与言?且因有议论,而竟留于回疆筹办,则更为不值,故不如括囊之为愈也。今库车一处,廷议虽准给回[11],而钱粮要令平分。以此作难,实太不近情理。谦帅胆小[12],一见廷议挑剔,忽欲将已经奏定给回之八城一并自行改议,复请招民,并谓民无可招,归于拉倒而已。殊不知廷议只是磨牙,并非不准,安用出尔反尔,自家首鼠两端耶[13]?所有各城查勘定议之奏,前已抄有四城,由嵋翁处看后寄回。今再抄叶尔羌、喀什噶尔二城,并库车廷议(及前后呈复之件)及此次谦帅来信、我之复信,一并寄回,阅之自悉其详也。

〔1〕道光二十五年七月中旬(1845年8月中旬),林则徐查勘南疆七城垦地后,给长子林汝舟写了这封信,提出边防不是防维吾尔族人民,坚持在南疆推行回屯等不同意清廷现行政策的思想,反映他在处理新疆民族关系上的务实精神。

〔2〕回疆:天山南路地域,今新疆维吾尔自治区南部地区。林则徐遣戍期间,奉命自备斧资,于道光二十五年二月二十日(1845年3月27日)至六月十三日(7月18日),勘毕库车、乌什、阿克苏、和阗、叶尔羌、喀什噶尔、喀喇沙尔七城垦地,并途经英吉沙尔,遍历南疆八城。

〔3〕卡外:清代边防卡座之外。浩罕、布鲁特、安集延,均是与南疆接壤的中亚小国或部落。

〔4〕回民:信奉伊斯兰教的维吾尔等族人民。

〔5〕准噶:厄鲁特蒙古准噶尔部,我国蒙古族的一支。

〔6〕高庙:指清高宗弘历(1711—1799),即乾隆帝。

〔7〕张格尔:本名和卓·亚海亚,张格尔是他的尊号"张格尔·和卓"(世界之和卓)的简称。张格尔在浩罕的支援下,于道光六年(1826)发动叛乱,攻陷喀什噶尔,自称赛义德·张格尔苏丹,次年为清军平定。

〔8〕十年:道光十年(1830)。浩罕王利用张格尔的哥哥摩诃末玉素普再次入犯,一度占喀什噶尔、英吉沙尔、叶尔羌诸城,但很快就退去。

〔9〕汪衡甫:汪本铨,字衡甫,江苏阳湖人。道光进士。

〔10〕松湘浦:松筠(1754—1835),玛拉特氏,字湘浦,蒙古正蓝旗人。乾隆年间历任驻藏大臣、伊犁将军等职。那绎堂:那彦成(1764—1833),章佳氏,字韶九,一字东甫,号绎堂,满洲正白旗人。乾隆进士。平定张格尔后,受命办理回疆善后。

〔11〕廷议:这里指军机处会同户部的议奏。

〔12〕谦帅：布彦泰(1791—1880)，字子谦，颜扎氏，满洲正黄旗人。时任伊犁将军。

〔13〕首鼠两端：《史记·魏其武安侯列传》："与长孺共一老秃翁，何为首鼠两端？"首鼠是"踌躇"的叠韵转变字，意为游移不定，迟疑不决。

壶舟诗存序[1]

昔齐次风宗伯之序《绿天亭集》也[2]，曰："澄泉一泓，屈曲从山中泻出峭壁，悬为瀑布百丈，汇为巨潭。夹以玲珑岩石，随势转折，望之窈然而深，泖然而清，浩然而注诸沧溟，此鹤巢林先生之松古文之得意者也。"盖宗伯与鹤巢先生[3]，生同时，居同郡，其倾倒必深，故其言如是。然只谓其清矫拔俗，得诗家之一格而已。

不百年而有黄壶舟先生者出，与鹤巢先生同里闬：鹤巢居横溪，壶舟居凤山，则相违不三十里也。鹤巢累举不第，穷愁著书，以老明经终。壶舟虽成进士，官知县，以微谴罣吏议，谪戍乌垣[4]，归隐故里，则出处之艰辛，与鹤巢亦略相似也。

而其为诗若文，能浑函万有，不主故常，汪洋恣睢，惟变所适。窥其意境，若长江之放乎渤澥，竹木艑舻不遗巨细，而无乎不达。盖鹤巢之气清，壶舟之气雄；鹤巢之笔幽，壶舟之笔健也。

方壶舟迁谪乌垣时,余亦屏逐伊江,往往相逢戍所,辄剪烛论文,连宵不息,各出其丛残相评骘,商略去留,不存形迹。及乎分手离居,时以邮筒相倡和[5]。今且先后赐环,约与同行。盖一居浙,一居闽,虽终歧路分驰,尚可联镳同鹢至章门也[6]。

乃余忽受命勘地阿克苏城,壶舟少住西安,以待余返辔,甫将入关,而又有署理陕甘制军之命。恐壶舟以待久不至,将买骑而南,不获复与相见。亟为表章其制作之宏,且追溯相与往还之迹,合为斯篇邮寄,而附诸简端,以为他日万一相逢券。余诚未知次风宗伯之与鹤巢先生其始终交谊为何如,而余两人者亦可谓相知心矣。奚必同居里相征逐,而后谓之知交乎哉!

道光乙巳秋日[7],愚弟林则徐拜撰,时在肃州城东行馆。

〔1〕道光二十五年十一月二十四日(1845年12月22日),林则徐自新疆赦回,行抵肃州。在赴凉州接署陕甘总督的前夕,为黄濬的《壶舟诗存》写了这篇序言。壶舟:即黄濬(1779—1866),一名学濬,字睿人,号壶舟,晚号四素老人。浙江太平(今温岭)人。道光二年(1822)进士。曾任江西彭泽县知县。十九年(1839)获罪遣戍乌鲁木齐,二十五年(1845)释回。

〔2〕齐次风(1703—1768):齐召南,字次风,浙江台州人。官至礼部侍郎。著有《赐砚堂诗稿》、《水道提纲》等。

〔3〕鹤巢:林之松,字葱木,号鹤巢,浙江太平(今温岭)人。著有

《绿天亭诗集》三卷,《绿天亭文集》一卷。殁后,齐召南为其文集作序。

〔4〕微谴:轻微的过错。罣(guà挂):同"诖"。指受到牵累。乌垣:乌鲁木齐。案,据王棻《柔桥文钞》卷一四,黄濬官江西彭泽知县,因彭泽客舟遭风失银,被诬为行劫,落职后又遭陷害,流放乌鲁木齐。

〔5〕邮筒:古代封寄书函的竹筒。黄濬和林则徐《除夕书怀四首》、《戍程六绝》,收入《壶舟诗存》卷十、卷十一。

〔6〕联镳:指同车。镳(biāo标),马嚼子。代指骑乘或车乘。同鹢:指同船。古代画鹢首于船头,故称船为鹢。

〔7〕秋日:疑笔误。时在十一月,应为冬日。

分书〔1〕

父谕吾儿汝舟、聪彝、拱枢知悉:余服官中外已三十馀年,并无经营田宅之暇,惟祖父母在时,每岁于俸廉中酌留甘旨之奉〔2〕。祖父母不肯享用,略置家乡产业。除分给汝四叔外〔3〕,有留归余名下者,载在道光丙戌年分书〔4〕,汝等亦已共见。嗣于庚寅年起复再出〔5〕,至今未得回闽,惟汝母中间回家一次〔6〕,添买零产几处。合计前后之产,或断或典,田地不过十契,行店房屋亦仅二十三所,原不值再为分析,而吾儿三人,长已成名,少亦举业,尔等各图远大,当不藉此区区。但余年已六十有三,汝母亦届六旬,且有废疾,安能更为尔等劳神照管?汝辈既已长成,自应酌量分给,俾其各管各业。除文藻山住屋一所及相连西边一所,仍须留为归田栖息之区,毋庸分析外,其馀田屋产业,各按原置价值匀作三股,各值银一万两有零,即每股或有多寡,伸缩亦不过一二百两之间,相去不远。合将应分契卷检付尔等分别收执,其应行收租者各自收取,如因中外服官不能自行经营,亦各交付妥人代理,将来去留,咸听尔等自便,我亦无庸过问。惟念产微息薄,非俭难敷,各须慎守儒风,省啬用度,并须知此等薄业购置甚难,当念韩文公所云"辛勤有此,无迷厥初"之语[7],倘因破荡败业,即非我之子孙矣。再目下无现银可分,将来如有分时,亦照三股均匀,书籍、衣服并皆准此可也。兹将所分三股产业,开列于左。此谕共录三纸,尔等各执一纸为照。

道光二十七年丁未孟陬吉日[8],竢村老人亲笔书于西安节署之小方壶[9]。

〔1〕道光二十七年正月(1847年2月),林则徐时任陕西巡抚,趁因病请假治疗的时机,为三个儿子分家,对财产进行处分,写立这份分书。从这份文书可知,林则徐当官三十年,所有的积蓄仅三万馀两,在"三年清知府,十万白花银"的时代,算是非常清廉的了。分书:分家析产时所立的文书,又称阄书。

〔2〕俸廉:俸禄和养廉银。此指收入。甘旨:美味。甘旨之奉,即奉养父母的费用。

〔3〕四叔:指林则徐的弟弟林霈霖(1796—1839),字雨人,已于道光十九年(1839)在福州去世。林则徐排行第二,兄林鸣鹤早逝,另一弟弟出生不久就夭折了。

〔4〕道光丙戌年:即道光六年(1826)。当年林宾日为林则徐兄弟写立分书。

〔5〕庚寅年:即道光十年(1830)。

〔6〕回家一次:指林则徐赴广东查禁鸦片时,郑夫人从武昌回家,于道光十九年二月初八日(1839年3月22日)到福州。

〔7〕韩文公:即韩愈。韩愈《示儿》诗有云:"辛勤三十年,以有此屋庐。……诗以示儿曹,其无迷厥初。"

〔8〕孟陬(zōu邹):农历正月。

〔9〕竢村老人:林则徐晚年的自号。小方壶:陕西抚署内斋名。

查勘矿厂情形试行开采折〔1〕

奏为遵旨查勘滇省矿厂情形,请将旧厂核实清厘,新矿试行开采,以期弊去利兴,行之有效,恭折奏祈圣鉴事:

窃准部咨〔2〕:"奉上谕:'前因户部奏筹备库款一折,当派宗人府、大学士、军机大臣会同妥议具奏。兹据另议章程五条,无非就自然之利斟酌损益,惟在该督抚等各就地方情形熟商妥议,立定章程具奏',等因。钦此。"臣等跪诵再三,仰见圣主裕国足民、利用厚生之至意。伏查新定章程五条,内如河工漕务,本为滇省所无,盐务则向有定章,并无悬引堕课〔3〕,自应遵旨,无庸更易。至钱粮年清年款,各税尽收尽解,均无蒂欠。除将应造清册,饬属依限据实造报,听候稽查,以昭划一外,计滇省所应办者,首在开采一事,敢不详慎筹维?

伏思有土有财,货原恶其弃于地,因利而利,富仍使之藏于民,果能经理得宜,自可推行无弊。考之《周礼》[4]:"丱人掌金玉锡石之地。"注云:"丱"之言矿也。其曰"为之厉禁以守"者,为未经开采言之也。曰"以时取之,物其地图而授之,巡其禁令",此即明言开采之法,为后世所仿而行焉者也。"以时"云者,注疏但释其大意[5],今以臣等在滇所访闻者证之,似指冬春水涸之时而言。盖金为水母[6],五金所产之硐,皆须戽水而后取矿。故办铜例有水泄之费,银矿亦然。夏秋礁硐多水,宣泄倍难,往往停歇。若水过多而无处可泄,则美矿被淹,亦成废硐。乃悟"以时"二字,古人固早见及此也。"物其地图"云者,亦如今之觅矿,先求山形丰厚,地脉坚结,草皮旺盛,苗引透露,乃可冀其成厂[7]。滇中谚云:"一山有矿,千山有引。"引之初见者曰子㯭[8],渐而得有正㯭,乃可进山获矿。矿形成片者谓之刷,礁硐宽广者谓之堂,由成刷而成堂,始为旺厂。若土石夹杂,则谓之松塽[9]。旋开旋废,易亏工本。甚至下开上压,滇谚谓之盖被,则非徒无益矣。故踩勘必须详细。所谓"物其地图"者,正以此耳。"巡其禁令"云者,诚以开采人多,须有弹治之法。如今之厂内各设课长、客长、硐长、炉头、镶头、锅头,皆所以约束礁户、尖户及炉丁、砂丁之类[10],又须多派书差巡练,以杜偷匿漏课,并禁夺底争尖[11]。此皆"巡其禁令"之遗意。是开矿之举,不独历代具有成法,而《周礼》早已明著为经[12]。况滇省跬步皆山,本无封禁,而小民趋利若鹜[13],矿旺则不招自来,矿竭亦不驱自去,断无盘踞废硐,甘心亏本之理。其谓人众难散，非真知矿厂情形者也。

滇人生计维艰，除耕种外，开采是其所习。近年因铜斤产薄，唯恐京运不敷[14]，但有能觅子厂之人[15]，厂员无不亟令试采。若辈行山望气，日以为常，于地力之衰旺盈虚，大都能知梗概，见有可图之利，或以红单而报苗引[16]，或以金呈而请山牌[17]，当其朋集鸠资[18]，人人有所希冀。要之人事居其半，天事亦居其半。据本地人所言，开而能成，成而能久者，向实不可多得。然第就目前而论，如其地可聚千人者，必有能活千人之利，聚至数百人者，亦必有能活数百人之利，无利之处，人乃裹足。故凡各属矿厂衰旺兴闭，地方官皆不能隐瞒。惟设法经理之人，能使已闭复兴，转衰为旺者，实难其选耳。

案查嘉庆十六年间，户部议复云南银厂十六处抽收课税[19]，以二万六千五百五十两零为每年总额。准以此厂之有馀，补彼厂之不足，不必分厂核算，务期总额无亏。如收不足数，着落分赔，遇有盈馀，尽数报解。迨嘉庆十九年，白沙一厂衰竭封闭，奉旨开除。此后定有课额者，共止十五厂，年应抽解课银二万四千一百一十四两零，载在《户部则例》。其奏准尽收尽解之厂，《则例》所载只有角麟、太和、悉宜、白羊四处，嗣又据续报永北厅之东升厂，东川府之碌山厂，新平县之白达母厂[20]。此内惟东升一厂历年出产较多，所抽课银尚可以补各厂之缺。若碌山、白达母二厂，则皆于铅矿内抽取，殊不济事。其已定课额之十五厂，内如南安州之石羊、土革,镇雄州之铜厂坡,会泽县之金牛,永平县之三道沟,实皆历年废歇,因课额早定,不敢短绌,或以未成之子厂先行划补,或由经管之有司,自行赔解。检查历年奏销册内,均与开化府、鹤庆州、永北厅之金厂四处[21],一同按额解课,总数并无亏短。除课金赢馀无多不计外,其报拨课银,节年赢馀,自一二千两至六七千两不等。此臣等于未奉谕旨之先,因欲整饬厂务,即已分别查明之实在情形也。

兹蒙谕令:于所属境内确切查勘,广为晓谕,酌量开采,自应先于旧厂之外,加意稽查。当饬藩司遴择晓事委员,分路访觅,谕以金银皆可采取,不必拘定一格。即或有人互争之地,前因滋事而未准开者,今不妨由官督办,抑或草皮单薄之矿,前恐未成而不敢禀者,今不妨据实报闻。且仰绎训谕谆谆,不准游移不办。如果开采之后,弊多利少,亦准奏明停止。等因。圣明俯体下情,如此开诚布公,官民更何所用其疑虑乎?况查滇省课金,或以床计,或以票计,例定课额甚微[22]。其课银章程,本系一五抽收,民间采得十万两之银,纳课者仅一万五千两,可谓敛从其薄,于民诚有大益。将此明白开导,似民间皆已踊跃倍常。

当据委员会同临安、普洱文武禀称,查得他郎通判所辖坤勇箐地方[23],距城九十里,有土山数重,山顶全系碎砂,不能栽种,故无民居。前因土内产有金砂,遂有外来游民私挖淘洗,致相争斗,禀经前督臣委员会同他郎、元江厅州前往查逐[24],该游民各即逃散,遂将该山封闭。但金砂仍不时涌现,挖淘较易,难免游民旋复潜来。如蒙奏明开采,虽丰啬难以遽定,究足以裨公课而杜私争。臣等随复批饬各员亲诣该山,勘明实在情形。旋据禀复"山顶宽平,周围约七八里,掘土尺馀,即见细碎金砂,闪烁耀目。官员到山,游民先已躲避,勘有私硐四口。询访附近村人云,挖起金砂,取水屡淘,复以木板为床,竟日摇荡,一人之力,日可得金几厘,多亦不出一分。又离该山数里有名为三股檑及小凹子两处,勘有草皮银矿,微夹金砂,现亦有人偷挖,但未进山成硐"等情。臣等当即批准,将此三处试行开采。但先前既因私挖致酿争斗,此次官为督办,亟应选择殷实良善者作为头人,责令招募砂丁,逐层约束[25]。前此偷挖滋事驱逐复来者,亦当访拿究办,以示惩儆。且必须先派员弁,多带兵丁,始足以资弹压。容臣等斟酌调遣,一俟布置定局,再行缕析奏闻。

又据镇沅直隶同知暨文山、广通二县先后禀称[26]:前因奉文广觅铜厂,叠经示谕民人访寻子厂呈报。嗣有镇沅厅民罗榟鹏等,报有距城百馀里之兴隆山麓,获银矿引苗。当令招丁试采,该厅时往履勘,其矿砂忽接忽跳,未能定准。如数月内堪以接采,拟即酌定课程[27]。又文山县民万云陇等,以距城一百八十里之白得牛寨地方出有矿苗,该民等已各出备油米,呈县开采。经该县报府委勘,山势丰厚,惟四围包栏不甚紧密[28],所出草皮琉矿,成色较低,兼以时有时无,不免旋作旋辍。请加察看,可否抽收银课,尽收尽解。

又广通县民李集之等,以象山地方,距城九十七里有矿可采,报经该县准令试办。嗣采得冃矿,所出无多,业经揸炉分汁[29],无如银微色低,惟将所出黑铅,藉作底母之用,尚须再行试准,量请抽课。各据实具禀前来。

臣等查该三厂开采,虽尚未见成效,然总须该地方官激励厂民,奋勉从事,不可任其半途而废。现已札令速将矿砂煎样解验,应抽课银,先许尽收尽解,俟试办一年,察定情形,再将抽解数目,入额清拨[30]。至此外更令广为觅采,有苗即力求获矿,有矿即务使成堂,如能采办数多,应先遵照朝议,商给优奖,官请议叙,以期率作兴事[31],感奋争先。

至旧额老厂[32],虽据逐细查访,实系衰歇者多。然习于厂事者,必能明其消长之机,以筹修复之法,或拉龙扯水[33],或旁路抄尖,或配石分汁[34],如锤手、背夫及揸炉、下罩之人,所见既多,谅亦能知补救,即或需费工本,但能先难后获,亦当设法为之。倘实系硐产全枯,徒劳无益,则名是实非之厂,似应据实开除,即于尽收尽解各厂中奏明抵补。总须比较原定旧额无绌有赢,方为核实整顿之道,不得因广采新山,而转置旧厂于不问。

至于官办、民办、商办[35],及如何统辖弹治稽查之处,仰蒙恩谕,不为遥制,凡在官商士庶,无不感激倍深,自当按地方之情形,筹经久之善策。查办厂先须备齐油米柴炭,资本甚巨,原非一人之力所能独开。官办呼应虽灵,而在任久暂无常,恐交代葛藤滋甚。倘或因之亏空,参办则有所借口,筹补则益启效尤。况地方官经管事多,安能亲驻厂中,胼胝手足,势必假手于幕丁胥役,弊窦愈多[36]。似仍招集商民,听其朋资伙办[37],成则加奖,歇亦不追,则官有督率之权而无著赔之累,似可常行无弊。

臣等与在省司、道及日久在滇之正佐各员,下逮商旅民人,无不虚衷探访。窃以此次认真整顿,令在必行,所宜先定章程者,约有四事:

一曰宽铅禁。查银矿惟炸矿为上,为其块头净洁,出银多而成色高。然厂中似此之矿,百不得一。其习见者,名为大花银矿、细花银矿,其实皆铅矿也。铅矿百斤,煎铅得半,即为好矿。而好铅十斤,入炉架罩,其上者得银六七钱,次者仅二三钱。除抽课、工费之外,只敷半本。其裹出铅汁,名为铕团,铅浸灰内,名曰底母,皆可溜成黑铅,以此售卖,始获微利。滇省向因黑铅攸关军火[38],曾有比照私卖硝磺办罪之案,故炉户所馀底、铕皆为弃物[39],亏本愈多。臣等查黑铅一项,或锤造锡箔,或炒炼黄丹颜料,所用亦广,原非仅为制造铅弹之需。《律例》内并无黑铅不准通商之文,且贵州之柞子厂,四川之龙头山[40],黑铅均准售卖。滇省事同一律,如准将底、铕出售,以补厂民成本之亏,庶不至于退歇。况售卖底、铕必有行店,其发运若干,令厂员验明编号,填给照票,俟运至彼处,即将照票赴该地方衙门缴销,既可杜其走私,于军火无所妨碍,藉得沾有利益,于厂民实获补苴[41]。

一曰减浮费。查云南各属,无论五金之厂,皆有厂规。其头人分为七长[42]。每开一厂,则七长商议立规,名目愈多,剥削愈甚。查历办章程,迤东各厂,硐户卖矿,按所得矿价,每百两官抽银十五两,谓之生课;迤西各厂,硐户卖矿不纳课,惟按煎成银数,每百两抽银十二三两不等,谓之熟课。皆批解造报之正款,必不可少。此外有所谓撒散者,则头人、书役、巡练之工食薪水出焉。有所谓火耗、马脚、硐主、硐分、水分,以及西岳庙功德、合厂公费等名目[43],皆头人所逐渐增添者,虽不能尽裁,亦必须大减。现在出示晓谕,务令痛删无益之规银,以办必需之油米,庶不至因累而散。

一曰严法令。查向来厂上之人,殷实良善者什之一,而犷悍诡谲者什之九。又厂中极兴烧香结盟之习,故滇谚有云:"无香不成厂。"其分也争相雄长,其合也并力把持,持众欺民,渐而抗官蔑法。是以有矿之地,不独官惧考成,并绅士居民亦皆懔然防范。今兴利必先除害,非严不可。即如所用铁器,除锤、錾、锅、铲、菜刀准带外[44],一切鸟枪、刀械,全应搜净,方许入厂。其驻厂弹压之印委员弁,皆准设立枷杖等刑具,有犯先予枷责,或插耳箭游示[45],期于小惩大戒。若厂匪胆敢结党,仇杀多命,闹成巨案,或恃众强奸、盗劫,扰害平民,责令该府、州、厅、县会同营员立即兜拿务获,审明详定之后,请照现办迤西匪类章程,就地请令正法,俾得触目警心,庶可惩一儆百。

一曰杜诈伪。查矿厂向系朋开,其股份多寡不一,有领头兼股者,亦有搭股分尖者,自必见有好矿而后合伙。滇省有一种诈伪之徒,惯以哄骗油米为伎俩,于矿砂堆中择其极好净块,如俗名墨绿及硃砂、荞面之类,作为样矿示人,唊以重利,怂恿出资,承揽既多,身先逃避。愚者以此受累,黠者以此诈财,良民不敢开采,多以此故。又厂上卖矿买矿之时,复有一种积蠹,插身说合,往往私抽厘头[46],为之装盖底面,颠倒好丑,为贻害厂务之尤。兹先出示谕禁,嗣后访获此等匪徒,皆即加重惩办,庶可除弊混而示劝惩矣。

臣等在滇未久,于矿厂情形本不谙习。仰荷圣慈委任,且蒙训谕周详,谨就察访实情,先筹大概,虽成效尚未能预必,而任事断不敢畏难。此外续查利弊情形,总当据情直陈,以仰副宵旰畴咨于万一[47]。

所有查勘筹办缘由,是否有当,臣等谨合词恭折具奏,伏乞皇上圣鉴训示。谨奏。

〔1〕道光二十七年(1847),林则徐调任云贵总督。次年冬,道光帝为筹备库款,应付鸦片战争的赔款和财政困难,令各地督抚各就地方情况制订办法。道光二十九年二月二十日(1849年3月14日),林则徐和云南巡抚程矞采会衔,就整顿云南矿厂问题上了这份奏折。

〔2〕部咨:此指户部咨文。

〔3〕悬:无着落,没有领出。引:引票,盐商运盐的凭证。堕:落空。课:税,此指盐税。

〔4〕《周礼》:儒家经典之一。汉世初出,称《周官》,又称《周官经》。自西汉末刘歆以来称《周礼》。

〔5〕注疏:指汉代以来学者对《周礼》的注文和解释注文的著作。

〔6〕金为水母:即金生水。矿洞水多,象征矿旺。

〔7〕苗引:矿苗。厂:矿厂,包括矿洞和冶场。

〔8〕櫼(shuān 闩):引,即矿苗露于地面。

〔9〕垅(huāng 荒):开采出来的矿石。

〔10〕"如今之厂内"二句:指当时矿厂内部的社会分工和人员组成。

〔11〕夺底:即截底,从别人的礝硐底下往上开凿,达于矿路,夺取矿砂。争尖:争夺矿硐内沿矿脉开采矿砂的分路。

〔12〕经:经典、规范。案:林则徐以清代云南矿厂的情况对上引《周礼》文字作了新的解释,把"为之厉禁以守"考订为指未经开采的禁山,这就剥夺了顽固派一味反对开矿的经典依据。

〔13〕跬(kuǐ 傀)步:半步。骛(wù 务):鸭子。

〔14〕京运:运往北京。当时规定云南每年运交京铜六百三十三万一千四百四十斤。

〔15〕子厂:老厂新开办的矿厂。

〔16〕红单:朱笔填写的纳税收单。报苗引:报告发现矿苗。此指为申报开矿,事先开出估计每年纳税数额的红单。

〔17〕呈:给官府的呈文。山牌:官府许可开采所发给的采矿证明木牌。

〔18〕朋集鸠资:合伙集资。

〔19〕嘉庆十六年:1811 年。银厂十六处:即石羊厂,在南安州(今双柏县),康熙二十四年(1685)开始开采;个旧厂,在蒙自县(今个旧市),康熙四十六年(1707)开始开采;永盛厂,在楚雄县,康熙四十六年(1707)开始开采;土革喇厂,在南安州,康熙四十六年(1707)开始开采;马龙厂,在南安州,康熙四十六年(1707)开始开采;安南厂(即古学旧

厂),在中甸厅(今中甸县),乾隆十六年(1751)开始开采;乐马厂,在鲁甸厅(今鲁甸县),乾隆七年(1742)开始开采;金沙厂,在永善县,乾隆七年(1742)开始开采,一说在嘉庆三年(1798);涌金厂(即立思基旧厂),在顺宁县(今凤庆县),乾隆四十六年(1781)开始开采,一说在嘉庆五年(1800);回龙厂,在丽江府(今丽江纳西族自治县),乾隆四十一年(1776)开始开采;铜厂坡厂,在镇雄州(今镇雄县),乾隆五十九年(1794)开始开采,一说在嘉庆五年(1800);棉华地厂,在东川府(今东川市),乾隆五十九年(1794)开始开采,一说嘉庆三年(1798);摸黑厂,在建水县,乾隆七年(1742)开始开采;三道沟厂,在永平县,乾隆七年(1742)开始开采;白沙地厂,在鹤庆州(今鹤庆县),嘉庆五年(1800)开始开采。

〔20〕甪(lù 路)麟厂:在会泽县,乾隆六十年(1795)开始开采,一说在嘉庆九年(1804)。太和厂:在新平县,嘉庆十三年(1808)开始开采,一说在嘉庆十七年(1812)。悉宜厂:在顺宁府耿马(今耿马傣族佤族自治县),乾隆四十八年(1783)开始开采。白羊厂:在云龙州(今云龙县),乾隆三十八年(1773)开始开采,一说在嘉庆五年(1800)。东升厂:在永北厅浪蕖(今宁蒗彝族自治县),道光十一年(1831)开始开采。碚山厂:在东川府(今东川市),嘉庆二十四年(1819)开始开采。白达母厂:在新平县,道光十二年(1832)开始开采。

〔21〕金厂四处:即金沙江厂,在永北厅(今永胜县),康熙二十四年(1685)开始开采;麻姑厂,在开化府(今文山县),雍正八年(1730)开始开采,一说在乾隆十五年(1750);麻康厂,在中甸厅(今中甸县),乾隆十九年(1754)开始开采;黄草坝厂,在腾越厅(今腾冲市),嘉庆六年(1801)开始开采。

〔22〕课金:开采金矿所缴纳之税。床:淘金床。例定课额为每月每床一钱至一钱五分。票:照票,此指夫头照票。采金劳动者每五十人设

夫头一名,发给照票一张。例定课额为每月每票一钱左右。

〔23〕临安:临安府。普洱:普洱府。他郎:他郎厅,属普洱府。

〔24〕元江:元江直隶州。

〔25〕逐层约束:按矿厂内部人员阶层分级管理。林则徐是年四月二十七日(5月19日)奏:其逐层约束之法,"每砂丁二十五人,设有丁目一名,每丁目十人,复设丁长一名,积至砂丁一千人,另设总头一名,而仍选立客长五名,总司稽核。又责成镶头报挖新矿,炉头请票扯火,课长掌秤抽收……复以课书练役,分段梭巡"。

〔26〕镇沅:镇沅厅。文山:文山县。广通:广通县(今属禄丰县)。

〔27〕课程:征税章程。

〔28〕包栏:包围拦阻的东西。此指四周的山势。

〔29〕搘(zhī 支)炉:修建冶矿之炉。搘,支撑。

〔30〕入额:规定固定的税银数额。

〔31〕率作兴事:参见《江南催耕课稻编叙》注。此指官吏率领商民办矿。

〔32〕旧额老厂:原有银税定额的老矿厂。

〔33〕龙:矿井中的抽水工具。

〔34〕配石分汁:加入其他物质,促使矿石熔化,分离金属与杂质的熔液。意指技术革新。

〔35〕官办、民办、商办:当时办矿的三种形式。官办指官府直接开办,承担盈亏。民办指民间集资合伙。商办即商人承办。

〔36〕胼胝(pián zhī 骈支):老茧。胼胝手足:手脚都生老茧,意指亲身实践。弊窦:弊端、漏洞。"官办"等十一句,指出官办的弊端在于官员交代不清造成亏空,或追究责任时挪用其他款项筹补,或听任下属谋私肥己,造成资产流失。

〔37〕朋资伙办:联合集资,合伙兴办。

〔38〕攸关军火:与制造军火有关。黑铅为制造铅弹的原料。

〔39〕底:底母。铕:铕团。

〔40〕柞子厂:在贵州威宁州(今威宁彝族苗族回族自治县)。龙头山:在四川雷波厅(今雷波县西)。

〔41〕补苴:补缀,引申为补偿。

〔42〕七长:即镶长、硐长、客长、炉头、课长、锅头和炭长。

〔43〕"火耗"等:均为头人剥削矿丁、勒索规费的名目。火耗,指炼矿时的减耗。马脚,指牛马运矿之费。硐主,指硐主与矿丁的分成,一般为六四分财。硐分,指客尖获矿后给本硐主的分成,一般为一九或二八分。水分,开矿分用农田沟水的费用。西岳庙功德:敬西岳金天大帝(山神)祭祀做功德的捐款。合厂公费:全厂公共费用。

〔44〕鏨(zàn 赞):凿子。

〔45〕插耳箭:刑罚的一种,用箭穿着耳朵。游示:游街示众。

〔46〕厘头:买卖成交后,说合人抽取货价的一定成数。

〔47〕畴(chóu 筹)咨:寻问、访求。

致邵懿辰书[1]

蕙西大兄大人执事:中元后三日得诵手教[2],辘辘数千言,于时事之得失利病,当代士夫之品谊文章,犁然抒发胸臆,不随俗为俯仰,非具范孟博澄清天下之志[3],许子将月旦士林之识者[4],曷足语此!惟于不佞奖借逾量,殊令人面赪舌挢,不敢自信。岂退之所谓"诱之使进于道"者耶[5]?至殷殷然属勿以年衰引身而退,则爱之愈挚,而望之愈深。

虽然不佞之于执事,非有握手觌面之交也,间以一书相酬答,亦未及倾吐心曲也,而执事之肫切如是者[6],岂有私于庸鄙哉!在执事固或误采虚声而奖借,不佞之衰钝无以,深负厚望,且感且愧。

夫为国首以人才为重,此扼要之谈也。然人之才地各异,亦因用之者为转移。有才而不用,与无才同,用之而不使之尽其才,与不用同。且当其未用之先,犹有所冀也,及用之而不能尽其才,或且以文法绳之,猜忌谴之,则其人之志困而不能自伸,而天下之有才者,闻之亦多自阻。自古劳臣志士之不能竟其用者此也。以王柏安之才[7],国家所祷祀以求者也,然非本兵有人[8],则宸濠之役亦必为宵人所挠[9],而不足以有成。然则培养之、扶植之,使天下之才皆足以为我用,是所望于执事所谓虚公而好善之人矣。今日之人才诚不知其何如,而诚得虚公好善之人求之,则以汇聚、以汇征[10],因其所长而分任之,虽艰巨纷投未有不立办者,否则内忧外患交集于一时,安能以有数之人才分给之耶?况天下事,势合则易为功,势分则难为力,姚、宋、韩、范皆同心合意以措天下于泰山之安[11],故功成而不甚劳。若武乡侯则三代下一人耳[12],而独任之,而无为助,故终其身无一日暇,而成败不敢逆睹,非才分之有优绌,乃时之难易,势之分合为之也。

今之时势,观其外犹一浑全之器也,而内之空虚无一足以自固。即得大有为者以振作之,尚恐其难以程效,况相率而入于因循粉饰之途,其何以济耶?狂澜东下,诚有心者所歔欷而不能已耳!执事所深嫉者,在于剜肉疗饥,吮血止渴,此诚确论。然上下皆明知之而故蹈之,亦曰计无所出云耳。夫以担囊揭箧负匮之盗,而无如之何,且相率而讳匿之,将顺之,竭江海而取偿于沟渎,其涸有不立待者耶!大疾不治,而药其轻者、小者,即效亦奚以为?况药施于此,而疾且发于彼。即如大教所论圜法[13],停铸减铸非不可行,然停减者已七八省矣,即以闽省言之,停炉已三十年,不独银钱皆有票,即洋钱亦用票,而银之贵且日甚一日。执事见京局铸出之钱[14],而讶为过重,要知其重者砂也,非铜也,故掷地易碎,果其纯铜,则甫铸成而毁之者众矣,亦常不给之势也。外省所用之钱,轻而小者十之七八,其用重钱者仅一二耳。银之所贵者无他,岁去五千万有数可稽,其以洋银入者不及一也,譬如人之精血日耗于外,而惟于五官六腑自求运气之术,能敌其外出者乎?

至于滇南铜政败坏极矣,往时鄙论亦主不运铜之议,谓一年可先省百万铜本也[15]。及来滇而始知其不可,若铜本一岁不发,则滇必乱,乱弭而所费且浮于铜本矣,终亦不能不发也,是势之无如何者也。

执事又谓将未发之仓谷变价待拨,似有激而言之。然仓谷者缓急所资也,今亏空虽甚,要不致颗粒俱无。许其变价,则囷鹿为之一空矣[16]。设遇旱潦与兵革之事,虽白银可易米,而急切无及,将如之何!此则迂见之所不敢同,要亦不敢自以为是也。

不佞鲜学寡闻,自释褐至今三十馀稔矣。驰驱中外,虽不敢妄自菲薄,而荷两朝知遇,无以仰答高深,又未尝不时萦惭恧。前者岛夷弗靖,自愧以壮往招尤。及生入玉关,惟以得归为幸,乃荷圣慈再造,重忝封圻之任[17],报称愈难。年来盗匪之恣纵,汉、回之纠纷,竭其蠢愚勉为措置,幸不至覆𫗧诒诮[18],然筋力则已颓然矣!筹边重任,非一官一邑之比,而衰惫之躯厕其间,使擘画未周,则贻患非细,将如国事何?将如民事何?所以反复筹计,而不敢苟禄者此耳!

新秋暑退,即审履候胜常,无任延慁。

[1]道光二十八年七月十八日(1848年8月16日),在云贵总督任上的林则徐收到未曾谋面的友人邵懿辰劝他不要引退的来信,便写了这封复信,谈论国势时事和希望告病还乡的原因。邵懿辰(1810—1861),字蕙西,浙江仁和(今杭州市)人。道光举人。时任刑部员外郎。讲今文经学,著有《尚书通议》、《孝经通论》、《礼经通论》等。

[2]中元后三日:阴历七月十八日。中元,即中元节,阴历七月十五日。

[3]范孟博:即范滂(137—169),字孟博,汝南征羌(今河南郾城东南)人。东汉清官。《后汉书·范滂传》:范滂"少厉清节,为州里所服,举孝廉,光禄四行。时冀州饥荒,盗贼群起,乃以滂为清诏使,案察之。滂登车揽辔,慨然有澄清天下之志"。

[4]许子将:即许劭(150—195),字子将,汝南平舆(今属河南)人。东汉名士。与从兄许靖有名于世,喜评论人物,每月更换,被称为"月旦评"。

〔5〕退之:韩愈的字。

〔6〕肫(zhūn谆)切:诚挚恳切。

〔7〕王柏安:即王守仁(1472—1528),字柏安,浙江馀姚人。弘治十二年(1499)进士。官至南京兵部尚书,封新建伯,谥文成。明代政治家、思想家。

〔8〕本兵:兵部尚书的称谓。此指王守仁。

〔9〕宸濠之役:宸濠之乱。宸濠,即宁王朱宸濠,朱元璋第十七子朱权的玄孙,封于南昌。正德十四年(1519)起兵反,王守仁时为佥都御史,奉命前往平定。宵人:小人。

〔10〕汇聚:会聚。汇征:连类同进,进用贤者。

〔11〕姚:即姚崇(650—721),本名元崇,改名元之,陕西硖石(今河南三门峡南)人。历任武则天、睿宗、玄宗朝宰相。宋:即宋璟(663—737),荆州南和(今属河北)人。调露进士。睿宗时任宰相。韩:即韩琦(1008—1075),字稚圭,相州安阳(今属河南)人。宋仁宗时进士。道宗、英宗、神宗三朝宰相。范:即范仲淹(989—1052),字希文,江苏吴县(今苏州市)人。大中祥符进士。庆历三年(1043)任参知政事。

〔12〕武乡侯:即诸葛亮(181—234),字孔明,琅邪阳都(今山东沂南)人。三国时蜀汉丞相。殁后赠丞相武乡侯印绶,谥忠武侯。

〔13〕圜(yuán元)法:又称钱法,指清代的铸钱制度。

〔14〕京局:户部宝泉局和工部宝源局。

〔15〕铜本:户部核拨采办铜运往京局铸钱的银两,拨付云南每年一百万两。

〔16〕囷(qūn逡)鹿:储藏谷物之所。圆曰囷,方曰鹿。

〔17〕封圻(qí其)之任:此言得以重用。

〔18〕覆𫗧(sù速)诒诮:因能力不足败事而让人耻笑。

大定府志序[1]

自明代武功、朝邑二志以简洁称[2]，嗣是载笔之儒，竞尚体要，沿习日久，文省而事不增，其蔽也陋。抑知方域所以有志，非仅网罗遗佚，殚洽见闻，实赖以损益古今、兴革利病，政事所由，考镜吏治，于焉取资。所谓前事不忘，后事之师，顾可略欤？周官小吏掌邦国之志，外史复掌四方之志，职方又掌天下之图，凡土训、诵训所道，无非是物，何不惮繁赜若是。孔子欲征夏殷之礼，而慨于文献不足[3]，志非所以存文献者乎？足则能征，不足反是，宜详与否，亦可识矣。然所谓详者，岂惟是招揩撫比附，侈卷帙之富云尔哉！采访宜广而周，抉择宜精而确。惟广且周，乃足以备省览；惟确且精，乃足以资信守。江文通谓修史莫难于志[4]，非以两者之不易兼乎？

惺斋太守由翰林改外[5]，领郡县三十年，所至皆有循声惠绩，莅官之始，必访图志，宗朱子法也[6]。初仕闽，见李元仲所纂宁化县志[7]，以土地、人民、政事分门，喜其详赡有裨于政，尝欲效之。时闽省方修通志[8]，君宰首邑。旋晋福州郡丞，多所赞襄，而不暇自成一本。洎守黔之大定，以身率属，殚心教养。尝谓其地古蛮方，叛服靡常，我朝始设郡县，二百年来彬彬文化，而苗夷诸种今犹多于汉民，欲变化而整齐之，志乘尤不可略。因访得前守王君允浩未刊志稿八卷，取为权舆而厘订焉、衷益焉。书成示余，且嘱为序。

余受而读之，为卷凡六十，视旧稿奚翅增以倍蓰[9]。其体例门目，亦皆自抒胸臆不相沿袭。乃每卷先标原撰名氏于前，而自署曰重辑。噫！此诚君子以虚受人，美不自炫，而实则重辑之功什百于原撰，谓之创造可也。夫王君八卷之稿，断手于乾隆十五年庚午，距今已百年，中事非旧稿所有也。且旧稿仅纪郡守亲辖之地，而各属皆未之及，君则于所属诸州县一一载记，巨细靡遗，荒服瘠土，搜采綦难，而君竭数年精力，不使以阙漏终，一境地必溯其朔，一名物必究其原，一措施必缕陈其得失。凡可以昭法守、示劝惩者，无不郑重揭之。且每事必详所出，不以己意为增损，其贯串赅洽，即龙门、扶风之史裁也[10]，其大书分注，即涑水、紫阳之体例也[11]，如郦道元、常璩、袁枢、郑樵诸述作[12]，间亦资为钗揅[13]，取以敷佐，使数千年往迹，若指诸掌，非君平时视官如家，视民如子姓，其能若此之实事求是乎？此书出而阖郡风俗、政治，犁然毕陈，即君莅官以来所以治是郡之实政，亦灼然见其梗概。后之官斯土者，如导行之有津梁，制器之有模范，果其循习则效，择善而从，又岂猾吏莠民所能障蔽其所者见哉！且此书之用，非独一郡所资，即措之天下，传之奕祀[14]，莫不如契斯印，君之设施讵有涯涘耶？

昔余在闽里居，尝亲见君之惠政，比督滇黔，又幸得君之匡益。今岁大定荒疫，振恤补救尤重赖君。兹疮痍既复，而是书适成，诚斯土之幸而又不仅斯土之幸也。第余自愧老病,乞归养疴,不获与君常相切劘,所冀蒸蒸日上,宣力四方,所以上孚下浃,更有大且远者。吾身虽退,犹乐为延颈企踵以瞻治绩之隆也。

道光二十九年秋七月,总制滇黔使者侯官林则徐叙。

〔1〕道光二十九年七月(1849年8月—9月),林则徐在昆明键户医治期间,贵州大定知府黄宅中请他为《大定府志》撰写叙言。十月(11月)离滇,从镇远放棹,改走水路,在泛舟途中对《大定府志》六十卷反复寻绎,写成此文,对地方志书编纂提出了值得后人借鉴的见解。《大定府志》,六十卷,黄宅中、邹汉勋撰,道光二十九年(1849)刊。

〔2〕武功、朝邑二志:即明代康海撰《武功志》三卷、韩拜靖撰《朝邑志》。

〔3〕"孔子"二句:《论语·八佾》:"子曰:'夏礼,吾能言之,杞不足征也;殷礼,吾能言之,宋不足征也。文献不足故也,足则吾能征之矣。'"

〔4〕江文通:即江淹(444—505),字文通,南朝梁济阳考城人。梁时官至金紫光禄大夫,封醴陵侯。后人辑有《江文通集》。

〔5〕惺斋:即黄宅中,字惺斋,号图南,山西河曲人。由翰林外放闽县知县,晋湖南宝庆同知,道光二十五年(1845)简任贵州大定知府。

〔6〕朱子:即朱熹(1130—1200),字元晦,改字仲晦,号晦庵、晦翁,别号紫阳,徽州婺源(今属江西)人。南宋思想家、教育家。

〔7〕李元仲:即李世熊(1602—1686),字元仲,号但月、愧庵,别号寒支子,福建宁化人。所纂《宁化县志》七卷,康熙二十三年(1684)刊。

〔8〕时:道光八年(1828)。

〔9〕倍蓰(xǐ喜):五倍。五倍为蓰。

〔10〕龙门:即《史记》的作者司马迁,籍贯夏阳(今陕西韩城南),古为大禹凿龙门之地。扶风:即《汉书》的作者班彪(3—54)、班固(32—92)、班昭(约49—约120),扶风安陵(今陕西咸阳东)人。

〔11〕涑水:即司马光(1019—1086),字君实,陕州夏县(今属山西)涑水乡人,世称涑水先生。北宋史学家,著有《资治通鉴》二百九十四卷,又考异、目录各三十卷。紫阳:即朱熹。著有《通鉴纲目》五十九卷,序例一卷。

〔12〕郦道元:字善长,后魏范阳人。著有《水经注》四十卷。常璩:字道将,晋蜀郡江原(今四川崇州)人。著有《华阳国志》十二卷。袁枢(1131—1205):字机仲,南宋建安(今福建建瓯)人。著有《通鉴纪事本末》四十二卷。郑樵(1104—1162):字渔仲,宋兴化军莆田(今属福建)人,居夹漈山,学者称夹漈先生。著有《通志》二百卷。

〔13〕铍(pì 僻)摋:剪裁。

〔14〕奕祀:世代。

致刘齐衔书[1]

冰如贤婿如晤:七月初二日交督差陈连泰带去一函,谅此时已可入览矣。七月杪由梁孝廉带回杏仁、蘑菇各一匣收到,感感。兹八月初六日抚署折差带到七月初五日手翰,聆悉种种,并知迩来公私益臻顺适,添女平安,亦是好事也。惟未知寓所究移何处?下次信中望即写明,以便寄书至京交折差径送耳。

愚因病未即到京[2],经徐抚军夹片代奏[3],奉硃批:

"知道了。钦此。"即无催促,藉得从容调理,感幸实深。惟里中住居,刻无暇晷。会客与回拜两事,即已朝夕忙碌,其写字之纸与托题、托序之件,堆积如山,不能应付,甚为着急。此外,俗事为难之处,更不胜言矣。王雁翁所言极是好意[4],但出去仍然无济,则不如不出为宜。愚前月曾有一书寄之,谅可洞悉耳。七月十三日两家互定庚帖,系属上吉之日,欣惬良多。舟官肝疾比前虽觉略差[5],然仍时时见痛,进京之说亦只可以为缓图。葬事究非不利之年[6],亦尚未经筹定也。

犬羊在神光寺者不肯去[7],而又添占西禅寺[8],其南台民屋被伊强典强租者[9],更不知凡几?乡间公同拦阻,官府惟助夷压民,不知是何世界?日来,夷船之由北洋护送商船者(木客等皆以数千圆央其护送)皆进内港[10],日连艎泊大桥边。言之于官,咸以为必不生事。试问每船或二三十炮,或十馀炮,设或临时有变,措手不及,为之奈何?愚虽约数人暗中预备,然欲纾难,而无家可毁,尤患势孤;如欲移居,又无可移之处,所谓进退维谷者耳。

枢儿县试第二[11]、府试第三,闻学台按试汀州时[12],武童不肯先拉硬弓,因而滋闹,在彼停搁拿办,大抵九月末十月初始能回省耳。手此复候近佳,暨阃眷安吉。不戬[13]。

八月初十日少穆字

〔1〕道光三十年三月初三日(1850年4月14日),林则徐回到阔别二十年的家乡福州。五月间,福州发生英人租住城内神光寺事件,林则徐以在野有病之身,支持绅民驱逐英人出城的要求,和福建巡抚徐继畬意见不合。八月初十日(9月15日),他给在京的长女婿刘齐衔写了这封信,谈到对这一事件的看法。刘齐衔,字冰如,福建侯官(今福州市)人。道光十七年十二月(1838年1月)和林则徐长女尘谭在武昌完婚。此时在北京任职。

〔2〕到京:本年正月,道光帝死,第四子奕詝继立,改明年为咸丰元年。五月初,咸丰帝下《登极求贤诏》,大学士潘世恩、尚书孙瑞珍、杜受田应命推荐林则徐。五月初三日(6月12日),咸丰帝命闽浙总督刘韵珂、福建巡抚徐继畬等传旨,"敕令该员迅速北上,听候简用,毋稍延缓。如病体实未复元,谕令上紧调理,一俟痊愈,即行来京。"

〔3〕徐抚军:即徐继畬(1795—1873),字健男,号松龛,山西五台人。时任福建巡抚。著有《瀛环志略》等。代奏:代为奏请。指徐继畬《复查林则徐病体疏》,见《退密斋文集》卷一。

〔4〕王雁翁:即王庆云(1798—1862),字家镶,号雁汀,福建闽县(今闽侯县)人。官至工部尚书。著有《石渠馀记》等。时在京任职,写《复林少穆先生书》,劝林则徐复出,见《石延寿馆文集》。

〔5〕舟官:林则徐长子汝舟。

〔6〕葬事:郑夫人于道光二十七年十月十五日(1847年11月22日)在昆明病故,葬期原择于本年正月十三日举行,但林则徐从云南扶棺回里,路上因病耽搁,超过葬期才到福州,需另择日子,到这时尚未安葬。案:两个月后,林则徐赴广西途中在潮州普宁逝世,后来夫妻同时下葬。

〔7〕犬羊:指英国人。鸦片战争后,福州被逼开放为通商口岸,于道光二十四年(1844)开埠,英人在城外南台居住,和当地居民发生冲突。

神光寺:在福州城内乌石山麓。始建于唐代。大中五年(851),观察使崔干请名于朝,宣宗夜梦神人发光殿庭,赐名"神光"。此句指租住神光寺的英国传教士和医生,不顾民众的抗议,不肯搬出。

〔8〕西禅寺:在福州城内,今福州大学附近。案:英人继租地点,一说为城内积翠寺。

〔9〕南台:今福州台江区,当时属城外。

〔10〕夷船:指英国和澳门葡萄牙人的武装船只,借福州开放为通商口岸的机会,为北上宁波、上海、天津的中国商船强行护航,收取保护费。

〔11〕枢儿:即四子林拱枢,当年应考秀才。

〔12〕学台:即福建学政。汀州:今福建龙岩市长汀县。

〔13〕不戩(jiǎn 减):不尽,用于信末。

诗　选

题甘滋苍明经澍所藏
陈秋坪老人诗册[1]

先生吾父执[2],宦海几浮沉[3]。垂老艰生计[4],消忧耐苦吟[5]。传衣得高足[6],遗墨寄深心。惆怅扁舟侣,情移海上琴。

〔1〕嘉庆十六年(1811),林则徐成进士,入庶常馆习清书。十九年(1814)散馆,任翰林院编修。约在二十二年(1817)题写此诗,表达对家乡先贤的怀念。甘滋苍,即甘澍,字滋苍,福建闽县(今福州市)人。嘉庆末生员。陈秋坪,即陈登龙(1742—1815),字寿朋,号秋坪。福建侯官(今闽侯县)人。乾隆三十九年(1774)举人。著有《里塘志略》、《秋坪诗存》。
〔2〕先生:指陈登龙。父执:父亲的好友。陈登龙生前和林则徐父亲交谊,时相过从,讨论文学。
〔3〕宦海:官场。陈登龙曾任四川青神县知县,调管西藏粮务,官至江西连昌府同知。
〔4〕垂老:晚年。陈登龙晚年贫而无子。
〔5〕苦吟:其诗颇多寒苦之辞。
〔6〕传衣:传承衣钵。高足:弟子。此指甘澍。

驿马行[1]

有马有马官所司,绊之欲动不忍骑[2]。骨立皮干死灰色,那得控纵施鞭箠[3]。生初岂乏飒爽姿,可怜邮传长奔驰[4]。昨日甫从异县至,至今不得辞缰辔[5]。曾被朝廷豢养恩,筋力虽惫奚敢言。所嗟饥肠辘轳转,只有血泪相和吞。侧闻驾曹重考牧[6],帑给刍钱廪供菽[7]。可怜虚耗大官粮,尽饱闲人圉人腹[8]。况复马草民所输,征草不已草价俱[9]。厩间槽空食有几?徒以微畜勤县符[10]。吁嗟乎!官道天寒啮霜雪,昔日兰筋今日裂[11]。临风也拟一悲嘶,生命不齐向谁说?君不见,太行神骥盐车驱[12],立仗无声三品刍[13]。

〔1〕林则徐于嘉庆二十四年闰四月二十七日(1819年6月19日)奉命充云南乡试正考官,五月初八日(6月29日)出京,八月初一日(9月19日)抵昆明。他沿途停靠驿站,从驿马的疲累,联想到官吏的盘剥和民间的痛苦;从千里马和立仗马的不同遭遇,联想到用人不当、赏罚不明的官场腐败,感慨沉吟,表达了关注民生和改革吏治的愿望。

〔2〕"有马"二句:"有马"句式效仿杜甫《乾元中寓居同谷县作歌七首》。司:管理。绊:系足羁绊。

〔3〕控纵:驾驭。箠(chuí 垂):鞭子。

〔4〕生初:当初。邮传:驿传。

〔5〕辞:卸下。缰辔(pèi 配):嚼子和缰绳。

〔6〕驾曹:管理驿马的官府。考牧:对饲养驿马情况的考核。

〔7〕帑(tǎng 躺):国库。刍(chú 除):马吃的草料。廪(lǐn 凛):粮仓。菽:豆类,马的食料。

〔8〕闲人:掌管马厩的人,寓指官员。圉(yǔ 与)人:养马的人。《周礼·夏官·圉人》:"圉人掌养马刍牧之事。"

〔9〕草价俱:草价随着征收马草不止而不断上涨。

〔10〕畜:积蓄。勤:应差。县符:县衙门的公文。

〔11〕官道:驿道。啮(niè 聂):啃。兰筋:马目玄中生出的一根筋。《相马经》:"玄中者,目上陷如井字,兰筋竖者千里。"后以兰筋指千里马。

〔12〕神骥:千里马。盐车驱:拉盐车。《战国策·楚策四》记伯乐发现千里马前,这匹马"服盐车而上太行,蹄申膝折,尾湛胕溃,漉汁洒地,白汗交流,中阪迁延,负辕不能上"。此句比喻人才不受重视,甚至被摧残。

〔13〕立仗:立仗马。《新唐书》卷二二三上《李林甫传》:"君等独不见立仗马乎?终日无声,而饫三品刍豆。"比喻庸才占据高位,饱食终日,无所作为。

汤阴谒岳忠武祠〔1〕

不为君王忌两宫〔2〕,权臣敢挠将臣功〔3〕。黄龙未饮心徒赤〔4〕,白马难遮血已红〔5〕。尺土临安高枕计〔6〕,大军河朔撼山空〔7〕。灵旗故土归来后,祠庙犹严草木风〔8〕。

〔1〕嘉庆二十四年五月二十一日(1819年7月12日),林则徐赴云南主持乡试途中,经南宋抗金名将岳飞故里河南汤阴县,谒岳忠武祠(即岳飞庙),并写下这首诗,表达对岳飞的敬慕和抗金功败垂成的感慨。

〔2〕君王:宋高宗赵构。两宫:宋徽宗赵佶及宋钦宗赵桓。靖康二年(1127),金兵陷汴京(今开封),掳去徽、钦二帝。此句意为:岳飞不因

触犯高宗害怕迎回二帝的大忌而力主抗金。明高启《吊岳王墓》:"班师诏已来三殿,射房书犹说两宫。"

〔3〕权臣:此指秦桧。将臣:此指岳飞。

〔4〕黄龙:黄龙府,治所在今吉林农安县,金建国后,以该地为首府。岳飞尝对将士云:"直抵黄龙府,与诸君痛饮尔!"

〔5〕白马:岳飞的坐骑。《宋史·岳飞传》载,抗金大胜之际,岳飞因一时十二道金牌被迫班师,"民遮马恸哭"。

〔6〕尺土:狭小的土地。高枕:安然而卧。《战国策·齐策四》:"三窟已就,君姑高枕而乐矣。"此句指宋高宗偏安于临安(今杭州),不思进取。

〔7〕大军:岳家军。河朔:泛指黄河以北地区。岳飞曾提出连结河朔、收复失地的主张。撼山:《宋史·岳飞传》:"(岳飞)谋定而后战,战有胜无败,猝遇敌不动,故敌为之语曰:'撼山易,撼岳家军难。'"

〔8〕草木风:草上之风必偃之义。《论语·颜渊》:"君子之德,风;小人之德,草。草上之风,必偃。"比喻君子的德行能够感化百姓,犹如风吹草伏。

裕州水发村民舁舆以济感而作歌[1]

皇天一雨三日强[2],积潦已没官道傍[3]。众山奔泉趋野塘,平地顷刻成汪洋。高屋建瓴势莫当[4],龙门激箭飞有芒[5]。巨灵奋臂山精狂[6],裂破岩壑如沸汤。灵夔老蛟目怒张[7],挠土掷作黄河黄[8]。对岸咫尺徒相望,翻身难傅双翼翔[9]。思鞭鼍鼋架虹梁[10],神斤鬼斧不得将[11]。就其深矣舟与方[12],无船谁假一苇杭[13]。仰睇云物纷莽苍[14],会见阴雨来其雱[15]。舆人缩足僮仆悻[16],我亦四顾心旁皇[17]。村夫欸来灿成行[18],踊跃为我褰衣裳[19]。舁我篮舆水中央[20],如凫雁泛相颉颃[21]。水没肩背身尽藏,但见群首波间昂。我恐委弃难周防[22],幸以众擎成堵墙。我舆但如箕簸扬[23],已夺坎险登平康。噫嘻斯民真天良,解钱沽酒不足偿。我心深感怀转伤,为语司牧慎勿忘[24]:孜孜与民敷肺肠[25],毋施箠楚加桁杨[26],教以礼让勤耕桑。天下舆情皆此乡[27],世尧舜世无怀襄[28]。

[1] 嘉庆二十四年五月二十八日(1819年7月19日),林则徐赴云南主持乡试途中,"大雨如注,沿途舆人多蹶,余亦为箕之簸扬矣",幸得村民冒险涉水助渡过河,安全抵达裕州,感而写作此歌,表达当官勿忘民生疾苦的思想。裕州,今河南方城。

[2] 皇天:对天的尊称。《尚书·大禹谟》:"皇天眷命,奄有四海,为天下君。"

[3] 积潦:积水。

[4] 高屋建瓴:高屋之上建瓦沟泄水,比喻居高临下。《史记·高祖本纪》秦中"地势便利,其以下兵于诸侯,譬犹居高屋之上建瓴水也"。

[5] 龙门:龙口。古常用"龙门之箭",形容水势急速。

[6] 巨灵:古代神话中的河神。山精:古代传说中的山中怪物。《异苑》:"山精如人,一足,长三四尺,食山蟹,夜出昼藏。"

[7] 灵夔(kuí 葵):传说中的海中怪物。《山海经》:"东海中有兽如牛,苍身,无角,一足入水则风,其声如雷,以其皮冒鼓,闻五百里,名曰夔。"老蛟:传说中的江中怪物。

〔8〕捖(wán 玩):刮。掷作黄河黄:把刮起的黄土抛到黄河里,使河水愈黄。

〔9〕傅:同附,即附着。这句是说很难长出翅膀附在身上飞渡过去。

〔10〕鞭:驱赶。鼋(yuán 元):大鳖。鼍(tuó 驼):又名猪婆龙,鳄鱼。《竹书纪年》下记载:"周穆王三十七年,大起九师,东至九江,驾鼋鼍以为梁。"

〔11〕斤:古代斧一类砍伐树木的工具。不得将:无法携带。

〔12〕"就其"句:化用《诗经·邶风·谷风》:"就其深矣,方之舟之。"

〔13〕假:借。一苇杭:《诗经·卫风·河广》:"谁谓河广,一苇杭之。"《疏》称:"言一苇者,谓一束也,可以浮之水上而渡。"杭,通"航"。

〔14〕睇(dì 弟):斜视。云物:天象云气的颜色。《周礼·春官》:"以五云之物,辩吉凶水旱。"

〔15〕雱(páng 旁):指雨水浩大。《诗经·邶风·北风》:"北风其凉,雨雪其雱。"

〔16〕舆人:赶车抬轿之人。僮仆:年轻的仆人。恇(kuāng 匡):害怕,惊慌。

〔17〕旁皇:同"彷徨"。

〔18〕欻(xū 须):忽然。

〔19〕褰(qiān 千):提起。

〔20〕篮舆:轿。

〔21〕"如凫雁"句:语本袁山松《宜都记》"视舟船如凫雁"。颉颃(xié háng 协杭):上下不定。

〔22〕委弃:弃置,此指落在水里。

〔23〕箕:扬米去糠的器具。李尤《箕铭》:"箕主簸扬,糠秕乃去。"

〔24〕司牧:《左传·襄公十四年》:"天生民而立之君,使司牧之。"

后以称官吏。

〔25〕敷:涂搽。此指推诚相待。

〔26〕箠楚:杖刑。司马迁《报任少卿书》:"被箠楚受辱。"桁(héng横)杨:加在颈上或脚上的刑具。

〔27〕舆情:老百姓的情绪、愿望。

〔28〕怀襄:"怀山襄陵"的略语,洪水包围、冲涨之状。《尚书·益稷》:"洪水滔天,浩浩怀山襄陵。"此句意为:希望生逢尧舜盛世,不愁洪水为患。

即目〔1〕

万笏尖中路渐成〔2〕,远看如削近还平。不知身与诸天接〔3〕,却讶云从下界生。飞瀑正施千嶂雨,斜阳先放一峰晴。眼前直觉群山小,罗列儿孙未识名〔4〕。

〔1〕嘉庆二十四年七月上旬(1819年8月下旬),林则徐赴云南途中,经贵州境内所作。即目,对眼前景物的感受。

〔2〕万笏(hù户):比喻山峰耸立。笏,古代大臣朝见时所执的手板。《礼记·玉藻》:"凡有指画于君前,用笏。"

〔3〕诸天:佛经对三界(欲界、色界、无色界)三十二天的总称。此指天上。

〔4〕罗列儿孙:化用杜甫《望岳》诗:"西岳崚嶒竦处尊,诸峰罗列如儿孙。"

河内吊玉溪生[1]

江湖天地两沦虚[2],党事钩连有谤书[3]。偶被乘鸾秦赘误[4],讵因罗雀翟门疏[5]。郎君东阁骄行马[6],后辈西昆学祭鱼[7]。毕竟浣花真髓在[8],论诗休道八叉如[9]。

〔1〕嘉庆二十四年(1819)冬,林则徐主持云南乡试后,归途经河南怀庆府(今沁阳市),凭吊唐代著名诗人李商隐而作。河内,指唐时怀州河内,即清代之怀庆府,李商隐出生地。玉溪生,即李商隐(约813—858),字义山,自号玉溪生。

〔2〕江湖天地:李商隐《安定城楼》诗:"永忆江湖归白发,欲回天地入扁舟。"沦虚:落空。

〔3〕党事:唐穆宗至宣宗时的牛(僧孺)李(德裕)党争。钩连:牵连。谤书:诽谤的书函。

〔4〕乘鸾:结为姻缘。秦赘:古时秦人风俗,男子家贫无力娶妻者,可入赘妻家为婿。《汉书·贾谊传》记贾谊上疏陈政事有云:"故秦人家富子壮则出分,家贫子壮则出赘。"唐颜师古注:"谓之赘婿者,言其不当出在妻家,亦犹人身体之有肬赘,非应所有也。一说,赘,质也,家贫无有聘财,以身为质也。"李商隐曾入李党河阳节度使王茂元幕府,又娶其女,被视为"乘鸾秦赘"。李氏有《与同年李定言曲水闲话戏作》诗云:"相携花下非秦赘,对泣春天类楚囚。"

〔5〕讵(jù巨):岂。罗雀翟门:《史记·汲郑列传》赞:"下邽翟公有言,始翟公为廷尉,宾客阗门;及废,门外可设雀罗。"此处翟门指令狐

楚府。

〔6〕郎君东阁:李商隐《九日》诗:"郎君官贵骄行马,东阁无因再得窥。"郎君,指牛党天平军节度使令狐楚之子令狐绹。东阁,指款待宾客之所。行马:程大昌《演繁露》卷一:"晋魏以后,官至贵品,其门得以施行马。行马者,一木横中,两木互穿以成四角,施之于门以约禁也。"此句是说:李商隐早年为牛党令狐楚礼遇,后因娶王茂元女被视为李党,受令狐绹排抑,终身不得志。

〔7〕西昆:即西昆体,宋代模拟李商隐的诗歌流派,以《西昆酬唱集》而得名。祭鱼:宋吴炯《五总志》:"唐李商隐为文,多检阅书史,鳞次堆积左右,时谓之獭祭鱼。"此句谓后辈西昆派诗人模仿李商隐追求华丽,堆砌典故。

〔8〕浣花:四川成都西郊有浣花溪,杜甫尝居此溪旁,人称浣花叟。此处借指杜甫。

〔9〕八叉:即唐代诗人温庭筠(约812—866),本名岐,字飞卿,并州(今山西太原)人。相传他作诗敏捷,八叉手而成八韵,有温八叉之称。如:如同,相提并论。

答程春海同年恩泽赠行〔1〕

知交期我深,自待敢不厚〔2〕。同调二三子,素心话杯酒〔3〕。
读书希致身,黾勉勤职守〔4〕。首祈吏民安,馀泽逮亲友〔5〕。
酌水矢冰檗〔6〕,罗材喜薪槱〔7〕。暇乘总宜船,一玩苏堤柳。
明灯照离筵,昔语犹在口。讵谓当官来,前意失八九。笋舆
织长衢〔8〕,尘牍塞虚牖〔9〕。才拙奈务丛,支左还绌右〔10〕。

203

谯诃恐不免[11],报称复何有？绝想禽鱼嬉,瘁形牛马走[12]。云霄有故人[13],下视真埃垢[14]。旧侣联骖骒[15],今途判箕斗[16]。三叹作吏难,因风报琼玖[17]。

[1] 嘉庆二十五年四月二十三日(1820年6月3日),林则徐被授任浙江杭嘉湖道。他结束京官的生涯,于七月十九日(8月27日)到杭州接任。离京时,同年程恩泽赠诗送行。这年冬秋间,林则徐在杭州写了二首五古答谢。这是第二首,描述了"作吏"的艰难,表示不会忘记当清官的初衷而随波逐流。程恩泽(1785—1837),字云芬,号春海,安徽歙县人。林则徐的同年。累官至户部右侍郎,著有《程侍郎遗集》。

[2] 厚:从严。《论语·卫灵公》:"躬自厚而薄责于人。"

[3] 素心:心地纯洁。晋陶潜《移居诗》:"闻多素心人,乐与数朝夕。""同调"二句,指在京时,与志同道合的朋友把酒畅谈抱负。

[4] 致身:出仕。黾(mǐn 敏)勉:努力。

[5] "首祈"二句:意为当官首要是察吏安民,而后考虑照顾亲友。

[6] 酌水:取水而饮。《晋书·吴隐之传》:吴为广州刺史,"石门有水曰贪泉,饮者怀无厌之欲。隐之乃至泉所,酌而饮之。……及在州,清操愈厉"。后以酌水指廉吏。矢:誓。檗(bò 簸):苦檗。冰檗,即饮冰食檗,指生活清苦。此句谓立誓做清官。

[7] 罗材:罗致人才。槱(yǒu 友):聚积。

[8] 笋舆:竹轿。长衢:长街。竹轿接连不断,应酬繁多。林则徐是年十一月二十四日(12月29日)致刘敬舆书云:"省垣孔道,冠盖如云,自辰迄酉,无非对客,事上接下而外,即为送往迎来。"

[9] 尘牍:繁琐的公牍。牖(yǒu 友):窗户。此句言白天忙于接客应酬,无暇处理公务。林则徐在致刘敬舆书中说:"一切公牍管札,转待灯下理之。"

204

〔10〕支左还绌右:即"左支右绌"。语出《战国策·西周策》,原指射箭之法,后转而形容能力或财力不足,顾此失彼。

〔11〕谯(qiào 窍)诃:申斥。谯,同诮。

〔12〕绝想:断念。瘁形:形状疲惫。牛马走:多用作为官之谦辞。司马迁《报任少卿书》有"太史公牛马走"之句。两句言为官之辛苦。

〔13〕云霄:指在北京任职,优越如在天上。

〔14〕埃垢:灰土、污垢。

〔15〕旧侣:昔日好友。指在京同年。骖骓(cān fēi 餐非):驾车时位于车两旁的马。

〔16〕箕斗:箕、斗两星宿。《诗经·小雅·大东》:"维南有箕……维北有斗。"

〔17〕琼、玖:玉名。《诗经·卫风·木瓜》:"投我以木瓜,报之以琼玖。"此指程恩泽的赠诗。

答陈恭甫前辈寿祺[1]

昨枉双鲤鱼[2],发缄得赠言[3]。奖借逮末学,誉扬及家尊。更慨吏道偷[4],期以古处敦[5]。树立尚宏毅[6],一语诚探原。呜呼利禄徒,字氓何少恩[7]。所习乃脂韦[8],所志在饱温。色厉实内荏,骄昼而乞昏[9]。岂其鲜才智,适以资攀援[10]。模棱计滋巧,刀笔文滋繁。峻或过申商[11],滑乃逾衍髡[12]。牧羊既使虎[13],吓鼠徒惊鹓[14]。有欲刚则无,此际伏病根。于《传》戒焚象[15],于《诗》励悬貆[16]。要在持守固,庶几恻隐存。知人仰圣哲,弊吏扶元元[17]。举错惬舆论[18]，激浊澄其源[19]。侧闻官方叙[20]，驯致民物蕃[21]。不才乏报称，循省惭素飧[22]。但当保涓洁，弗逐流波奔。三复吉人词[23]，清夜心自扪[24]。

〔1〕道光元年七月(1821年8月)，林则徐因父病从杭州告病辞官归里。二年三月二日(1822年3月24日)，由福州北上赴京补官。十九日(4月10日)，在闽北浦城接到陈寿祺的赠行诗札。行进途中，他写了答诗三首。此为第二首，倾吐对官场腐败的看法和自己的抱负。陈恭甫，即陈寿祺，时为福州鳌峰书院山长。参见《致陈寿祺书》注。

〔2〕双鲤鱼：古乐府《饮马长城窟行》："客从远方来，遗我双鲤鱼。呼儿烹鲤鱼，中有尺素书。"后以双鲤鱼指书信。

〔3〕缄：书信的封口处。发缄，打开信封。赠言：此指赠行诗。

〔4〕偷：苟且。

〔5〕古处：以古道相处。《诗经·邶风·日月》："乃如之人兮，逝不古处。"

〔6〕宏毅：宽广、坚忍。即弘毅。弘改为宏，避乾隆帝名讳。《论语·泰伯》："士不可以不弘毅，任重而道远。"陈寿祺赠行诗中有"苍生系安危，所尚在宏毅"之句。

〔7〕字：乳哺、抚养。氓：民，百姓。

〔8〕脂韦：屈原《卜居》："将突梯滑稽如脂如韦以絜楹乎？"用油脂和软皮装饰门面。后比喻阿谀圆滑。

〔9〕骄昼：白天骄横。乞昏：昏夜乞怜。即晚上巴结、行贿权势者的随从、门卫，乞求引见、重用。

〔10〕鲜(xiǎn 显)：少。攀援：援引而登，趋附攀升。

〔11〕申：申不害(约前385—前337)，战国郑人，韩灭郑后，事韩任相。商：商鞅(约前390—前338)，战国卫人，应召入秦，主持变法。他们

都是法家,主张严刑峻法。

〔12〕衍:邹衍,战国魏人,多谈阴阳怪异,言论闳大不经。髡(kūn昆):淳于髡,战国齐人,以滑稽善辩著称。

〔13〕羊:借指百姓。虎:借指暴吏。《史记·留侯世家》有"使羊将狼"之说,此反其意而用之。

〔14〕"吓鼠"句:《庄子·秋水》:"鸱得腐鼠,鹓雏过之,仰而视之曰吓。"以鸱"吓"鹓,喻官场中的无聊猜忌。即唐李商隐《安定城楼》"不知腐鼠成滋味,猜意鹓雏竟未休"诗意。

〔15〕《传》:指《左传》。焚(fèn奋):通"偾",倒毙,僵仆。《左传·襄公二十四年》:"象有齿以焚其身,贿也。"比喻贪贿而得祸。

〔16〕《诗》:指《诗经》。貆(huán环):豪猪。《诗经·魏风·伐檀》:"不狩不猎,胡瞻尔庭有县貆兮。"比喻不劳而获。

〔17〕弊:疲劳,使……疲劳。元元:老百姓。

〔18〕举错:举直错枉。《论语·为政》:"举直错诸枉,则民服。"

〔19〕激浊:《晋书·武帝纪》:泰始四年诏,"激浊扬清,举善弹违"。澄其源:正本清源。

〔20〕叙:叙官。《荀子·致士》:"德以叙位,能以授官。"

〔21〕驯致:逐步达到。蕃:繁滋生息。

〔22〕素飧(sūn孙):不劳而食,无功食禄。

〔23〕三复:反复体会。吉人:贤人。此指陈寿祺。

〔24〕心自扪:扪心自问。

题王竹屿通守凤生
《江声帆影阁图》[1]

我昔与君遇,湖渚生秋风[2]。西泠好山色,云水吹空蒙[3]。

骥足幸稍展,鸿姿谁见同。自言旧庐在,坐恐苍苔封。君才岂丘壑,况复家声隆[4]。良时重佐郡,黾勉苏瘝恫[5]。昨出秣陵道,微闻京口钟[6]。帆渡雨馀树,鸟还霞际峰。何时迟君来[7],携手图画中。

〔1〕道光三年(1823)春,林则徐时任江苏按察使、署布政使,为友人王凤生的《江声帆影阁图》题五古二首。这是第二首,回忆两人在杭州的结识,期许王凤生施展才能。王竹屿,即王凤生(1776—1834),号竹屿,安徽婺源(今属江西)人。嘉庆十年(1805)捐浙江通判,历知兰溪等县。历官所至,颇重治水,颇有成效。在河南彰卫怀道任上,力纠道属河工积弊,遭忌以疾乞归。道光九年(1829)复出,署两淮盐运使,后协助陶澍、林则徐推行盐政改革。魏源称:"近日海内谈实用之学,必首推君。"

〔2〕湖渚:湖边。指西湖边。林则徐任杭嘉湖道时与他结识。

〔3〕"西泠"二句:用苏轼《饮湖上初晴后雨》:"水光潋滟晴方好,山色空蒙雨亦奇。"西泠:在杭州西湖畔。蒙:细雨。

〔4〕家声隆:王凤生出身经学世家。案:林则徐后有诗赞他:"传家裕经术,夙志在用世。"

〔5〕瘝恫(guān tōng 关通):病痛。

〔6〕秣陵:旧在江苏江宁县,今属南京市。京口:即镇江。

〔7〕迟(zhì 至):等待。

题达诚斋达三榷使诗集即以赠行[1]

蛮风蛋雨转炎疆[2],蓬阆光阴特地长[3]。横海涛声平鼓角[4],排山云气下帆樯。通商早薄弘羊计[5],绥远先除害马方[6]。政暇每闻耽啸咏,罗浮烟树郁苍苍[7]。

[1]道光三年(1823),林则徐题粤海关监督达三所作诗集七律三首。此为第二首,述广东事,对禁烟感到鼓舞,希望"通商早薄弘羊计,绥远先除害马方"。这是林则徐最早涉及禁毒的诗篇。榷使,此指粤海关监督,设于康熙二十四年(1685),直辖于户部,由皇帝直接任命,管理粤海关全部事务。达诚斋,即达三,字诚斋,满族人。道光元年九月(1821年10月)、二月闰三月(1822年4月—5月)和三年(1823),以内务府造办处郎中、上驷院卿出任粤海关监督。

[2]蛮风疍雨:想象达诚斋南行边疆的艰苦。西晋陶璜疏称:"广州南岸周围六十馀里,不宾服者五万馀户,比蛮、蜒杂居。"宋周去非《岭外代答》:"以舟为室,视水为陆,浮生江海者,蜒也。"蜒,又作"蜑"、"蛋"。清代广东疍民约有百万之数。炎疆:炎热的边疆地区,即广东。

[3]蓬阆(làng浪):蓬松空旷。

[4]横海:即横浦,今广东北江东源浈水。鼓角:古代军号。

[5]通商:指对外贸易。当时广州为中国对外贸易的唯一口岸,由粤海关监督管辖。薄,近也。弘羊:指桑弘羊,汉武帝时领大司农,制订推行盐铁酒类的官营专卖,著有《盐铁论》。

[6]绥远:平定边患。害马:典出《庄子·徐无鬼》:"夫为天下者,亦奚以异乎牧马者哉。亦去其害马者而已矣。"害马,本指损害马的自然本性,后转用为害群之马。

[7]罗浮:罗山、浮山,广州附近名山,在增城县东。此处泛指粤海关监督驻地广州。

题孙平叔宫保平台纪事册子[1]

重瀛东去洋婆娑,卅六岛外毗舍那[2]。郑朱歼夷郡县置[3],七日神速挥天戈。跳梁林蔡亦授首[4],鲸鲵血溅沧溟波。鲲身不响鹿耳帖[5],比户向义嘉诸罗[6]。噶玛兰开后垅拓[7],岛夷阡陌皆升科。上腴沃野岁三稔,陆处真作安乐窝。胡为哄争起蛮触[8],始祸只坐游民多。泉漳粤庄区以类[9],如古郱灌仇戈过。一朝睚眦辄推刃[10],但计修怨忘其它。或乘风鹤播簧鼓[11],瓯臾莫止流言讹。潜结番黎出獽穴[12],被发舞蹈惊天魔。深林密箐捞人入,强弓毒矢藏山阿。赤嵌城头急烽火[13],金厦羽檄纷飞梭。棘门灞上儿戏耳,威约渐积徒媕娿[14]。横海楼船属连帅,乃假神手持斧柯。谓彼蚩蚩各秦越[15],吾惟一视无偏颇。天心厌乱神助顺,愿速集事毋蹉跎。十更迢迢一针度[16],风樯不动安白螺[17]。曼胡短衣属橐鞬[18],刀头淅罢盾鼻磨[19]。乘风破浪达彼岸,首问疾苦苏疲疴。大宣德威谕黔首[20],众皆感、倾滂沱。扫除妖孽落黄斗,遂殄番割祛幺麽[21]。渠魁就擒胁者抚,匪以雄阵矜鹳鹅。功成更画善后策,要与休养除烦苛。朝廷策勋贲祥赉,髟缨翠羽冠峨峨。秩跻疑丞媲周召[22],拜恩行复鸣朝珂。从今东郡息桴鼓[23],长祝乐岁民康和。台草无节番橵熟[24],恬瀛如镜驯蛟鼍。不须

210

图编更续筹海议[25],但听武洛来献番夷歌[26]。

[1] 道光六年四月(1826年5月),台湾彰化粤籍人与闽籍人失猪相争,互有掳掠。在游民煽动下,发展为闽粤分类械斗,蔓延及嘉义、淡水。五月(6月),闽浙总督孙尔准派金门镇总兵陈化成带兵入台平定。事后,孙尔准编有《平台纪事》册子。林则徐因母丧,于道光四年八月十九日(1824年10月11日)至道光七年二月十八日(1827年3月15日)在福州守制。约在道光六年(1826)冬至七年(1827)初间题写此诗,提出不分闽粤一视同仁、休养生息的治台方略。孙平叔,即孙尔准(1770—1832),字莱甫,号平叔。江苏无锡人。嘉庆十年(1805)进士。时任闽浙总督。

[2] 卅六岛:即澎湖列岛。元汪大渊《岛夷志略·澎湖》:"岛分三十有六……自泉州顺风二昼夜可至。"毗舍那:即毗舍邪、毗舍耶。宋楼钥《汪公行状》:乾道七年(1171)四月,汪大猷知泉州郡,"郡实濒海,中有沙洲数万亩,号平湖,忽为岛夷毗舍邪者奄至,尽刈所种"。一说为台湾云林至台南一带的土著族,包括洪雅族与西拉雅族。此处用指台湾。

[3] 郑:自注:"成功"。郑成功(1624—1662),原名森,字大木、明俨,福建南安人,生于日本长崎平户。隆武二年(1646)起兵抗清,后以金门、厦门为基地,建立海上政权。永历十五年(1661),渡海东征。十二月十三日(1662年2月1日),接受荷兰长官揆一(Frederick Coyett)投降,收复台湾。置承天府,下设天兴县和万年县。康熙统一台湾后,康熙二十三年(1684)改为台湾府,下设台湾、凤山、诸罗三县。朱:自注:"一贵"。朱一贵,福建漳州长泰县人,康熙五十二年(1713)到台湾,以养鸭为生。康熙六十年(1721)发动起义,同年失败。清廷于雍正元年(1723)增设彰化县和淡水厅。

[4] 林:自注:"爽文"。林爽文,福建平和人,乾隆三十八年(1773)

到台湾,以赶车为生。乾隆五十一年十一月(1786年12月)发动起义,五十三年正月(1788年2月)被镇压。蔡:自注:"牵"。蔡牵,福建同安(今属厦门市)人。嘉庆十年(1805)"大出海",攻入台湾,称"镇海王"。四个月后退出,嘉庆十四年(1809)在广东黑水洋遭闽浙水师合击身亡。

〔5〕鲲身:一鲲身。鹿耳:鹿耳门。均在台南沿海。

〔6〕比户:地主、士绅。当时诸罗县粤籍士绅招募"义民"四万人配合清兵作战。林爽文失败后,清廷改诸罗县为嘉义县,以示表彰。

〔7〕噶玛兰:今台湾宜兰县。嘉庆十五年(1810),设噶玛兰厅。后垅:指后垅五社,在今台湾苗栗县后龙镇、竹南镇及苗栗市境内。

〔8〕蛮触:《庄子·则阳》:"有国于蜗之左角者曰触氏,有国于蜗之右角者曰蛮氏。时相与争地而战,伏尸数万。"后称由于细末之事而引起的争执为蛮触之争。

〔9〕类:台湾居民以祖籍闽、粤或漳、泉各分气类,聚众械斗。

〔10〕睚眦:怒目而视。借指小怨小忿。

〔11〕风鹤:风声鹤唳。指传言。簧鼓:搬弄是非。

〔12〕番黎:指台湾土著族。道光六年(1826)的闽粤分类械斗,"粤人即有勾串番割率令生番出山助斗"。见《清宣宗实录》卷一百十。

〔13〕赤嵌城:荷兰据台后,在赤嵌地方建普罗民遮城。永历十五年(1661)五月初二日,郑成功置承天府于此。这里喻指今台南市,当时是台湾府治。

〔14〕媕娿(ān ē 安婀):犹豫不决。

〔15〕秦越:春秋时秦在西北,越在东南,相距极远,因借以比喻关系疏远。

〔16〕十更:古航行一日一夜为十更。

〔17〕自注:"节使渡海,历供左旋定风白螺。"此螺为班禅六世献给乾隆七十大寿贺礼,现藏台北故宫博物院。

〔18〕曼胡短衣：武士服装。《庄子·说剑》："吾王所见剑士，皆蓬头突鬓，垂冠，曼胡之缨，短后之衣。"

〔19〕淅(xī夕)：渍。盾鼻磨：在盾牌把手上磨墨写檄文。司马光《资治通鉴》卷一六〇载，南朝梁人荀济常谓人曰："会于盾鼻上磨墨檄之。"

〔20〕黔首：平民。

〔21〕番割：自注："汉奸别名。"指进入台湾内山"生番"地区，"学习番语，偷越定界，散发改装，谋娶番女"的汉族移民。清廷只允许台湾汉族移民和"熟番"通婚，与"生番"通婚者为"不法奸民"、"汉奸"。幺麽(yāo mó 妖魔)：小人。

〔22〕疑丞：古代官名，为供天子咨询的大臣。周召：周成王时，辅政的周公、召公。

〔23〕东郡：指台湾。永历十五年(1661)，郑成功登陆台湾后，改台湾为东都。永历十八年(1664)八月，郑经改东都为东宁。

〔24〕台草无节：民间的一种占候方法，认为台草无节，则其年无台风。番檨(shē 奢)：芒果。

〔25〕图编：明胡宗宪主编的《筹海图编》。

〔26〕武洛：即台湾屏东一带凤山八社之武洛社，属马卡道族。此处借指台湾土著族。

区田歌为潘功甫舍人作[1]

田父尔勿喧，听我区田歌。区田所种少为贵，收获乃倍常田多。问渠何能尔[2]，只是下不尽地力，上不违天和，及时勤事无蹉跎。尔农贪种麦，麦刈方莳禾，欲两得之几两失，东作候岂同南讹[3]？我今语尔农,慎勿错放青春过[4]。腊雪浸谷种,春雨披田蓑,翻泥欲深耙欲细,牛背一犁非漫拖。尔昔拔秧移之佗[5],禾命损矣将奈何！何如苗根直使深入土,不用尔手三摩挲[6]。一区尺五寸,撒种但宜疏罗罗。及其渐挺出,茎叶畅茂皆分科。六度壅泥固其本,重重厚护如深窝。疾风不偃旱不槁,那有禾头生耳谷化螺。此术尔不信,但看丰豫庄中稻熟千牛驮[7]。《本书》三十二说精不磨[8],我心韪之好匪阿[9]。噫嘻田父毋媆婴,莫负潘郎一片之心慈如婆。

〔1〕此诗作于道光七年三月下旬(1827年4月)。区田,古代的一种农作法。北魏贾思勰《齐民要术·种谷篇》:"汤有旱灾,伊尹作为区田,教民粪种,负水浇稼。"潘功甫,即潘曾沂,见《江南催耕课稻编叙》注。

〔2〕渠:他。尔:这样。

〔3〕东作:春耕。《尚书·尧典》:"寅宾出日,平秩东作。"南讹:夏种。《尚书·尧典》:"宅南交,平秩南讹。"南交为夏与春交。

〔4〕青春:春季。《楚辞·大招》:"青春受谢,白日昭只。"注:"青,东方春位,其色青也。"

〔5〕佗(tuō 托):其他。

〔6〕摩挲:摸弄。

〔7〕丰豫庄:潘曾沂的农庄。潘曾沂在丰豫庄推行区田,取得丰收。

〔8〕本书:即《潘丰豫庄本书》。三十二说:即收在《本书》中的《潘丰豫庄课农区种法直讲三十二条》。

〔9〕韪(wěi 伟):对。阿(ē):迎合。

武侯庙观琴[1]

不废微时《梁父吟》[2],千秋鱼水答知音[3]。三分筹策成亏理[4],一片宫商淡泊心[5]。挥手鸿飞斜谷渺[6],移情龙卧汉江深[7]。魂销异代文山操[8],同感君恩泪满襟[9]。

[1] 道光七年(1827)夏,时任陕西按察使、署布政使的林则徐,往略阳勘灾,经沔县(今勉县)定军山拜谒武侯庙后,作此诗凭吊。武侯,即诸葛亮,见《致邵懿辰书》注。

[2] 《梁父吟》:歌谣名。《三国志·蜀书·诸葛亮传》:"亮躬耕陇亩,好为《梁父吟》。"

[3] 鱼水:如鱼得水。《三国志·蜀书·诸葛亮传》载刘备三顾茅庐后说:"孤之有孔明,犹鱼之有水也。"

[4] 三分筹策:指诸葛亮的"隆中对"。

[5] 宫商:音乐调式中的两个音阶。此指诸葛亮抚琴声。淡泊:恬静。诸葛亮《诫子书》:"非淡泊无以明志,非宁静无以致远。"

[6] 挥手鸿飞:嵇康《四言赠兄秀才入军诗》十八章之十四:"目送归鸿,手挥五弦。俯仰自得,游心太玄。"此处用嵇康诗意,表达从容悠然情态,以写诸葛亮设空城计,在城楼上悠然弹琴,以退司马懿大军之事。斜谷:在今陕西岐山县,诸葛亮挥师伐魏至此,病卒于五丈原。

[7] 龙卧:即卧龙,指诸葛亮。

[8] 文山:即文天祥,见《重修于忠肃祠墓记》注。操:指琴。林则徐所记文天祥琴,清代尚流传于福州。

〔9〕句下自注:"文信国有琴,自题云:松风一榻雨潇潇,万里封疆不寂寥。独坐瑶琴遗世虑,君恩犹恐壮怀消。"

秋怀[1]

一卷《离骚》对短檠[2],凉生昨夜旅魂惊。隔窗梧竹萧萧响,知是风声是雨声[3]?

〔1〕此诗作于道光七年(1827)秋,自略阳返回西安途中。从秋天的凉意感怀在新疆平叛的前方将士,为自己力难胜任而愧歉怅然。

〔2〕《离骚》:《楚辞》篇名。战国楚人屈原作。短檠:矮灯台。喻素朴或清寒。

〔3〕"知是"句:化用明顾宪成为东林书院所撰联句:"风声雨声读书声,声声入耳;家事国事天下事,事事关心。"

遥怜绝塞阵云寒[1],万户宵砧泪暗弹[2]。秋到天山早飞雪,征人何处望长安?

〔1〕绝塞:此指新疆。阵云:战地烟云。指平定张格尔叛乱,参见《致汝舟书》注。

〔2〕宵砧:夜里捣衣。砧,捣衣石。

天涯芳草旧萋萋,流水无声夕鵊啼[1]。何事戍楼鸣画角[2],却教边马又悲嘶。

〔1〕 鹆(jué绝):鸟名,通称杜鹃。
〔2〕 戍楼:边塞驻军的瞭望楼。画角,古管乐器,传自西羌,形如竹筒,本细末大如角,表面有彩绘,故名。

官如酒户力难任[1],身比秋林瘦不禁。漫拟沙场拼热血,忽窥明镜减雄心。

〔1〕 酒户:酒量。

和冯云伯登府志局即事原韵[1]

风物蛮乡也足夸,枫亭丹荔幔亭茶[2]。新潮拍岸添瓜蔓[3],小艇穿桥宿藕花[4]。愧比逋仙亭畔鹤[5],枉谈庄叟井中蛙[6]。琴尊待践湖西约,一棹临流刺浅沙。

〔1〕 道光八年(1828),因父丧归里守制的林则徐,受闽浙总督孙尔准、福建巡抚韩克均的邀请,主持福州小西湖修浚工程。九年八月(1829年9月),浚西湖工成。是年,编纂福建通志局分纂冯登府(字云伯)作《闽中重午公宴即事,奉呈志局诸同人,并柬陈恭甫寿祺、林少穆则徐两前辈》诗二首,林则徐依韵和之。此为第二首,洋溢着热爱乡土的浓情。
〔2〕 枫亭:福建仙游县(今属莆田市)地名,盛产荔枝。幔亭:福建武夷山幔亭峰,产武夷名茶。
〔3〕 瓜蔓:此指瓜蔓水。《海录碎事·地总载·水》:"瓜蔓水,五月

瓜延蔓,故以名。"此句下自注:"端午前后积雨经旬,又值大潮,敝居门前河水漫溢。"

〔4〕"小艇"句:自注:"近于西湖作大小二舟,小者可入城桥。"

〔5〕逋仙:林逋(967—1028),字君复,浙江钱塘(今杭州市)人。隐居杭州西湖孤山,不娶,种梅养鹤以自娱。孤山上有逋仙亭。句下自注:"陆莱臧诗以逋仙比余,心甚愧之。"

〔6〕庄叟:指庄周(约前369—前286),战国时人。著有《庄子》。井中蛙:自比。句用《庄子·秋水》"井蛙不可以语于海者"。

题文信国手札后[1]

公身为国轻生死,绻绻故人尚如此[2]。簿君君之幕僚耳,闻疾乃如疾在己。磨盾手挥书两纸[3],刀圭欲救膏肓起[4]。行府箦灯遣医视,二卒六夫任所使[5]。棉定奇温覆以被[6],芝楮五百实其匦[7]。是时景炎岁丙子[8],冬夜寒风彻肌髓。书驰赟笪八十里[9],双溪阁下期来止[10]。吁嗟乎!天水皇纲势终靡[11],一木难支大厦圮。风雨何从庇寒士[12],簿君簿君长已矣。三百圹砖公所累,崇庆寺前舜卿诔[13]。宿草萧萧成战垒[14],此札人间独不毁,墨花吐艳云凝紫[15]。再拜薰香皮柴几[16],欲废一部十七史[17]。朱鸟招魂泪如泚[18],猎猎酸风满柴市[19]。

〔1〕道光九年(1829),林则徐在福州丁父忧期间,看到文天祥致僚属赵文的两封亲笔信札,为文天祥关怀僚属、敦笃故人情谊的高尚品德

所感动，题写了此诗，表达对文天祥的钦仰之情。文信国，即文天祥，见《重修于忠肃公祠墓记》注。

〔2〕绻（quǎn犬）绻：即拳拳，恳切、忠谨。故人：指文天祥致赵文手札中提到的"令弟簿君"，即赵亦周。元兵南下，益王赵昰于德祐二年（1276）四月逃至福州，五月初一日即位，改元景炎，是为宋端宗。五月二十六日，文天祥应召至福州，拜为右丞相兼枢密使。七月，抵南剑州（今福建南平市），招募民兵，收集旧部。赵亦周同兄入闽依文天祥，途中病势加剧，文天祥闻讯，两次致书赵文探问、赠送药料、棉被，遣派医丞、卒夫，对僚属关怀备至。

〔3〕磨盾：在盾牌把手上磨墨作文。参见《题孙平叔宫保平台纪事册子》注。

〔4〕刀圭：量药物的工具。此指药料。膏肓：危难的病势。

〔5〕"行府"二句：指文天祥手札中所说："俞管辖行府第一医丞，令篝灯前赴行幄，又专二卒六轮夫往听使令。"

〔6〕被：棉被。文天祥手札云："承须棉被，适昨日吾家遣至者两笼，启视具得之，敬以纳上。"

〔7〕芝：灵芝，此处指药。楮：钱币。芝楮，即药费。匦（guǐ轨）：匣。文天祥手札："芝楮五马番，薄奉药费。"

〔8〕景炎岁丙子：即景炎元年（1276）。

〔9〕"书驰"句：自注："簿君病在小筼筜铺。"

〔10〕"双溪"句：文天祥手札"双溪阁下来，冀可合并也"。地当在南剑（今福建南平市）境内。

〔11〕天水：赵姓郡望。天水皇纲：宋朝。

〔12〕"一木"二句：字面用杜甫《茅屋为秋风所破歌》："安得广厦千万间，大庇天下寒士俱欢颜！"

〔13〕"三百"二句：景炎元年（1276）十月，文天祥自南剑出汀（今福

建长汀县),葬亦周于凤山崇胜寺,匆匆止得三百砖砌圹内,由舜卿撰写诔(lěi 垒)文,即墓表。见赵文《青山集》卷八《诗九首托南剑刘教导寻亦周墓焚之》。

〔14〕"宿草"句:化用赵文《青山集》卷七《正月十四日大雪上信国公冢》诗"荒山露宿草萧萧"之句。赵文,字仪可,一字维恭,号青山,江西庐陵人。句下自注:"数语俱本赵仪可《青山集》。"

〔15〕"墨花"句:自注:"公生时乘紫云而下。"

〔16〕再拜:一再拜读。薰香:焚香。庋(guǐ 鬼):置放。棐(fěi 匪)几:用榧木造的几。

〔17〕一部十七史:《续资治通鉴》卷一百八十四载,文天祥被执至燕京,元丞相博啰等劝降,天祥曰:"一部十七史,从何处说起?吾今日非应博学宏词、神童科,何暇泛论。"

〔18〕朱鸟:二十八宿中南方七宿的总称。南方属火,七宿联起来像鸟形,故称朱鸟。泚(cǐ 此):流汗。

〔19〕酸风:悲酸的风。柴市:北京柴市口,至元十九年十二月初九日(1283年1月9日)文天祥就义于此。

题黄树斋爵滋《思树芳兰图》〔1〕

君何思兮思潇湘〔2〕,楚佩摇落天为霜〔3〕。君何思兮思空谷〔4〕,孤芳无人媚幽独。人间桃李春可怜,眼中萧艾徒纷然〔5〕。美人肯使怨迟莫〔6〕,为滋九畹开香田〔7〕。开香田,艺香祖〔8〕,此品羞为众草伍。芳菲菲兮袭予〔9〕,情脉脉兮系汝。清风忽来,紫茎盛开;猗猗东山,油油南陔〔10〕。庭阶玉树相映发[11],当门之忌胡为哉[12]！同心兮有言,仙之人兮手如云;阳春不采不自献,心清乃许香先闻。君不见秋江寂寞芙蓉老,雨露沾濡须及早。十步搴芳有几人[13],那知天意怜幽草[14]。

〔1〕道光十年(1830)夏,林则徐在京候缺时,为黄爵滋《思树芳兰图》题写此诗,借芳兰比喻清正为官,与黄爵滋共勉。黄爵滋,见《筹议严禁鸦片章程折》注。

〔2〕潇湘:潇水与湘江,在古楚地,在今湖南。

〔3〕楚佩:屈原《离骚》:"纫秋兰以为佩。"此处指兰花。

〔4〕空谷:空旷的山谷,指贤者隐居之地。

〔5〕萧艾:一种臭草。借喻品质不好的人。屈原《离骚》:"何昔日之芳草兮,今直为此萧艾也?"

〔6〕美人:壮年之人。迟莫:即迟暮,年老。此句化用屈原《离骚》:"惟草木之零落兮,恐美人之迟暮。"

〔7〕九畹:屈原《离骚》:"余既滋兰之九畹兮,又树蕙之百亩。"香田:种植香草之田。

〔8〕艺:栽种。香祖:兰花的别称。宋陶穀《清异录》:"兰虽吐一花,室中亦馥郁袭人,弥旬不歇,故江南人以兰为香祖。"

〔9〕"芳菲菲"句:出屈原《九歌·少司命》。

〔10〕油油南陔:化用晋束晳《补亡诗·南陔》:"循彼南陔,厥草油油。"

〔11〕庭阶玉树:玉树生于阶庭。南朝宋刘义庆《世说新语·言语》:"谢太傅问诸子侄:'子弟亦何预人事,而正欲使其佳?'诸人莫有言者。车骑答曰:'譬如芝兰玉树,欲使其生于阶庭耳。'"后以芝兰玉树

形容优秀人材。

〔12〕当门之忌:忌芳兰生于门口。《三国志·蜀书·周群传》附记司马张裕谏刘备不可争汉中,下狱将诛,诸葛亮求情,刘备曰:"芳兰生门,不得不锄。"

〔13〕搴(qiān 千):拔。

〔14〕"那知"句:套用唐李商隐《晚晴》句意:"天意怜幽草,人间重晚晴。"

晓 发[1]

篮舆冲破晓堤烟,宿鹭惊飞水满田。行久不知红日上,两行官柳翠迷天[2]。

〔1〕道光十年六月二十九日(1830年7月17日),林则徐授任湖北布政使。七月初离京赴任。此诗作于自北京赴湖北旅途中。

〔2〕官柳:大道上的柳树。杜甫《西郊》:"市桥官柳细,江路野梅香。"

夜 济[1]

苦热不成寐,残灯还渡河。棹移孤舟破,灯闪一星过。吠犬知村近,鸣蛙隔水多。行行有幽意,莫问夜如何。

〔1〕此诗作于道光十年七月(1830年8月中旬至9月中旬),自北京赴湖北途中。济:渡河。

洛神[1]

离合神光那许媒[2],千年罗袜况成灰[3]。明珰翠羽都零落[4],知少黄初作赋才[5]。

〔1〕道光十一年二月二十九日至七月初八日(1831年4月11日至8月15日),林则徐在河南任布政使。本诗当作于此时。洛神,即宓妃,传说是伏羲氏之女,溺死于洛水为神。诗中通过洛神庙萧条冷落的景色,感慨知音难得,知遇难逢。

〔2〕离合神光:曹植《洛神赋》:"于是洛灵感焉,徙倚彷徨,神光离合,乍阴乍阳。"指人神感应。媒:撮合。

〔3〕罗袜:《洛神赋》:"凌波微步,罗袜生尘。"此处借指洛神的美丽形象。

〔4〕明珰翠羽:语本《洛神赋》"或采明珠,或拾翠羽"之句。珰,珠玉。翠羽,翠绿色的羽毛。

〔5〕黄初:三国魏文帝曹丕的年号(220—226)。作赋才:指曹植。

送赵菊言少司寇盛奎还朝次王竹屿都转韵[1]

江淮米贵抵兼金[2],振廪行糜费酌斟[3]。欲辑流亡无善策,苦求刍牧赖同心[4]。嗷鸿集泽皆亲见[5],鸣凤朝阳愿矢音[6]。暂醉莫辞京口酒,雨丝帆影绿杨阴[7]。

〔1〕道光十四年二月十五日(1834年3月24日),林则徐从苏州起身赴镇江督催粮船漕运。十七日(26日),赵盛奎到江口访林则徐,二十日(29日)别去。林则徐写了这首诗赠行,倾吐他对江苏灾荒善后工作的关切,盼望赵盛奎能将所见所闻直言进谏,为民请命。赵菊言,即赵盛奎,字菊言,原任江宁布政使,此时升任卸职,准备启程赴京接任户部侍郎。王竹屿,即王凤生(1776—1834),号竹屿,安徽婺源(今属江西)人。时任两淮都转盐运使司盐运使。

〔2〕兼金:倍于金。林则徐道光十四年正月二十五日(1834年3月5日)奏称:"江苏省各属,上年冬间雨雪连绵,粮价增昂,小民谋生无计。"

〔3〕振廪:开仓赈济。振,同赈。行糜:施粥。林则徐是年正月二十五日(3月5日)奏:江宁"城内外现开四厂,每厂各万数千人,鸠形鹄面,扶老挈幼,一时尚难撤散"。

〔4〕刍牧:原指放养牲畜的人。此指绅商士庶。这句言劝导民间捐助。

〔5〕嗷鸿集泽:化用《诗经·小雅·鸿雁》"鸿雁于飞,哀鸣嗷嗷";"鸿雁于飞,集于中泽"。喻指灾民流离失所。亲见:赵盛奎任江宁布政使,负责处理赈灾事务,亲眼见到这种情况。

〔6〕鸣凤朝阳:《新唐书·韩瑗传》:"自瑗与遂良相继死,内外以言为讳将二十年。帝造奉天官,御史李善盛始上疏极言。时人喜之,谓为凤鸣朝阳。"比喻赵盛奎遇时而起,进言直谏。矢音:《诗经·小雅·卷阿》:"来游来歌,以矢其音。"此处矢音即矢言,正直之言。

〔7〕雨丝:雨下如丝。句下自注:"时于京江雨中话别。"林则徐《甲

午日记》,道光十四年二月十九日(1834年3月28日):"大风雨一昼夜。菊言、竹圃、陶泉俱来舟中早饭。雷电交作,江无舟行。"二十日(29日),"密雨竟日,东风大。晨送菊言行"。

徐访岩同年宝森由粤西观察擢皖臬入觐过楚出《漓江话别图》属题即送其行[1]

七闽往岁困沮洳[2],嗷雁争依使者车[3]。援手群推经世略,填胸尽是活人书。青州倡振廉泉润[4],寒谷回春暖气嘘[5]。一片慈云悬海上[6],至今讴颂遍乡闾[7]。

[1] 道光十七年三月初五日(1837年4月9日),林则徐到武昌接任湖广总督。四月十七日(5月21日),"安徽廉访徐访岩同年(宝森)从粤西入觐过此,接晤"。十九日(23日),"题徐访岩《漓江话别图》"七律二首。这是第二首,感怀徐宝森到福建放赈救灾的善行。徐宝森,号访岩,浙江仁和(今杭州市)人。历官广西、安徽按察使。林则徐同年。

[2] 七闽:即福建。《周礼·夏官·职方氏》有"七闽"之名,疏:"督熊居濮如蛮,后子从分为七种,故谓之七闽。"后以称福建省。往岁:指道光十四年(1834)。沮洳(jù rù 巨入):地低湿,指遭遇水灾。

[3] 嗷雁:待哺的鸿雁,指灾民。使者:指徐宝森,当年奉派来闽放赈。

[4] 青州:山东青州府,旧治在今山东青州。振:同"赈"。廉泉:江

西赣州市内有廉泉。《大明一统志》载,刘宋元嘉中,一夕霹雳,忽有泉涌出,时郡守以廉名,故曰廉泉。此以廉自谓。

〔5〕寒谷:深山溪谷。刘春标《广绝交论》:"叙温郁则寒谷成暄,论严苦则春丛零叶。"此句即化用此文。

〔6〕慈云:佛家称佛以慈悲为怀,如大云之覆盖世界。唐太宗《三藏圣教序》:"引慈云于西极,注法雨于东陲。"海上:指福建。《山海经·海内南经》:"闽在海中。"

〔7〕句下自注:"谓甲午年在闽办灾事。"甲午,道光十四年(1834)。

和邓嶰筠前辈廷桢虎门即事原韵〔1〕

五岭峰回东复东〔2〕,烟深海国百蛮通〔3〕。灵旗一洗招摇焰〔4〕,画舰双恬舶棹风〔5〕。弭节总怜心似水〔6〕,联樯都负气如虹〔7〕。牙璋不动琛航肃〔8〕,始信神谟协化工〔9〕。

〔1〕道光十九年正月二十五日(1839年3月10日),林则徐抵达广州,以钦差大臣身份主持广东禁烟。三月初一至二十三日(4月14日至5月6日),林则徐和邓廷桢各乘一船,泊于虎门海上,监督缴烟。其间十四、十五日(4月27日—28日)为雨天,东北风狂大,邓廷桢作《虎门雨泊呈少穆尚书》,林则徐以此诗酬和,抒发对禁烟前途的乐观情绪。嶰筠:即邓廷桢,参见《谕各国夷人呈缴烟土稿》注。前辈:邓廷桢嘉庆六年(1801)成进士,入翰林院,比林则徐早三科,故林称其为前辈。

〔2〕五岭:指虎门口内沙角、大角、横档、大虎、小虎五座山岭。

〔3〕烟深海国:烟波浩淼的大海与外国相通。作者句中自注:"四字公舟中额也。"百蛮:泛指海外各国。

〔4〕灵旗:师船上的旗帜。此处代指收缴鸦片的广东水师。一洗:洗刷。招摇焰:指外国鸦片贩子招摇过市的嚣张气焰。

〔5〕画舰:指林、邓乘坐的官船和师船。恬:静、稳。舶棹风:梅雨后的东南季风。苏轼《舶䑸风》引:"吴中梅雨既过,飒然清风弥旬,岁岁如此,湖人谓之船䑸风。是时海舶初回,云此风自海上与舶俱至云耳。"这句是说:林、邓乘坐的官船和师船稳泊在船棹风吹拂的港湾里。喻指缴烟虽有周折,但一切顺利。

〔6〕弭(mǐ米)节:驻节。心似水:林则徐抵达广州前,接到邓廷桢来书,内云:"所不同心者,有如海。"此句意为:我来驻节,全凭您同心协力。

〔7〕气如虹:气贯长虹。

〔8〕牙璋:发兵的符信。《周礼·春官》:"牙璋以起军旅,以治兵守。"琛航:宝船,指邓廷桢所乘之船。

〔9〕神谟:指朝廷的禁烟部署。

拜衮人来斗指东[1],女牛招共客槎通[2]。销残海气空尘瘴,听彻潮声自雨风。下濑楼船迟贯月[3],中流木柹亘长虹[4]。看公铭勒燕然后[5],磨盾还推觅句工[6]。

〔1〕拜衮(gǔn滚):拜授三公之职。拜衮人,指邓廷桢。斗:北斗星。

〔2〕女牛:织女、牛郎星。客槎:即浮槎。《博物志·杂说下》:"旧说天河与海通,近世有人居海滨者,年年八月有浮槎,去来不失期。"

〔3〕濑(lài赖):湍急的水。楼船:兵船。《史记·平准书》:"治楼

船,高十馀丈,旗帜加其上,甚壮。"此指广东水师船。贯月:晋王嘉《拾遗记》记尧时西海浮槎名贯月查(槎)。

〔4〕中流木棑(fēi 费):指横档岛到虎门南山之间的拦江木排铁链。第一道铁链安于南山与饭箩排巨石之间,长三百九丈零,上系大排三十六排;第二道铁链安于南山与横档之间,长三百七十二丈,上系大木排四十四排。每一大排,由四小排联成,每一小排,由四根长四丈五尺的木头联成,穿有横木,并用铁箍箍紧。铁链比碗口还粗,八条合成一股。句下自注:"时有排链之制。"

〔5〕铭勒:在金石上镌刻。燕然:燕然山。《后汉书·窦宪传》:窦宪大破北单于,登燕然山,刻石勒功。此处以铭勒燕然比喻禁烟成功。

〔6〕磨盾:在盾牌把手上磨墨。参见《题孙平叔宫保平台纪事册子》注。觅句:指作诗。

次韵和嶰筠前辈〔1〕

蛮烟一扫众魔降〔2〕,说法凭公树法幢〔3〕。域外贪狼犹帖耳〔4〕,肯教狂噬纵村厖〔5〕。

〔1〕广东禁烟运动开展后,流言蜚语流传,朝臣亦有封章攻讦,矛头指向两广总督邓廷桢。邓廷桢在《呈少穆星使四首》中表白自己的心迹。道光十九年三月二十二日(1839年5月5日)夜,林则徐在虎门写了这两首和诗,推崇邓廷桢的功绩,表示不为流言所动,承担禁烟责任而不愿邓廷桢代过受谤。

〔2〕蛮烟:外国鸦片烟土。众魔:外国鸦片贩子。

〔3〕说法:佛教的讲法、讲道。此处喻指禁烟运动。公:指邓廷桢。法幢(chuáng床):佛教的经幢。此处喻指没收外国鸦片。

〔4〕贪狼:指外国鸦片贩子。帖耳:耳朵下垂,表示驯服。

〔5〕噬(shì示):咬。尨(máng忙):野狗。此句是说岂能让乡村野狗肆意乱咬。这是针对当时广东民间,"始而风影讹传,既而歌谣,以查拿为希旨,以掩捕为贪功,以侦缉为诡谋,以推鞫为酷罚。甚至诬以纳贿,目为营私,讥廷议为急于理财,訾新例为轻于改律"(《清史列传·邓廷桢传》),影射攻击邓廷桢而作出的斥责。

近闻筹海盛封章[1],**突兀班心字有芒**[2]。**谁识然犀经慧照**[3],**那容李树代桃僵**[4]。

〔1〕封章:密封的奏章。

〔2〕突兀:高貌。班心:朝班中御史所站的位置,此处泛指朝臣。芒:芒刺。两句是说:近来听说筹议海防的密奏很多,朝臣居高临下字里行间藏有反对禁烟的芒刺。

〔3〕然犀:燃犀角。南朝宋刘敬督《异苑》卷七:"晋温峤至牛渚矶,闻水底有音乐之声。水深不可测,传言下多怪物,乃燃犀角而照之。"后用以指慧眼洞察妖物。此句感叹朝臣看不到禁烟的深谋远虑,恶意诽谤邓廷桢。

〔4〕李树代桃僵:桃树僵死,以李树代之。《乐府诗集·相和歌辞·鸡鸣》:"桃生露井上,李树生桃旁。虫来啮桃根,李树代桃僵。"这句的意思是:不能让邓廷桢代自己受过,被人诽谤。

题关滋圃《延龄瑞菊图》[1]

滋圃二兄大人莅粤五年[2],筹海宣劳,不遑将母,值太夫人设帨称觥[3],写此图以寄望云之思[4],敬题一诗为寿,即奉教正。

一品斑衣捧寿卮[5],九旬慈母六旬儿[6]。功高靖海长城倚,心切循陔老圃知[7]。浥露英含堂北树[8],傲霜花艳岭南枝[9]。起居八座君恩问,旌节江东指日移[10]。

〔1〕林则徐《己亥日记》:道光十九年八月二十五日(1839年10月2日),"午间邓制军、关提军同来。提军属题《瑞菊延龄图》,为其太夫人明日生辰也,即题应之"。案:原图题《延龄瑞菊图》,去年(1838)关天培母亲八十正庆时,请画家何翀绘之。关滋圃,即关天培,见《谕各国夷人呈缴烟土稿》注。此图今尚存。

〔2〕莅粤五年:道光十四年(1834)九月,关天培奉命来粤任广东水师提督,至此时正好五年。

〔3〕设帨称觥:举杯祝寿。女子生日称设帨。

〔4〕望云:思念双亲。《新唐书·狄仁杰传》:"仁杰登太行山,反顾,见白云孤飞,谓左右曰:'吾亲舍其下。'"

〔5〕一品:关天培任广东水师提督,从一品。斑衣:老莱子斑衣娱亲典事。《初学记》引《孝子传》曰,春秋时楚隐士老莱子行年七十,著五采衣娱于亲侧。后用为孝养父母至老不衰的典故,此以指关天培。卮(zhī

之):盛酒的器皿。

〔6〕九旬:九十。关天培母亲八十一岁,旧俗过八十即称九旬。

〔7〕循畛:巡视田埂。晋束皙《补亡诗·南陔》:"循彼南陔。"

〔8〕浥:湿润。堂北:即北堂,古妇女盥洗之室,后用指母亲。此句颂关母健康长寿。

〔9〕岭南:指广东。此句颂关天培在广东的功业。

〔10〕起居:问候安否之言。八座:古代高级官员如尚书、令、仆射等称八座。此处指关天培。两句的意思是,在道光帝的眷顾下,关天培会很快调迁到家乡江苏任职。

中秋嶰筠尚书招余及关滋圃军门天培饮沙角炮台眺月有作[1]

坡公渡海夸罗浮[2],凉天佳月皆中秋[3]。铁桥石柱我未到[4],黄湾胥口先勾留[5]。今夕何夕正三五[6],晴光如此胡不游。南阳尚书清兴发[7],约我载酒同扁舟。日午潮回棹东指[8],顺流一苇如轻鸥。鼓枻健儿好身手,二十四桨可少休[9]。转眄已失大小虎[10],须臾沙角风帆收。是时战舰多貔貅[11],相随大树驱蚍蜉[12]。炮声裂山杂鼓角,樯影蘸水扬旌旄。楼船将军肃钤律[13],云台主帅精运筹[14]。大宣皇威震四裔,彼服其罪吾乃柔[15]。军中欢宴岂儿戏,此际正复参机谋。行酒东台对落日[16],犹如火伞张郁攸[17]。莫疑秋暑酷于夏,晚凉会有风飕飗。少焉云敛金波流[18],夜潮汹涌抛珠球[19]。涵空一白十万顷,净洗素练悬沧洲[20]。三山倒影入海底,玉宇隐现开琼楼。乘槎我欲凌女牛[21],举杯邀月与月酬。霓裳曲记大罗咏[22],广寒斧是前身修[23]。试陟峰巅看霄汉[24],银河泻露洗我头。森森寒芒动星斗,光射龙穴龙为愁。蛮烟一扫海如镜,清气长此留炎州。三人不假影为伴,袁宏庾亮皆吾俦[25]。醉归踏月凉似水,仍屏傔从祛鸣驺[26]。褰帷拂枕月随入,残宵旅梦皆清幽。今年此夕销百忧,明年此夕相对不?留诗准备别后忆,事定吾欲归田畴。

〔1〕道光十九年八月二十七日(1839年10月4日),林则徐追忆中秋节与邓廷桢、关天培沙角之游,作此七古一章,索邓廷桢和之。诗中抒写作者驱虮蜉、扫蛮烟的豪情,也流露出对前途无法把握的隐忧。

〔2〕坡公:即苏轼,见《同游龙门香山寺记》注。渡海:绍圣元年(1094)十一月,苏轼乘船渡珠江经东江到惠州。罗浮:广州增城县东的罗山、浮山。

〔3〕"凉天"句:句下自注:"东坡诗序语。"苏轼《江月》诗序:"菊花开时乃重阳,凉山佳月即中秋。"

〔4〕铁桥石柱:罗山、浮山间胜景。化用苏轼《游罗浮山一首示儿子过》:"铁桥石柱连空横。"

〔5〕黄湾、胥口:珠江沿岸地名,即韩愈所说"扶胥之口,黄木之湾",在今之黄埔、庙头一带。林则徐赴虎门监督缴烟前,乘船经过其地。

〔6〕三五:十五日,此指八月十五日中秋节。

〔7〕南阳尚书:指邓廷桢。南阳,邓氏郡望。

〔8〕句下自注:"是日退潮在午。"

〔9〕句下自注:"快艇桨廿四不用。"

〔10〕大小虎:句下自注:"两山名。"

〔11〕貔貅(pí xiū 皮休):猛兽,比喻勇士。林则徐道光十九年八月十五日(1839年9月22日)日记:"午后制军来,即同舟赴沙角,在关提军舟中查点日来调集兵勇各船册籍,计前后排列兵船火船共八十馀只。"

〔12〕大树:大树将军。据《后汉书·冯异传》,冯异跟随刘秀作战后,诸将并坐论功,常避于树下,军中号为"大树将军"。此指邓廷桢。蚍蜉:大蚁。此指英国鸦片贩子。

〔13〕楼船将军:西汉将军名号之一,统领水军。此指关天培。钤(qián 钱):兵法。律:军律。

〔14〕云台主帅:汉明帝时,绘像于南宫云台的前朝功臣,有邓禹等二十八将。此指邓廷桢。

〔15〕彼:英国鸦片贩子。柔:怀柔。此句化用《左传·僖公二十八年》:"楚伏其罪,吾且柔之矣。"

〔16〕东台:官署名。此指沙角炮台。林则徐八月十五日日记:"携酒肴邀关提军、黄镇军同赴沙角炮台上小饮。"

〔17〕郁攸:热气。

〔18〕金波:指月光。

〔19〕珠球:指月亮在海中的倒影。

〔20〕素练:银河。

〔21〕乘槎:乘坐浮槎,见《和邓嶰筠前辈廷桢虎门即事原韵》注。女牛:织女、牛郎星。

〔22〕霓裳曲:《霓裳羽衣曲》。大罗:即大罗天,道家称最上一层天。

〔23〕广寒斧:段成式《酉阳杂俎·天咫》记月中有桂,吴刚"学仙有过,谪令伐树"。

〔24〕峰巅:山顶。林则徐八月十五日记:"月出后同登山顶望楼上,玩赏片时。"

〔25〕袁宏(328—376):字彦伯,东晋文学家、史学家。尝月夜于舟中吟咏,为镇西将军谢尚所赏识,事见《晋书·袁宏传》。此处代指邓廷桢。庾亮(289—340):字元规,东晋将军。镇守武昌时,曾乘秋月登南楼游览,吏属殷浩等先至,欲回避,亮曰:"诸君且住,老子于此,兴复不浅。"此处代指关天培。句下自注:"余与嶰筠、滋圃俱登峰巅。"

〔26〕傔(qiàn欠)从:随从人员。鸣驺:随从骑卒吆喝开道。

和韵三首[1]

力挽颓波只手难[2],斋心海上礼仙坛[3]。楼台蜃气还明灭[4],欲棹归槎恐未安[5]。

〔1〕此为道光十九年(1839)广东禁烟期间寄和闽中友人之作。
〔2〕颓波:比喻鸦片流毒。
〔3〕斋心:诚心斋戒。
〔4〕楼台蜃气:指鸦片贩子的走私贩毒活动。
〔5〕槎(chá茶):查,槎,舟船。

敢辞辛苦为苍生,仗节瀛壖愧拥兵[1]。转得虚声驰域外[2],百蛮传檄谬知名[3]。

〔1〕仗节:持有权节,指受命钦差大臣。瀛壖(ruán 软阳平):海边空

地。指广东沿海。

〔2〕虚声:与实际情况不相符合的名声,谦词。此句说到广东禁烟反而使名声传到海外。

〔3〕百蛮:海外各国。传檄:传送禁烟文告。

一苇安能纵所如〔1〕,思乡惟望抵金书〔2〕。欲知双鬓新添雪,恰切江船握别初。

〔1〕一苇:一捆芦苇,即一叶扁舟。化用苏轼《前赤壁赋》:"纵一苇之所如,凌万顷之茫然。"此处感慨一苇不足当渡航之任,禁烟未达到为中原除巨患之源的目的。

〔2〕抵金书:用唐杜甫《春望》诗意:"烽火连三月,家书抵万金。"

庚子岁暮杂感〔1〕

病骨悲残岁,归心落暮潮。正闻烽火急〔2〕,休道海门遥〔3〕。蜃市连云幻〔4〕,鲸涛挟雨骄〔5〕。旧惭持汉节〔6〕,才薄负中朝〔7〕。

〔1〕道光二十年十二月底(1841年1月中旬),革职后留粤查问原委的林则徐,感怀时事,写下这四首诗。

〔2〕烽火:战争警报,指英军围攻虎门各炮台。林则徐《庚子日记》,道光二十年十二月十五日(1841年1月7日),"英夷攻沙角、大角炮台,三江协副将陈连陞及其子某力战死。三江营兵死者百馀人,惠州

兵死者亦将百人"。十八日(10日),"闻英夷兵船围镇远、威远、靖远等炮台"。二十三日(15日),"连日省河戒严,今日闻虎门夷兵稍退"。

〔3〕海门:海口,此指虎门。

〔4〕蜃市:即海市蜃楼。此处借指局势变幻莫测。

〔5〕鲸涛:鲸鱼掀起的巨涛,借指英国兵舰的攻势。

〔6〕汉节:使臣所持的凭证。《史记·大宛列传》:张骞"持汉节不失"。林则徐使粤持有钦差大臣关防。

〔7〕中朝:朝廷。

此涕谁为设[1],多惭父老情。长红花尽嫩[2],大白酒先倾。早悟鸡虫失[3],毋劳燕蝠争[4]。君看沧海使[5],频岁几回更[6]。

〔1〕"此涕"句:句下自注:"用东坡句。"即苏轼《罢徐州往南京,马上走笔寄子由》:"而我本无恩,此涕谁为设?"

〔2〕"长红"句:化用苏轼上注诗中"花枝嫩长红"之句。指林则徐罢官时,广州民众痛惜攀辕的情景。林则徐《庚子日记》:道光二十年九月二十九日(1840年10月24日),"连日铺户居民来攀辕者填于衢巷,皆慰遣之;其所制靴、伞及香炉、明镜等物俱发还,惟颂牌数十对置于天后宫"。

〔3〕鸡虫失:杜甫《缚鸡行》:"鸡虫得失无了时,注目寒江倚山阁。"比喻细微的得失。

〔4〕燕蝠争:宋朋九万《东坡乌台诗案》引小语:"燕以日出为旦,日入为夕;蝙蝠以日入为旦,日出为夕。争之不决,诉之凤凰。"比喻无意义的争吵。

〔5〕沧海使:指两广总督一职。

〔6〕"频岁"句：一年之内更换好几回。案：道光二十年正月初一(1840年2月3日)，林则徐接替邓廷桢任两广总督；九月二十五日(10月20日)，林则徐奉旨"交部严加议处"，由怡良署理；十一月十一日(12月4日)，琦善接任两广总督。

幸饮修仁水〔1〕，曾无陆贾装〔2〕。通江知蒟酱〔3〕，掷井忆沉香〔4〕。椎结终无赖〔5〕，羁縻或有方。茹荼心事苦〔6〕，愧尔颂甘棠〔7〕。

〔1〕修仁：广西县名。此指两广。
〔2〕陆贾：楚人，以客从刘邦建立汉朝。有辩才。汉初两度出使南越，使南越王赵佗称臣归汉。陆贾装，当指陆贾之"橐中装"。《史记》本传载，赵佗"赐陆生橐中装直千金，他送亦千金"。《汉书·陆贾传》颜注："有底曰囊，无底曰橐。言其宝物质轻而价重，可入橐囊以赍行，故曰橐中装也。"句中指自己不曾收受贿赂。
〔3〕通江：水路交通贸易。蒟(jǔ举)酱：蒟子酱，一种用胡椒科植物做的酱。《史记·西南夷列传》："独蜀出蒟酱。"汉武帝使臣唐崇在番禺(今广州)见蒟酱，由此探知由蜀经夜郎(今贵州)顺牂柯江往番禺的水路通道。
〔4〕"掷井"句：《晋书·吴隐之传》：广州刺史吴隐之离任时，"其妻刘氏赍沉香一斤，隐之见之，遂投于湖亭之水"。掷沉香于水，显示清操廉洁。
〔5〕椎结：一撮之髻，其形如椎。《史记·陆贾传》：南越王赵佗"椎结箕踞见陆生"。这里借喻英国侵略者。
〔6〕茹：吃。荼(tú途)：苦菜。
〔7〕甘棠：《诗经·召南》有《甘棠》篇，朱熹《诗集传》："召伯循行

237

南国,以布文王之政,或舍甘棠之下,其后人思其德,故爱其树而不忍伤也。"后因以"甘棠"称颂地方官有惠政于民者。林则徐《庚子日记》,道光二十年十月初二日(1840年10月26日)附记粤东绅民呈送颂牌:"十三行街六约众铺民广盛店等送牌二对:'甘棠遗爱,琴鹤清风';'恫瘝在抱,饥溺关心'。"

朝汉荒台古[1],登临百感生。能开三面垒,孰据万人城[2]。杨仆空横海[3],终军漫请缨[4]。南溟去天远,重镇要威名。

　　[1] 朝汉:朝汉台,南越王赵佗初遇陆贾处,在今广东佛山南海区。
　　[2] 万人城:指广州城。
　　[3] 杨仆(pú 蒲):汉武帝时楼船将军。元鼎五年(前112),率师出豫章,下横浦,以击南越。横海,即横浦。
　　[4] 终军:汉武帝时使臣,元鼎四年(前113)奉使南越。漫:枉然。请缨:《汉书·终军传》:"(汉武帝)乃遣军使南越,说其王,欲令入朝,比内诸侯。军自请:'愿受长缨,必羁南越王而致之阙下。'"

辛丑三月十七日室人生日有感[1]

敢将梁案举齐眉[2],家室苍茫感仳离[3]。度岭芒鞋浑入梦[4],支床蓬鬓强临歧[5]。剧怜草长莺飞日,正是鸾飘凤泊时[6]。婪尾一杯春已暮[7],儿曹漫献北堂卮[8]。

　　[1] 道光二十一年三月十七日(1841年4月8日),林则徐夫人郑

淑卿五十三岁生日。时林则徐留寓广州,而夫人和三儿、四儿已于二月初九日(3月1日)离广州赴南雄寄寓。林则徐以复杂而沉重的心情作第九号家书并赋此诗寄南雄。

〔2〕梁案举齐眉:夫妻相敬如宾。《后汉书·梁鸿传》:"鸿为人赁舂。每归,妻为具食,不敢于鸿前仰视,举案齐眉。"

〔3〕伾(pǐ匹)离:夫妻分离。

〔4〕芒鞋:草鞋。句下自注:"去冬彝、枢两儿私祝:如得奉亲早归,当徒步过庾岭。"

〔5〕临歧:在三岔路口分别。

〔6〕草长莺飞:春天的景象。丘迟《与陈伯之书》:"暮春三月,江南草长,杂花生树,群莺乱飞。"鸾飘凤泊:鸾、凤飘泊分离。林则徐夫妻别离时,正是春天。

〔7〕婪(lán)尾:此指婪尾酒。唐代宴饮时酒巡至末座为婪尾,即最后一杯。

〔8〕北堂:指母亲。此句指只有两个儿子为母亲祝寿。

偕老刚符百十龄〔1〕,相期白首影随形。无端骨肉分三地,遥比河梁隔两星〔2〕。莲子房深空见薏〔3〕,桃花浪急易飘萍〔4〕。遥知手握牟尼串〔5〕,犹念金刚般若经〔6〕。

〔1〕百十龄:林则徐时年五十七,和夫人年龄相加,正好一百一十岁。

〔2〕"无端"二句:写家人分散。作者自注:"余留滞羊城,夫人携两儿寓南雄,大儿由吴门返棹来粤,尚在途次。"两星:牛郎与织女星。

〔3〕"莲子"句:用谐音以表达相爱相思而难以相聚之情。莲子,谐怜子。薏,谐忆。

〔4〕桃花:桃花汛。农历二、三月桃花盛开时节,冰化雨积,黄河等处水猛涨,称为桃花汛。隐喻夫人生日时节。

〔5〕牟尼串:即念珠串。

〔6〕金刚般若经:佛教的《金刚般若波罗蜜经》。

张仲甫舍人闻余改役东河以诗志喜因叠寄谢武林诸君韵答之〔1〕

一舸浮江木叶秋,传闻飞鹊过扬州〔2〕。自羞东障难为役〔3〕,漫笑西行不到头〔4〕。供奉更吟中道放〔5〕,杜陵犹想及关愁〔6〕。故人喜意看先到〔7〕,高唱君家八咏楼〔8〕。

〔1〕道光二十一年六月十六日(1841年8月2日),黄河在开封西北的南厅祥符汛三十一堡决口,淹及河南、安徽两省六府二十三州县。七月初三日(8月19日),道光帝命"林则徐著免其遣戍,即发往东河效力赎罪"。七月十五日(8月31日),林则徐在扬州仪征得旨折往东河途中,收到友人张应昌的祝贺诗,即作此诗答谢,并抒写忧国忧时的愁绪。张仲甫,即张应昌,字仲甫,浙江归安人,林则徐恩师张师诚之子。

〔2〕"传闻"句:句下自注:"太白流夜郎,半道赦回,书怀诗云:'万舸此中来,连帆过扬州。送此万里目,旷然散我愁。'又云:'五色云间鹊,飞鸣天上来。传闻赦书至,却放夜郎回。'与余今日扬州得旨,情事正合。"

〔3〕东障:指东河堵塞决口的工程。

〔4〕西行:指西去伊犁戍所。

〔5〕供奉:指李白。李白于天宝初供奉翰林。

〔6〕杜陵:指杜甫。杜甫尝自称"杜陵布衣"。及关愁:杜甫《秦州杂诗》:"迟回度陇怯,浩荡及关愁。"

〔7〕故人:指张应昌。林则徐初入宦途,便与他过从往来。

〔8〕八咏楼:在浙江金华,原名玄畅楼,为南齐东阳太守沈约所建。北宋初,婺州知州冯沆以沈约在此作有八咏诗,改名八咏楼。此处比喻张应昌的诗。

尺书来讯汴堤秋,叹息滔滔注六州〔1〕。鸿雁哀声流野外〔2〕,鱼龙骄舞到城头〔3〕。谁输决塞宣房费〔4〕,况值军储仰屋愁〔5〕。江海澄清定何日,忧时频倚仲宣楼〔6〕。

〔1〕注六州:作者自注:"时豫省之开、归、陈,皖省之凤、颍、泗六属被淹。"

〔2〕鸿雁哀声:《诗经·小雅·鸿雁》:"鸿雁于飞,哀鸣嗷嗷。"指灾民。

〔3〕城头:指开封城。黄河在祥符决口后,洪水冲溃开封护城堤,分三股直注城下南门,溢满城厢,深及丈馀。

〔4〕宣房:宣泄防御。汉武帝时塞瓠子决口,筑宣房宫。

〔5〕仰屋:举首望屋,形容处于困境而无计可施。《后汉书·寒朗传》:"及其归舍,口虽不言,而仰屋窃叹。"

〔6〕仲宣楼:在湖北当阳东南,因汉末王粲(字仲宣)在此作《登楼赋》,抒发思乡之情和怀才不遇的愁绪而得名。案:林则徐在道光二十三年(1843)仲春从伊犁写给张应昌的信中追忆说:"彼时荷戈之役虽已停留,而鄙念固知其终难免,曾于奉和诗中'愁'字韵脚,聊抒胸臆。"

喜桂丹盟超万擢保定同知
寄贺以诗并答来书所询近状
即次见示和杨雪茮原韵[1]

枳棘频年厄鸾凤[2],直声今果报迁官[3]。有人门上嗟生莠[4],从此河干重伐檀[5]。鹰隼出尘前路迥,豺狼当道惜身难[6]。头衔冰样清如许,露冕从容父老看[7]。

〔1〕此诗作于道光二十一年(1841)冬,时在东河祥符治水工地。桂丹盟,即桂超万(1784—1863),字丹盟。安徽贵池人。道光十三年(1833)进士。著有《宦游纪略》、《养浩斋诗稿》。江苏任官时为林则徐旧属。杨雪茮,即杨庆琛(1783—1867),原名际春,字廷元,号雪茮,福建侯官(今福州市)人。林则徐同学。这时也寄来赠诗,林则徐用其原韵,酬答桂超万。

〔2〕枳棘:多刺的灌木树丛。《后汉书·仇览传》:"枳棘非鸾凤所栖。"

〔3〕直声:正直的名声。迁官:升官。

〔4〕"有人"句:《左传·襄公三十年》:"过伯有氏,其门上生莠。子羽曰:'其莠犹在乎?'于是岁在降娄,降娄中而旦。神灶指之曰:'可以终岁,岁不及此次也矣。'及其亡也,岁在女取訾之口。"指恶人终将灭亡,不能久存。

〔5〕河干重伐檀:《诗经·魏风·伐檀》:"坎坎伐檀兮,置之河之干兮。"句下自注:"君在直,忤上官,几遭不测。今宦局忽更,乃擢河工要

职。"宦局忽更,指直隶总督琦善调任两广总督。

〔6〕豺狼当道:荀悦《汉纪·平帝纪》:"豺狼当道,安问狐狸。"指坏人掌权。

〔7〕冕:官帽。

秦台舞罢笑孤鸾[1],白发飘零廿载官。半道赦书惭比李[2],长城威略敢论檀[3]。石衔精卫填何及[4],浪鼓冯夷挽亦难[5]。我与波斯同皱面[6],盈盈河渚带愁看。

〔1〕"秦台"句:化用李商隐《破镜》诗:"秦台一照山鸡后,便是孤鸾罢舞时。"秦台,秦咸阳宫大镜,此指官场舞台。孤鸾,孤单的鸾鸟,此用以自指。

〔2〕"半道"句:作者自注:"遣戍玉关,蒙恩放回,于役东河,略似太白流夜郎故事。"

〔3〕檀:即檀道济(?—436),南朝宋名将,功高为文帝所忌杀。《宋书·檀道济传》:收捕前,道济"脱帻投地曰:'乃复坏汝万里之长城'"。后以长城比喻功臣。

〔4〕石衔精卫:即精卫填海。《山海经·北次三经》:精卫"常衔西山之木石,以堙于东海"。此处比喻禁烟抗英。

〔5〕浪鼓:比喻黄河决口。冯夷:神话传说中的河伯。《清泠传》:冯夷"华阴潼乡堤首人也,服八石得水仙,是为河伯"。

〔6〕波斯:即波斯枣,枣皮多皱,见《骈字凭霄》。

壬寅二月祥符河复仍由河干遣戍伊犁蒲城相国涕泣为别愧无以慰其意呈诗二首[1]

幸瞻巨手挽银河,休为羁臣怅荷戈[2]。精卫原知填海误,蚊虻早愧负山多[3]。西行有梦随丹漆[4],东望何人问斧柯[5]。塞马未堪论得失[6],相公且莫涕滂沱[7]。

[1] 道光二十二年二月初八日(1842年3月18日),祥符决口合龙。前一天,道光帝降旨:"现在东河合龙在即,林则徐仍遵前旨即行起解,发往伊犁效力赎罪。"相传林则徐在庆功宴上得旨,即由河干启程。王鼎涕泣送别,林则徐写了这两首诗。蒲城相国,即王鼎(1760—1842),字省厓,号定九,陕西蒲城人。嘉庆元年(1796)进士。时任东阁大学士、军机大臣,特派总办河务。

[2] 羁臣:羁放之臣。此为自指。

[3] 蚊虻:蚊子和虻虫,比喻才能微薄。《庄子·秋水》:"犹使蚊负山,商蚷驰河也,必不胜任矣。"商蚷,即"马陆",一种节肢动物。

[4] 丹漆:即丹墀。《汉官仪》:"以丹漆阶上,地曰丹墀。"借指朝廷或君主。

[5] 斧柯:斧柄。旧题南朝梁任昉《述异记》:晋王质入山伐木,见童子数人弈棋而歌,因置斧听之,童子与一物如枣核,含之不饥。不久,童子催归,质起视斧柯已烂尽。既归,去家已数十年,亲故殆尽。此句用其意,谓遣戍伊犁时间很长,不知会有什么人问起。

〔6〕"塞马"句:即塞翁失马,焉知非福。《淮南子·人间训》:"近塞上之人,有善术者,马无故亡而入胡,人皆吊之。其父曰:'此何遽不为福乎?'居数月,其马将胡骏马而归。"

〔7〕滂沱:泪下如雨。《诗经·陈风·泽陂》:"涕泗滂沱。"

元老忧时鬓已霜,吾衰亦感发苍苍。馀生岂惜投豺虎[1],群策当思制犬羊[2]。人事如棋浑不定,君恩每饭总难忘[3]。公身幸保千钧重,宝剑还期赐尚方[4]。

〔1〕馀生:晚年。投豺虎:供豺虎吞食。《诗经·小雅·巷伯》:"取彼谮人,投畀豺虎。"此指遣戍伊犁。

〔2〕犬羊:指入侵中国的英军。

〔3〕"君恩"句:杜甫忠君爱国,人称其"每饭不忘君"。此处化用其意。

〔4〕赐尚方:皇帝赐以御用宝剑,即特别的使命和权力。案:郭则沄《十朝诗乘》卷十五认为此句"意在琦善"。范文澜《中国近代史》上册解为取佞臣的头。

赴戍登程口占示家人[1]

出门一笑莫心哀,浩荡襟怀到处开。时事难从无过立,达官非自有生来。风涛回首空三岛[2],尘壤从头数九垓[3]。休信儿童轻薄语,嗤他赵老送灯台[4]。

〔1〕道光二十二年七月初六日(1842年8月11日),林则徐在西安养病两个多月后,登程赴戍,口吟这两首诗留别家人。其中"苟利国家生死以,岂因祸福避趋之"为千古名句,传颂不衰。

〔2〕三岛:传说中的海上三座神山。借指受英军蹂躏的南中国沿海。

〔3〕九垓(gāi 该):南朝梁简文帝《南郊颂序》:"九垓同轨,四海无波。"泛指中国。

〔4〕嗤(chī 痴):讥笑,鄙视。赵老送灯台:自注:"见《归田录》。"北宋欧阳修《归田录》卷二载:"俚谚曰:'赵老送灯台,一去更不来。'不知是何等语,虽士大夫(一作君子)亦往往道之。天圣中,有尚书郎赵世长者,常以滑稽自负,其老也,求西京留台御史,有轻薄子送以诗云:'此回真是送灯台。'"

力微任重久神疲,再竭衰庸定不支。苟利国家生死以〔1〕,岂因祸福避趋之。谪居正是君恩厚,养拙刚于戍卒宜〔2〕。戏与山妻谈故事,试吟断送老头皮〔3〕。

〔1〕苟利:如果有利。以:付与。此句化用《左传·昭公四年》春秋郑国大夫子产语:"何害?苟利社稷,死生以之。"

〔2〕养拙:意同守拙。上句和本句均为聊以自慰的话。

〔3〕"戏与"二句:用苏轼事。山妻:自称其妻的谦词。故事,指宋真宗召对杨朴故事,作者自注:"宋真宗闻隐者杨朴能诗,召对问:'此来有人作诗送卿否?'对曰:'臣妻有一首,云:更休落魄耽杯酒,且莫猖狂爱咏诗。今日捉将官里去,这回断送老头皮。'上大笑,放还山。东坡赴诏狱,妻子送出门皆哭。坡顾谓曰:'子独不能如杨处士妻作一首诗送我乎?'妻子失笑,坡乃出。"事见苏轼《东坡志林》卷二,所引文字与原文有

246

出入。

程玉樵方伯德润饯予于兰州藩廨之若己有园次韵奉谢[1]

短辕西去笑羁臣,将出阳关有故人[2]。坐我名园觞咏乐,倾来佳酝色香陈。开轩观稼知丰岁[3],激水浇花绚古春[4]。不问官私皆护惜,平泉一记义标新[5]。

〔1〕道光二十二年八月初四日(1842年9月8日),程德润在甘肃布政使衙署后面的若己有园为林则徐饯行,林则徐和诗两首答谢。程德润,字玉樵,湖北天门人。嘉庆十九年(1814)进士。时任甘肃布政使。

〔2〕"将出"句:唐王维《渭城曲》:"西出阳关无故人。"此处反其意而用之。

〔3〕轩:指署中后园的宝稼堂。林则徐是日日记:"其署中后园有林泉之胜……中有稻田蔬圃,其上为宝稼堂。"

〔4〕"激水"句:自注:"小山后有石湫吐水,灌入园圃。"

〔5〕平泉一记:李德裕《平泉山居草木记》。这里借指程德润所撰《若己有园记》。自注:"君自撰园记,语多真谛。"

我无长策靖蛮氛,愧说楼船练水军[1]。闻道狼贪今渐戢[2],须防蚕食念犹纷[3]。白头合对天山雪,赤手谁摩岭海云。多谢新诗赠珠玉,难禁伤别杜司勋[4]。

〔1〕"愧说"句:为在广东任上未能办成造船制炮、训练水军的海防要务而感到惭愧。

〔2〕"闻道"句:听说英国侵略者现在有所收敛。案:林则徐所得传闻不确,英军攻占镇江后,又进逼江宁,在十天前(七月二十四日,8月29日)迫使耆英签订第一个不平等条约《江宁条约》。

〔3〕"须防"句:我的脑中萦绕着须防蚕食的想法。纷:连续不断。

〔4〕"难禁"句:化用李商隐《杜司勋》诗:"刻意伤春复伤别,人间唯有杜司勋。"杜司勋,即唐代诗人杜牧。杜牧曾任司勋员外郎,故称。

次韵答王子寿柏心[1]

太息恬嬉久,艰危兆履霜[2]。岳韩空报宋[3],李郭或兴唐[4]。果有元戎略[5],休为谪宦伤。手无一寸刃,谁拾路傍枪。

〔1〕道光二十二年八月初(1842年9月中旬)作于兰州。王子寿柏心,见《致姚椿王柏心书》注。

〔2〕履霜:《周易·坤》:"履霜坚冰至。"因履霜而知寒冬将至。

〔3〕岳:岳飞,见《重修于忠肃公祠墓记》注。韩:韩世忠(1089—1151),字良臣,绥德人。南宋抗金名将。宋金议和时,被召回临安,解除兵权。此句自比岳、韩空怀报国之心。

〔4〕李:李光弼(708—764),营州柳城(今辽宁朝阳南)契丹族人。唐大将。郭:郭子仪(697—781),华州郑县(今陕西渭南市华州区)人。唐大将。李、郭在平定"安史之乱"中屡立战功。此句谓或有李、郭式的

人物出现,振兴国家。

〔5〕元戎:主将。

次韵答宗涤楼稷辰赠行[1]

岂为一身惜,将如时事何。绸缪空牖户[2],涓滴已江河[3]。军尽惊飞镝[4],人能议止戈[5]。华严诵千偈[6],信否伏狂魔[7]。

〔1〕道光二十二年八月初(1842年9月中旬),在兰州所作。宗涤楼,即宗稷辰(1788—1867),字迪甫,号涤楼,浙江会稽(今绍兴市)人。道光举人,官山东运河道。

〔2〕绸缪(móu谋)空牖(yǒu友)户:《诗经·豳风·鸱鸮》:"迨天之未阴雨,彻彼桑土,绸缪牖户。"此句意为未雨绸缪落了空。

〔3〕涓滴江河:《孔子家语·观周》:"涓涓不壅,终为江河。"此句意为涓滴已成江河,不可收拾。

〔4〕镝(dí敌):箭镞。此处引申为枪炮声。

〔5〕止戈:止息兵戈。

〔6〕华严:《华严经》。偈:偈陀(梵文Gatna)的简称,佛经中的唱词。

〔7〕狂魔:指英国侵略者。

昨枉琼瑶杂[1],驰情到雪山。投荒非我独,寻梦为君还。但祝中原靖,奚辞绝塞艰。只身万里外,休戚总相关[2]。

〔1〕琼瑶:美玉,对别人诗文书信的美称。

〔2〕休戚:欢乐与忧愁、福与祸。

子茂簿君自兰泉送余至凉州且赋七律四章赠行次韵奉答[1]

弃璞何须惜卞和[2],门庭转喜雀堪罗[3]。频搔白发惭衰病,犹剩丹心耐折磨。忆昔逢君怜宦薄[4],而今依旧患才多[5]。鸾凰枳棘无栖处[6],七载蹉跎奈尔何[7]!

〔1〕道光二十二年八月十四日(1842年9月28日),陈德培陪送林则徐西行至凉州。十五日(29日)晚,林则徐和陈德培赠行诗答谢。子茂,即陈德培,字子茂,时任甘肃安定县(今定西市)主簿,见《洋事杂录》注。兰泉,即兰州,唐时称为五泉。

〔2〕"弃璞"句:指春秋楚王不识玉,反而砍去献璞人卞和双脚。事见《韩非子·和氏》。

〔3〕"门庭"句:《史记·汲郑列传》赞:"始翟公为廷尉,宾客阗门;及废,门外可设雀罗。"转喜,反而高兴,自慰语。

〔4〕昔:过去,指林则徐任江苏巡抚时。

〔5〕患才多:与上句"怜宦薄"互文见义,指为陈子茂怀才不遇而不平。

〔6〕鸾凰枳棘:见《喜桂丹盟超万擢保定同知寄贺以诗并答来书所询近状即次见示和杨雪荅原韵》注。

〔7〕"七载"句：自注："子茂来甘肃应即补官，而七年未有虚席。"

送我西凉浃日程〔1〕，自驱薄笨短辕轻〔2〕。高谭痛饮同西笑〔3〕，切愤沉吟似北征〔4〕。小丑跳梁谁殄灭，中原揽辔望澄清〔5〕。关山万里残宵梦，犹听江东战鼓声〔6〕！

〔1〕"送我"句：八月初七日（9月21）,陈德培陪送林则徐从兰州启程，至十四日（28日）到凉州，行程八天。西凉：指凉州。浃（jiá 颊）日：十天。此取约数。
〔2〕薄笨：薄笨车，粗简的小车。林则徐《壬寅日记》：八月初七日，"圈车仍十五辆，每辆四千九百文，亦到凉州，另换大车"。
〔3〕西笑：桓谭《新论》："人闻长安乐，则出门西向相笑。"
〔4〕北征：即《北征赋》。西汉末班彪避居河西，作《北征赋》，抒写望治不得的郁闷心情。
〔5〕"中原"句：典出《后汉书·范滂传》，见《致邵懿辰书》注。
〔6〕江东：江南。

银汉冰轮挂碧虚〔1〕，清光共挹广寒居〔2〕。玉门杨柳听羌笛〔3〕，金碗葡萄漾麹车〔4〕。临贺杨凭休累客〔5〕，惠州昙秀许传书〔6〕。羁怀却比秋云淡，天外无心任卷舒。

〔1〕银汉：银河。冰轮：明月。
〔2〕"清光"句：作者自注："是日中秋。"
〔3〕"玉门"句：化用唐王之涣《凉州词》："羌笛何须怨杨柳，春风不度玉门关。"

〔4〕麹(qū屈)车:酒车。麹,酒麹,指酒。

〔5〕临贺:县名,今广西贺州。杨凭:唐大历进士,官湖南江西观察使、刑部侍郎。入拜京兆尹,为御史中丞李夷简所劾,贬为临贺县尉。见新旧《唐书》本传。此处为自指。累:连累。客:此指陈德培。

〔6〕惠州:地名,今属广东。昙秀:苏轼流放惠州时期为之传递书信的朋友。苏轼《书过送昙秀诗后》:"仆在广陵作诗送昙秀云:'老芝如云月,炯炯时一出。'今昙秀复来惠州见予,予病,已绝不作诗。"此处借指陈德培。

也觉霜华鬓影侵,知君关陇历岖嵚〔1〕。纵然鸡肋空馀味〔2〕,莫使龙泉减壮心〔3〕。晚嫁不愁倾国老,卑栖聊当入山深。仇香岂是鹰鹯性〔4〕,奋翼天衢有赏音。

〔1〕岖嵚(qīn钦):崎岖不平。

〔2〕鸡肋:三国杨修语:"夫鸡肋,弃之如可惜,食之无所得。"这里借喻陈德培的官职。

〔3〕龙泉:龙泉剑。《晋书·张华传》载,张华见斗、牛二星之间有紫气,便使人掘地得到龙泉、太阿二剑。

〔4〕仇香:即仇览,字季智,一名青。东汉陈留考城(今河南兰考)人。《后汉书·仇览传》:仇览年四十为蒲亭长时,曾感化陈元为孝子。考城令王涣闻之,置为主簿,谓览曰:"主簿闻陈元之过,不罪而化之,得无少鹰鹯之志耶?"览曰:"以为鹰鹯,不若鸾凤。"鹰鹯(zhān毡),猛禽。

将出玉关得嶰筠前辈
自伊犁来书赋此却寄[1]

与公踪迹靳从骖[2],绝塞仍期促膝谈。他日韩非惭共传[3],即今弥勒笑同龛[4]。扬沙瀚海行犹滞,啮雪穹庐味早谙[5]。知是旷怀能作达[6],只愁烽火照江南。

[1] 道光二十二年九月初五日(1842年10月8日),林则徐行至肃州,收到邓廷桢从伊犁来信。次日(9日),在肃州行馆作书并赋此诗回寄。玉关,玉门关,此指嘉峪关。肃州至嘉峪关七十里,出关后到玉门县。林则徐《壬寅日记》九月初十日(10月14日)记:"玉门县系乾隆二十四年御赐今名,非古之玉门也。古玉门关在今敦煌县境,今之驿路不必由之。"

[2] 靳(jīn今):车中马。骖(cān 餐):车旁马。从:追随。《左传·定公九年》:"吾从子,如骖之靳。"

[3] 韩非(前280? —前233):战国末法家代表人物,著有《韩非子》。共传:指韩非与老子共一传记,即《史记·老子韩非列传》。

[4] 弥勒:佛教的未来佛。同龛(kān):同一佛龛。龛,供佛的小阁。

[5] 穹庐:游牧民族居住的毡帐,其形穹隆。啮雪穹庐,用汉苏武事。苏武羁匈奴不屈节,"单于愈益欲降之,乃幽武置大窖中,绝不饮食。天雨雪,武卧啮雪与旃毛并咽之,数日不死。"事见《汉书·李广苏武传》。谙:熟悉。

〔6〕达:达观开朗。

公比鲰生长十年[1],鬖鬖犹喜未皤然。细书想见眸双炯[2],故纸难抛手一编[3]。僦屋先教烦次道[4],携儿也许学斜川[5]。中原果得销金革,两叟何妨老戍边。

〔1〕鲰(zōu 邹)生:小生。此用以自指。
〔2〕"细书"句:自注:"公年垂七十,作小字不用叆叇,昨枉来教,细书愈为精妙。"
〔3〕"故纸"句:自注:"来书云然。"
〔4〕"僦屋"句:自注:"来示许为觅屋。"
〔5〕斜川:即苏过(1072—1123),字叔党,苏轼幼子。自号斜川居士。自注:"昔坡公以三子叔党随至谪所,今公与余各携少子出关。"

出嘉峪关感赋[1]

严关百尺界天西[2],万里征人驻马蹄。飞阁遥连秦树直[3],缭垣斜压陇云低。天山巉削摩肩立[4],瀚海苍茫入望迷[5]。谁道殽函千古险[6],回看只见一丸泥[7]。

〔1〕林则徐赴戍途中,过嘉峪关所作。据林则徐《壬寅日记》:道光二十二年九月初八日(1842年10月11日),"今晨起行,余策马出嘉峪关"。嘉峪关,明长城西端的起点。洪武五年(1372),冯胜下河西,在嘉峪山西麓建土城,为置关之始。弘治七年(1494)正月,匾关曰"镇西"。

关城为西大东小的梯形建筑,城墙东长154米,西长166米,南北各长160米。关城西头外还有罗城。

〔2〕界天西:明代以长城作为中原与西部少数民族地区的边墙。

〔3〕飞阁:指城楼。林则徐过此所见:"城楼三座,皆三层,巍然拱峙。"案:东西关门外瓮城和罗城大门上均有城楼,关城四隅和罗城西面南北端均有角楼,南、北城墙正中有敌楼。

〔4〕天山:指祁连山。顾祖禹《读史方舆纪要》:"匈奴呼天为祁连也。"

〔5〕瀚海:指大戈壁沙漠。林则徐自记出关所见情景:"近关多土坡,一望皆沙漠,无水草树木,稍远则有南北两山,南即雪山,北即边墙,外皆蒙古及番地耳。"

〔6〕殽(xiáo崤)函:殽山和函谷关。函谷关,战国时秦国所设,东起殽山,西自潼津。在今河南灵宝东北。司马光《资治通鉴》:周赧王三年(前312),"楚、赵、韩、魏、燕伐秦,攻函谷关"。置关当在此之前。殽、函自古为进入关中的险要关隘。

〔7〕一丸泥:《后汉书·隗嚣传》载,隗嚣将王元曰:"今天水完富,士马最强,北收西河、上郡,东收三辅之地,案秦旧迹,表里河山。元请以一丸泥为大王东封函谷关,此万世一时也。"

东西尉侯往来通〔1〕,博望星槎笑凿空〔2〕。塞下传笳歌敕勒〔3〕,楼头倚剑接崆峒〔4〕。长城饮马寒宵月〔5〕,古戍盘雕大漠风。除是卢龙山海险,东南谁比此关雄〔6〕!

〔1〕尉侯:汉朝在边郡和西域置尉、侯等官,率兵戍守,或接待东西往来使者。

〔2〕博望:指张骞(？—前114)。因通西域,抗匈奴,元朔二年(前

127)被汉武帝封为博望侯。凿空:《史记·大宛列传》:"骞所遣使通大夏之属者,皆颇与其人俱来,于是西北国始通于汉矣。然张骞凿空,其后使往者皆称博望侯,以为质于外国,外国由此信之。"

〔3〕笳:胡笳。敕勒:指北朝鲜卑民歌《敕勒歌》。齐时汉译曰:"敕勒川,阴山下。天似穹庐,笼盖四野。天苍苍,野茫茫。风吹草低见牛羊。"

〔4〕倚剑:宋玉《大言赋》:"方地为车,圆天为盖,长剑耿耿倚天外。"崆峒:甘肃平凉之崆峒山。

〔5〕长城饮马:长城旁有水窟,可以给马饮水。古乐府瑟调曲有《饮马长城窟行》,见《乐府诗集》。

〔6〕卢龙:指卢龙山。今河北喜峰口附近。两句是说除了卢龙山据有山海之险,东南再找不到比嘉峪关更雄伟的关塞了。

敦煌旧塞委荒烟〔1〕,今日阳关古酒泉〔2〕。不比鸿沟分汉地〔3〕,全收雁碛入尧天〔4〕。威宣贰负陈尸后〔5〕,疆拓匈奴断臂前〔6〕。西域若非神武定〔7〕,何时此地罢防边?

〔1〕敦煌:《汉书·地理志》:"敦煌郡,武帝后元年分酒泉置。"郡治敦煌等六县,汉唐时是中原通西域的门户。旧塞:往昔边防的关塞。

〔2〕阳关:西汉时置,故址在今敦煌西南古董滩附近。酒泉:古城在福禄城(今甘肃酒泉)。《河西旧事》云"城下有泉","其水若酒",故名。或谓霍去病征匈奴到此,汉武帝赏赐御酒犒劳,倾酒入泉与三军共饮,因之得名。

〔3〕鸿沟:古运河名,在今河南省。楚汉相争时,曾划鸿沟为界,东楚西汉。

〔4〕雁碛(qì气):塞外沙漠之地。尧天:《宋史·乐志》:"九州臻禹

会,万国戴尧天。"以尧天赞美盛世。此处喻指强盛的汉朝。

〔5〕贰负:古天神。《山海经·海内北经》:"贰负神在其(鬼国)东,其为物人面蛇身。"陈尸:《山海经·海内西经》载,贰负因杀人面蛇身的天神窫窳(zhá yú 闸予),天帝"乃梏之疏属之山,桎其右足,反缚两手与发,系之山上木"。这句借指嘉峪关外的少数民族,被汉朝的武力所征服。

〔6〕匈奴断臂:《史记·大宛列传》载张骞之言:"臣居匈奴中,闻乌孙王号昆莫,昆莫之父,匈奴西边小国也。匈奴攻杀其父,而昆莫生弃于野。乌口衔肉蜚其上,狼往乳之。单于怪以为神,而收长之。及壮,使将兵,数有功,单于复以其父之民予昆莫,令长守于西域。……单于死,昆莫乃率其众远徙,中立,不肯朝会匈奴。匈奴遣奇兵击,不胜,以为神而远之,因羁属之,不大攻。今诚以此时而厚币赂乌孙,招之益东,居故浑邪之地,与汉结昆弟,其势宜听,听则是断匈奴右臂也。"这句的意思是:汉朝采纳断匈奴右臂之策,把疆土拓展到西域。

〔7〕神武:即汉武帝。

一骑才过即闭关,中原回首泪痕潸。弃繻人去谁能识〔1〕?投笔功成老亦还〔2〕。夺得胭脂颜色淡〔3〕,唱残杨柳鬓毛斑〔4〕。我来别有征途感,不为衰龄盼赐环〔5〕。

〔1〕弃繻(xū 需):《汉书·终军传》:"初,军从济南当诣博士,步入关,关吏予军繻。军问:'以此何为?'吏曰:'为复传,还当以合符。'军曰:'大丈夫西游,终不复传还。'弃繻而去。军为谒者,使行郡国,建节东出关,关吏识之,曰:'此使者乃前弃繻生也。'"案:林则徐过嘉峪关时,"关内设有号房,登记出入人数",故联想到终军弃繻事,叹自己亦有终军建功立业之志,但却无人识得。

〔2〕投笔:《后汉书·班超传》:"家贫,常为官佣书以供养。久劳苦,尝辍业投笔叹曰:'大丈夫无它志略,犹当效傅介子、张骞立功异域,以取封侯,安能久事笔砚间乎。'"后班超果弃文从戎,立功西域,任西域都护,封定远侯。在西域凡三十一年,以年老被召还。

〔3〕胭脂:指燕支山(焉支山),匈奴境内大山。《史记·匈奴列传》载,汉朝占此山后,匈奴作歌云:"失我燕支山,使我嫁妇无颜色。"

〔4〕杨柳:即《杨柳曲》。梁乐府有《折杨柳》,唐张九龄辞曰:"更愁征戍客,鬓老边城尘。"

〔5〕赐环:被赦召还。《荀子·大略》:"绝人以玦,反绝于环。"杨倞注:"古者臣有罪,待放于境,三年不敢去,与之环则还,与之玦则绝,皆所以见意也。"

途中大雪〔1〕

积素迷天路渺漫〔2〕,蹒跚败履独禁寒〔3〕。埋馀马耳尖仍在〔4〕,洒到乌头白恐难〔5〕。空望奇军来李愬〔6〕,有谁穷巷访袁安〔7〕。松篁挫抑何从问〔8〕,缟带银杯满眼看。

〔1〕道光二十二年九月二十五日(1842年10月28日),林则徐离哈密西行。九月二十九日(11月1日)至十月初三日(11月5日),途中大雪,有感而作此诗。

〔2〕积素:白雪堆积。林则徐《壬寅日记》:十月朔日(11月3日),"天明起视,停车山峡中,雪积五六寸,四面全不辨路径"。

〔3〕"蹒跚"句:忍受严寒向前探路的窘状。

〔4〕"埋馀"句:化用苏轼《雪后书北台壁二首》"试扫北台看马耳,未随埋没有双尖",写途中所见"马没蹄,人没踝"(十月初三日日记)的情景。

〔5〕乌头白:乌鸦的头变成白色。《史记·刺客列传》之《索隐》云:"燕丹子曰:'丹求归,秦王曰:乌头白,马生角,乃许耳。'"此喻不可能实现之事。暗喻自己赐环东归之难。

〔6〕李愬(773—821):洮州临潭(今属甘肃)人。唐代将领。元和十二年(817),他于雪夜奇寒中率军袭蔡州,讨平叛乱。见新旧《唐书》李晟附传。

〔7〕袁安(?—92):汝南汝阳(今河南商水西南)人。贫时客居洛阳,大雪天僵卧于室。洛阳令巡行至此,见门紧闭,以为人死,令人入户,问何以自苦如此,答称雪天人皆苦饿,不愿去打扰。洛阳令以其为贤人,推举为孝廉。事见《后汉书·袁安传》。

〔8〕篁:竹。抑:折断;遏止。

哭故相王文恪公[1]

才锡玄圭告禹功[2],公归遵渚咏飞鸿[3]。休休岂屑争他技[4],謇謇俄惊失匪躬[5]。下马有坟悲董相[6],只鸡无路奠桥公[7]。伤心知己千行泪,洒向平沙大幕风[8]!

〔1〕道光二十二年(1842)冬,林则徐在伊犁得知王鼎卒讯后,作此悼诗,怀念知己,悲愤时事。王文恪:即王鼎,卒于道光二十二年四月三十日(1842年6月8日)。死后赠太保,谥文恪。

〔2〕锡:赐。玄圭:皇帝手笔。《尚书·禹贡》:"禹锡玄圭,告厥成功。"此句以大禹治水成功比喻王鼎祥符治水。

〔3〕公归:指王鼎还朝。遵渚咏飞鸿:歌咏"鸿飞遵渚"的诗篇。《诗经·豳风·九罭》有"鸿飞遵渚,公归无所,于女信处"之句。

〔4〕休休:宽容貌。岂屑:不屑于。他伎:别的本事。此指玩弄权术。《尚书·秦誓》:"如有一介臣,断断猗,无他技,其心休休焉,其如有容。"

〔5〕"蹇蹇"句:用《周易·蹇》句意:"王臣蹇蹇,匪躬之故。"蹇(jiǎn减)蹇,忠直貌。匪躬,尽忠舍身。此处作名词用,指王鼎。

〔6〕董相:即董仲舒,汉武帝时曾拜江都相、胶西相。其坟在西安城东南,门人过此皆下马,故称下马陵。见唐李肇《国史补》下。

〔7〕桥公:即桥玄,东汉末历任将军、司徒、太尉。曹操微时,桥玄一见叹为奇才,曾与操相约,死后以斗酒只鸡致奠。见《后汉书·桥玄传》。

〔8〕大幕:即大漠。

甘载枢机赞画深[1],独悲时事涕难禁。艰屯谁是舟同济[2]?献替其如突不黔[3]。卫史遗言成永憾[4],晋卿祈死岂初心[5]。黄扉闻道犹虚席[6],一鉴去亡未易任[7]。

〔1〕枢机:朝廷中枢机要职位。赞画:参赞筹画。王鼎自道光五年(1825)后,历任近要之臣十七年。甘载取其成数。

〔2〕屯:难。《周易·屯》:"屯,刚柔始交而难生。"

〔3〕献替:"献同替否"的略语。献,进;替,废。指净言进谏。突不黔:灶突(烟囱)未黑。指大部分时间在外奔波,很少在家。汉班固《答宾戏》:"孔席不暖,墨突不黔。"

〔4〕卫史:春秋时卫国大夫史鱼。史鱼屡劝卫灵公亲君子远小人而无效,只有留下遗言,实行尸谏。见《左传·襄公二十九年》。

〔5〕晋卿:春秋时晋国正卿范燮。他见晋厉公骄侈无道,使祝宗为他祈求早死。见《国语·晋语》。

〔6〕黄扉:即黄阁,汉代丞相、太尉官署,厅门涂黄色,以与帝室相区别。此指王鼎生前的军机大臣职位。

〔7〕鉴:镜。《新唐书·魏徵传》载唐太宗曰:"以铜为鉴,可正衣冠;以古为鉴,可知兴替;以人为鉴,可明得失。朕尝保此三鉴,内防已过。今魏徵逝,一鉴亡矣。"此处一鉴,借指王鼎。

伊江除夕书怀[1]

腊雪频添鬓影皤[2],春醪暂借病颜酡[3]。三年飘泊居无定[4],百岁光阴去已多[5]。漫祭诗篇怀贾岛[6],畏挝更鼓似东坡[7]。边氓也唱迎年曲[8],到耳都成劳者歌。

〔1〕道光二十二年十二月二十八日(1843年1月28日),林则徐在伊犁所作,和邓廷桢《岁暮书怀》。

〔2〕腊:冬至后第三戊为腊。腊雪,腊前之雪。皤(pó 婆):白色。

〔3〕春醪(láo 劳):酒名。指春节所饮之酒。酡(tuó 佗):喝酒脸红。

〔4〕"三年"句:自注:"庚子在岭南度岁,辛丑在中州河干,今在伊江。"

〔5〕"百岁"句:林则徐此时已年过五十七岁,百年光阴过去一半

还多。

〔6〕贾岛(779—843):唐代苦吟诗人。

〔7〕"畏挝"句:自注:"用坡公《守岁》诗语。"即化用苏轼《守岁》诗:"晨鸡且勿唱,更鼓畏添挝。"

〔8〕边氓:即边民。

新韶明日逐人来,迁客何时结伴回[1]?空有灯光照虚耗,竟无神诀卖痴呆[2]。荒陬幸少争春馆[3],远道翻为避债台[4]。骨肉天涯三对影[5],思家奚益且衔杯。

〔1〕迁客:流寓外地的人。林则徐流放伊犁,自称"濛池流寓"。濛池,即伊犁地区。唐显庆二年(657)置濛池都护府,统碎叶(今巴尔喀什湖以南、楚河上游的托克马克附近)以西原五弩失毕部地。

〔2〕神诀:高明的办法。卖:泄去,消除。

〔3〕荒陬(zōu 邹):荒凉的角落,指边陲。争春馆:娼舞宴乐场所。《扬州事迹》:"扬州太守圃中,有杏花数十畷,每至烂开,张大宴,一株令一倡倚其傍,立馆曰争春。"

〔4〕避债台:汉代逃债之台,即洛阳南宫谯台。

〔5〕"骨肉"句:自注:"时挈两儿在戍。"

流光代谢岁应除,天亦无心判菀枯[1]。裂碎肝肠怜爆竹,借栖门户笑桃符[2]。新幡彩胜如争奋[3],晚节冰柯也不孤[4]。正是中原薪胆日[5],谁能高枕醉屠苏[6]!

〔1〕菀(yù 玉):茂盛。

〔2〕桃符:春联。

〔3〕新幡彩胜:新制绸绢的幡胜,即迎春人们互赠的饰物。幡,小巧的彩旗。胜,古代妇女的首饰。

〔4〕冰柯:冰雪中挺立的树干。

〔5〕薪胆:卧薪尝胆。《史记·越王勾践世家》:"坐卧即仰胆,饮食亦尝胆也。"

〔6〕屠苏:即屠苏酒。古俗于正月初一饮屠苏酒,以避邪气。

谪居本与世缘睽[1],青鸟东飞客在西[2]。宦味真随残腊尽,病株敢望及春荑[3]。朝元尚忆趋丹阙[4],赐福频叨湿紫泥[5]。新岁倘闻宽大诏,玉关走马报金鸡[6]。

〔1〕世缘:人世因缘。睽(kuí葵):隔离。

〔2〕青鸟:西王母的报信使。见《山海经·大荒西经》。

〔3〕荑(tí提):初生的叶芽。此句化用刘禹锡"病树前头万木春"诗句意。

〔4〕元:元日,正月初一日。丹阙:红色的宫门。此句回忆早年任京官时元旦入宫贺岁的情景。

〔5〕叨:承受。紫泥:印泥。此指诏书。林则徐革职前,受道光帝宠信,多次接到道光帝赏赐的御书"福""寿"大字。

〔6〕金鸡:《新唐书·百官志三》:"赦日,树金鸡于仗南。"此指大赦。

送伊犁领军开子捷开明阿[1]

鼓鼙思帅臣[2],爪牙讽圻父[3]。静以缓中原,动以御外侮。

致身须壮年,奇勋策天府。将军起长白,家世握牙琥[4]。髫龀通钤韬[5],志行抗前古。读书慕儒将,礼义即干橹[6]。宿卫屯羽林[7],钩陈出随扈[8]。西望昆仑墟[9],百年拓疆宇。以君为长城,领军肃貔虎[10]。三载无边烽,华夷悉安堵。帝曰尔来前,作股肱心膂[11]。绝塞回轮蹄,中流赖砥柱。君感朝廷恩,心肝奉明主。临别索赠言,我欲倾肺腑:嗟哉时事艰,志士力须努。厝薪火难测[12],亡羊牢必补[13]。从来户牖谋,彻桑迨未雨[14]。矧当冰檗秋[15],敢恃干羽舞[16]。蜂虿果慑威[17],犬羊庶堪抚。将士坚一心,讵不扬我武。貂蝉出兜鍪[18],丹青绘圭珇[19]。行矣公勉旃[20],黑头致公辅[21]。

〔1〕道光二十三年正月二十四日(1843年2月22日)作。开明阿,字子捷,东三省人。原任伊犁领队大臣,此时奉旨回京。林则徐《癸卯日记》:道光二十三年正月十三日(1843年2月11日),"同人皆为子捷排日饯行"。二十四日(22日),"午间出北门,与巑筠、一飞同在观音庙送开子捷行"。一飞,即前任东河河道总督文冲,辉发纳拉氏,字一飞。时与林则徐同在伊犁戍所。

〔2〕"鼓鼙"句:化用《礼记·乐记》:"听鼓鼙之声,则思将帅之臣。"鼙(pí皮),小鼓。

〔3〕爪牙:比喻武臣。《汉书·李广传》:"将军者,国之爪牙也。"圻(qí齐)父:周代官名,即司马。比喻主管一方的官员。

〔4〕牙琥(hǔ虎):铜制虎形兵符。

〔5〕髫龀(tiáo chèn 条趁):指童年。钤韬:兵书《玉钤》和《六韬》。

〔6〕干:盾牌。橹:大盾牌。

〔7〕宿卫:值宿警卫。羽林:汉时皇帝护卫。喻指清代的禁卫军。

〔8〕钩陈:一种用于防卫的仪仗。

〔9〕昆仑墟:《尔雅·释地》:"西北之美者,有昆仑墟。"此借指新疆。

〔10〕肃:肃穆严整。貔虎:《尚书·牧誓》:"如虎如貔。"比喻勇士。

〔11〕"作股肱"句:出《尚书·君牙》。

〔12〕厝薪:厝火积薪,见《汉书·贾谊传》。

〔13〕"亡羊"句:亡羊补牢,见《战国策·楚四》。

〔14〕"从来"两句:《诗经·豳风·鸱鸮》:"迨天之未阴雨,彻彼桑土,绸缪牖户。"

〔15〕冰檗(bò 簸):即饮冰茹檗。喻生活寒苦,引申为国势危艰。

〔16〕干羽:舞乐的器具。干,干楯。羽,羽扇。《尚书·大禹谟》:"舞干羽于两阶。"

〔17〕蜂虿(chài 柴去声):蝎类毒虫。指外来侵略者。

〔18〕貂蝉:汉代侍从官员帽上的饰物。代指侍卫官。兜鍪(móu 谋):头盔。代指士兵。句用南朝齐周盘龙语。《南齐书》本传载:世祖戏之曰:"卿著貂蝉,何如兜鍪?"盘龙曰:"此貂蝉从兜鍪中出耳。"

〔19〕圭珇(jù 剧):均玉名。指印绶。借指高官。

〔20〕勉旃(zhān 沾):勉之。

〔21〕公辅:三公和辅相。

七夕次巘筠韵[1]

金风吹老鬓边丝,如此良宵醉岂辞。莫说七襄天上事[2],早空杼柚有谁知[3]?

265

〔1〕道光二十三年七月初七日(1843年8月2日)夜,邓廷桢约请林则徐、文冲、豫堃等集小斋,举办瓜果之会。初八日(3日),邓廷桢以七夕诗绝句三首索和,林则徐依韵答之。

〔2〕七襄:《诗经·小雅·大东》:"跂彼织女,终日七襄。"指从旦到暮,七次移动位置。

〔3〕杼柚:织布用的梭子和筘。句由《诗经·小雅·大东》"小东大东,杼柚其空"化出,以指民间疾苦。

漫道星桥彻夕行,汉津渡口恐难平。银潢只见填乌鹊[1],壮士何年得洗兵[2]?

〔1〕汉津、银潢:均指银河。乌鹊:神话传说乌鹊为牛郎织女相会搭成桥。

〔2〕洗兵:净洗兵器,息兵停战。句由唐杜甫《洗兵马》"安得壮士挽天河,净洗甲兵长不用"化出。

针楼高处傍天墀[1],七孔穿成巧不移[2]。但恐机丝虚夜月,昆明秋冷汉家池[3]。

〔1〕针楼:妇女向织女乞巧所搭的彩楼。天墀:天宫的台阶,代指天宫。

〔2〕七孔:乞巧用的七孔针。

〔3〕昆明:汉代长安有昆明池,清代北京有昆明湖,此以借指京城。汉家:汉朝。借指清朝。"但恐"二句:由杜甫《秋兴八首》之七"昆明池

水汉时功,武帝旌旗在眼中。织女机丝虚夜月,石鲸鳞甲动秋风"化出。

又和㠐翁中秋感怀原韵[1]

三载羲娥下阪轮[2],炎州回首剧伤神[3]。招魂一恸登临地[4],投老相看坎壈人[5]。玉宇琼楼寒旧梦,冰天雪窖著闲身[6]。麻姑若道东溟事,莫使重扬海上尘[7]。

〔1〕道光二十三年(1843)秋,林则徐补和上年邓廷桢《伊江中秋》之作。他悼念亡友,感怀时事,"诗情老去转猖狂"。

〔2〕羲娥:羲和与嫦娥。羲和,《山海经·大荒南经》:"羲和者,帝俊之妻,生十日。"嫦娥,即常羲。《山海经·大荒西经》:"常俊妻常羲,生月十有二。"后以羲娥比喻日月。阪:山坡。

〔3〕炎州:《十洲记》:"炎洲,在南海中。"此借指广东。

〔4〕招魂:此指召唤关天培的灵魂。恸:极度悲哀。登临地:沙角炮台。虎门炮台群之一。句末自注:"己亥中秋与公及关滋圃同登虎门炮台望月,今不堪回首矣。"

〔5〕投老:临老。坎壈:困顿。

〔6〕冰天雪窖:《宋史·朱弁传》:"叹马角之未生,魂销雪窖;攀龙髯而莫逮,泪洒冰天。"此指严寒之地,即伊犁。闲:闲置。

〔7〕麻姑:《神仙传·麻姑》:麻姑谓王方平云:"已见东海三为桑田,蓬莱水亦浅于往时。"方平笑曰:"圣人皆言海中复扬尘也。"东溟:即东海。这里借指东南沿海地区。扬尘:海退陆现,激起尘土。此处借指战争。

雪月天山皎夜光,边声惯听唱《伊》《凉》[1]。孤村白酒愁无赖,隔院红裙乐未央[2]。宦味思之真烂熟[3],诗情老去转猖狂[4]。遐荒今得连床话,岂似青蝇吊仲翔[5]。

〔1〕《伊》《凉》:曲名,即《伊州乐》和《凉州乐》。借指边塞乐曲。
〔2〕隔院:隔壁院落。红裙:指当地少数民族姑娘。未央:未尽。
〔3〕宦味:做官的滋味。
〔4〕猖狂:大胆放言。
〔5〕仲翔:三国时吴国人虞翻,参见《湖滨崇善堂记》注。青蝇吊仲翔,即青蝇吊客。《三国志·吴书·虞翻传》注引《虞翻别传》自云:"自恨疏节,骨体不媚,犯上获罪,当长没海隅,生无可与语,死以青蝇为吊客,使天下一人知己者,足以不恨。"

送嶰筠赐环东归[1]

得脱穹庐似脱围,一鞭先著喜公归[2]。白头到此同休戚,青史凭谁定是非?漫道识途仍骥伏[3],都从遵渚羡鸿飞[4]。天山古雪成秋水,替浣劳臣短后衣[5]。

〔1〕道光二十三年闰七月十七日(1843年9月10日),邓廷桢被赦召还,自伊犁启程东归。林则徐写了这两首诗赠行,并借以抒发"青史凭谁定是非"的感慨。
〔2〕一鞭先著:《晋书·刘琨传》载,刘琨与祖逖为友,互相期许,及祖逖被用,琨与亲故书云:"吾枕戈待旦,志枭逆虏,常恐祖生先吾著

鞭。"后以比喻先实现自己的愿望。

〔3〕识途:即老马识途。《韩非子·说林上》:"管仲、隰朋从于桓公而伐孤竹,春往冬返,迷惑失道。管仲曰:'老马之智可用也。'乃放老马而随之,遂得道。"后以此比喻处世办事富有经验的人。骥伏:即老骥伏枥。曹操《步出夏门行》:"老骥伏枥,志在千里。"后以此比喻人到老年,雄心尚在。

〔4〕"都从"句:化用《诗经·豳风·九罭》"鸿飞遵渚"之句。参见《哭故相王文恪公》注。

〔5〕浣(huàn宦):洗。短后衣:《庄子·说剑》:"吾王所见剑士,皆蓬头突鬓,垂冠,曼胡之缨,短后之衣。"

回首沧溟共泪痕[1],雷霆雨露总君恩。魂招精卫曾忘死[2],病起维摩此告存[3]。歧路又歧空有感[4],客中送客转无言。玉堂应是回翔地[5],不仅生还入玉门[6]。

〔1〕沧溟:大海。此指南海,即广东。
〔2〕精卫:精卫衔石填海,借指南海禁烟抗英事。
〔3〕维摩:菩萨名,即维摩诘。意译"净名"或"无垢称"。《维摩诘经》中说他是毗耶离城的大乘居士,与释迦牟尼同时,尝以称病为由,在丈室中向释迦遣来问讯的舍利弗和文殊师利等宣扬大乘深义。告存:探问是否健在。
〔4〕歧路又歧:《列子·说符》:"歧路之中又有歧焉。"比喻经历曲折艰难。
〔5〕玉堂:参见《月华清》(穴底龙眠)注。此指朝廷。
〔6〕生还入玉关:《后汉书·班超传》载,班超在西域三十年,年老思归,上书和帝曰:"臣不敢望到酒泉郡,但愿生入玉门关。"

哭张亨甫[1]

尺素频从万里贻,吟成感事不胜悲。谁知绝塞开缄日,正是京门易箦时[2]。狂态次公偏纵酒[3],鬼才长吉愧攻诗[4]。修文定写平生志[5],犹诉苍苍塞漏卮[6]。

[1] 此诗作于道光二十四年(1844)春。张亨甫(1799—1843),名际亮,字亨甫。福建建宁人。道光十五年(1835)举人。鸦片战争时期著名诗人,林则徐的好友。著有《张亨甫全集》。他与黄爵滋、龚自珍、魏源、姚莹等交往密切,相传黄爵滋的《请严塞漏卮以培国本疏》是他起草的。道光二十三年(1843)秋,台湾道姚莹因杀英俘被陷入狱,张亨甫奔走营救,于十月九日(11月30日)以病身亡。

[2] 易箦(zé 则):病重将死。

[3] 次公:即盖宽饶,字次公。《汉书·盖宽饶传》:盖宽饶性格刚猛,曾在宣帝许后父平恩侯许广汉座上拒酒说:"无多酌我,我乃酒狂!"案:张亨甫曾在盐运使曾燠座上,放声讥笑为曾燠拈去胡须上瓜子皮的阿附者,事后还写信指责曾燠不能教诲后进,只以财利奔走寒士门下,被人称为狂士。

[4] 鬼才长吉:即李贺(790—816),字长吉,福昌(今河南宜阳)人。唐代著名诗人。钱易《南部新书》卷丙称:"李白为天才绝,白居易为人才绝,李贺为鬼才绝。"

[5] 修文:孔子弟子颜渊、子夏死后,在地下任修文郎。此指张亨甫。

[6] 漏卮:酒器渗漏,比喻鸦片流毒,白银外流。塞漏卮,隐指代黄

爵滋起草的《请严塞漏卮以培国本疏》。

壶舟以前后放言诗寄示奉次二首[1]

漫将羞涩笑羁臣[2],此日中原正患贫。鸿集未闻安草泽[3],鹃声疑复到天津[4]。纷看绢树登华毂[5],恐少缁流度羽巾[6]。海外蚨飞长不返[7],问谁夜气识金银[8]。

[1] 黄濬在乌鲁木齐两次作放言诗寄赠在伊犁的林则徐。道光二十五年正月中旬(1845年2月下旬),林则徐奉命赴南疆勘垦途经乌鲁木齐,作诗奉和,感慨鸦片战争战败后财政困乏和民生痛苦,期望能重上战场,为国效力。壶舟,即黄濬,参见《壶舟诗存序》注。

[2] 羞涩:难为情。此指身无钱财。

[3] 鸿:鸿雁,此指流离失所之民。草泽:鸿雁栖居的湖泽。《诗经·小雅·鸿雁》:"鸿雁于飞,集于中泽。"

[4] 鹃声:杜鹃声,其音愁苦。天津:指洛阳的天津桥。宋邵雍《邵氏见闻录》:"先公治平间与客散步天津桥上,闻杜鹃声,惨然不乐",曰"天下将乱,地气自南而北,禽鸟得气之先者也"。后以天津闻鹃比喻天下将乱。

[5] 绢树:用丝绢扎花的树。华毂:华丽的车子。此句形容官僚仍然歌舞升平,沉湎于玩乐。

[6] 缁流:僧道。羽巾:道士的衣服。句下自注:"时有以僧道度牒,为筹画经费计者。"

[7] 蚨(fú扶):青蚨。传说中的南方虫名,又叫鱼伯。晋干宝《搜

神记》卷十三:"生子必依草叶,大如蚕子,取其子,母即飞来,不以远近。……以母血涂钱八十一文,以子血涂钱八十一文,每市物,或先用母钱,或先用子钱,皆复飞归,轮转无已。"后人以青蚨代称钱。这句指白银外流很久了,不见返回。

〔8〕夜气:《孟子·告子上》:"夜气不足以存,则其违禽兽不远矣。"识金银:古代传说金银有气,可以识别。《史记·天官书》:"金宝之上皆有气。"

狂魔枉向病身加〔1〕,肯与穿墉竞鼠牙〔2〕。古井无波恬一勺〔3〕,歧途有客误三叉〔4〕。带围屡减腰仍瘦,笋束成堆眼已花〔5〕。何日穹庐能解脱,宝刀盼上短辕车!

〔1〕狂魔:指英国侵略者。病身:指清朝。

〔2〕穿墉竞鼠牙:化用《诗经·召南·行露》:"谁谓鼠无牙,何以穿我墉。"墉,城墙。城内的老鼠相竞咬穿城墙。比喻对外屈膝妥协的行为。

〔3〕古井无波:白居易《赠元稹诗》:"无波古井水,有节秋竹竿。"此指坚持气节。

〔4〕客:自指。三叉:三岔路口。苏轼《纵笔三首》:"溪边古路三叉口,独立斜阳数过人。"

〔5〕笋束:竹简,借指纸张。句下自注:"索书者多,苦无以应。"案:林则徐《乙巳日记》,道光二十五年正月二十七日(1845年3月5日)记:"因过乌鲁木齐时求书纸幅甚多……故须小停以践前诺。兹穷两日之力,所书不下五十馀纸矣。"

回疆竹枝词三十首[1]

别谙拔尔教初开[2],曾向中华款塞来。和卓运终三十世[3],天朝辟地置轮台[4]。

〔1〕道光二十五年二月至六月(1845年3月—7月)间,林则徐在南疆勘垦,遍历八城。沿途写了三十首竹枝词,嵌用维吾尔语,生动地描绘了南疆的民族风情。光绪福州家刻本《云左山房诗钞》卷七仅收录二十四首,手稿已佚,今据首都师大邱远猷教授藏钞本补足,以见全貌。回疆,清代对天山南路八城地域的称呼。

〔2〕别谙拔尔:维吾尔语音译,指圣人。此为穆罕默德(约570—632)的代称。句中自注:"回部第一世祖,见各史传。"教:伊斯兰教。

〔3〕和卓:波斯语Khwaja的音译,指显贵、富有者,后为伊斯兰教对穆罕默德后裔的尊称。三十世:句下自注:"至玛哈墨特止。"案:玛哈墨特为二十九世,三十世为波罗泥都和霍集占,史称大小和卓。

〔4〕轮台:西域古地名。汉神爵二年(前60),汉朝在轮台设立西域都护所。借指清朝设置伊犁将军府等机构。

百家玉子十家温[1],巴什何能比阿浑[2]。为问千家明伯克[3],滋生可有毕图门[4]。

〔1〕玉子:今汉语拟音写作"圩孜",村庄。
〔2〕巴什:维吾尔语音译,今通写作"巴哈西",维吾尔族中民间从

事宗教活动者。阿浑:又作阿訇,波斯语 akhund/ākhūnd 的音译,在我国为伊斯兰宗教职业者的通称。

〔3〕伯克:维吾尔语音译,即官。维吾尔族设有各级伯克,由清朝任命。明伯克,六品俸禄者。

〔4〕毕图门:自注:"毕图门,回语一万也。近闻伯克派差,每一明定以万口。"

爱曼都祈岁事丰[1],终年不雨却宜风。乱吹戈壁龙沙起,桃杏花开分外红。

〔1〕爱曼:维吾尔语音译。今译"阿里木"。指伊斯兰教徒中学问渊博的知识分子。

不解芸锄不粪田[1],一经撒种便由天。幸多旷土凭人择,歇两年来种一年。

〔1〕解:晓得。芸锄:锄草。芸,通"耘"。

字名哈特势横斜[1],点画虽成尚可加。廿九字头都解识[2],便矜文雅号毛拉[3]。

〔1〕哈特:维吾尔语音译,即字。
〔2〕廿九字头:二十九个字母。
〔3〕毛拉:阿拉伯语 Maulā 的音译,指先生、主人。后为伊斯兰学者的尊称。自注:"官文作莫洛。"

归化于今九十秋[1],怜他伦纪未全修。如何贵到阿奇木[2],犹有同宗阿葛抽[3]。

〔1〕归化:归顺。
〔2〕阿奇木:维吾尔语音译,即阿奇木明克,维吾尔族的长官。
〔3〕阿葛抽:维吾尔语音译,即夫人。今译"阿格恰"。自注:"阿奇木之妻也。"

太阳年与太阴年[1],算术斋期自古传。今尽昏昏忘岁月,弟兄生日问谁先。

〔1〕太阳年:太阳历,即阳历。太阴年:太阴历,即阴历。

众回摩顶似缁流[1],四品头衔发许留。怪底向人夸栉沐[2],燕齐回子替梳头。

〔1〕摩顶:头顶。缁流:僧徒。指维吾尔族男子头顶剃光。
〔2〕栉沐:梳头、洗发。

金谷都从地窖埋,空囊枵腹不轻开[1]。阿南普作巴郎普,积久难寻避债台[2]。

〔1〕囊:袋子。枵(xiāo 肖):空虚。
〔2〕避债台:即逃责(债)之台。参见《除夕书怀》注。自注:"借债

者本钱谓之阿南普,利钱谓之巴郎普。"

把斋须待见星餐[1],经卷同翻普鲁干[2]。新月如钩才入则[3],爱伊谛会万人欢[4]。

〔1〕把斋:即斋戒、封斋。伊斯兰教历规定九月的斋月。星餐:穆斯林白天不食不饮,在晚上看到星星时才进餐。

〔2〕普鲁干:维吾尔语音译,即《古兰经》。

〔3〕入则:维吾尔语音译,即开斋。今译"肉孜"。伊斯兰教历十月初一日为开斋节,是时月亮如弯钩。

〔4〕爱伊谛:维吾尔语音译,即节日。此指开斋节。会:聚会庆祝。

不从土偶折腰肢[1],长跽空中纳袷兹[2]。何独叩头麻乍尔[3],长竿高挂马牛氂[4]。

〔1〕土偶:泥塑神像。伊斯兰教不拜偶像。

〔2〕跽(jì 记):双膝着地,上身挺直。纳袷兹:波斯语音译,即做礼拜。今译"乃玛孜"。

〔3〕麻乍尔:维吾尔语音译,即坟地。

〔4〕氂(lí 离):牛羊之尾或长毛。此句指和阗(今新疆和田)一带祭坟的风俗。

亢牛娄鬼四星期[1],城市喧阗八栅时[2]。五十二番成一岁[3],是何月日不曾知。

〔1〕亢、牛、娄、鬼:二十八宿中的四个星座名。一星期七天,四星期为二十八天。

〔2〕喧阗:喧闹。八栅:亦作八栅尔,维吾尔语 bazar 音译,即集市。今译"巴札"。每七日一次集市,为小八栅,每逢第四次,为大八栅,特别热闹。句下自注:"八栅尔即北方之集,南方谓之墟,盖指散而言。"

〔3〕五十二番:五十二次。清椿园《西域闻见录》卷七:"以八栅尔计算,每七日八栅尔一次,每八栅尔五十二次为一年。"

城角高台广乐张,律谐夷则少宫商[1]。苇笳八孔胡琴四[2],节拍都随击鼓镗[3]。

〔1〕夷则:音乐十二律之一。宫、商:音乐调式中的两个音阶。
〔2〕苇笳:气鸣乐器,上开八孔,以芦苇做簧。胡琴:拨弦乐器,有四根弦。
〔3〕镗(tāng 汤):击鼓的声音。

厦屋虽成片瓦无,两头榱桷总平铺[1]。天窗开处名通溜[2],穴洞偏工作壁橱[3]。

〔1〕榱(cuī 摧):椽子。桷(jué 决):方形的椽子。
〔2〕通溜:维吾尔语音译,即天窗。
〔3〕穴洞:在室内墙上挖的洞。

亦有高楼百尺夸,四周多被白杨遮。圆形爱学穹庐样,石粉团成满壁花[1]。

〔1〕石粉:石灰粉。用作墙壁装饰的涂料。

准夷当日恣侵渔[1],骑马人来直造庐[2]。穷户仅开三尺窦[3],至今依旧小门闾。

〔1〕准夷:厄鲁特蒙古准噶尔部。乾隆平定新疆前的统治者。
〔2〕直造:直接进入。
〔3〕窦:小洞。

村落齐开百子塘[1],泉清树密好寻凉。奈他头上仍毡毳[2],一任淋漓汗似浆。

〔1〕百子塘:蓄水池塘。
〔2〕毡毳(cuì 萃):毡与鸟兽细毛做成的帽子。

豚彘由来不入筵[1],割牲须见血毛鲜[2]。稻粱蔬果成抓饭,和入羊脂味总膻[3]。

〔1〕豚:小猪。彘(zhì 志):猪。穆斯林视猪为不洁之物,禁食猪肉。
〔2〕割牲:宰割牛、羊。不见血则视为不洁,不能吃。
〔3〕羊脂:羊油。膻(shān 山):羊肉的气味。

桑椹才肥杏又黄,甜瓜沙枣亦糇粮[1]。村村绝少炊烟起,冷饼盈怀唤作餱。

〔1〕餱（hóu 猴）：干粮。自注："回语馍名餱也。"

宗亲多半结丝萝[1]，数尺红丝发后拖。新帕盖头扶马上，巴郎今夕捉央哥[2]。

〔1〕宗亲：同一祖先血统的亲属。丝萝：《古诗十九首》："与君为新婚，兔丝附女萝。"后喻指婚姻。
〔2〕巴郎：维吾尔语音译，即儿子。此指新郎。央哥：维吾尔语音译，即女子。此指新娘。自注："男名巴郎，女未适人名克丝，子妇名央哥。"

才经花烛洞房宵，偏汲寒泉遍体浇。料是破瓜添内热[1]，冷侵肌腑转魂消。

〔1〕破瓜：此指女子破身。

河鱼有疾问谁医[1]？掘地通泉作小池。坦腹儿童教偃卧[2]，脐中汩汩纳流澌[3]。

〔1〕河鱼有疾：《左传·宣公十二年》："河鱼腹疾，奈何？"后以指腹疾。
〔2〕坦腹：光着肚腹。偃卧：向后仰卧。
〔3〕澌（sī 斯）：解冻后的水。此指冷水。

赤脚经冰本耐寒,四时偏不脱皮冠。更饶数丈缠头布,留得缠尸不盖棺[1]。

〔1〕缠尸:人死净身后缠上白布,葬置墓穴中,不用棺材。

树窝随处产胡桐[1],天与严寒作火烘。乌恰克中烧不尽[2],燎原野火四周红。

〔1〕胡桐:胡杨树,长于沙漠绿洲的一种落叶乔木。
〔2〕乌恰克:维吾尔语音译,即炉子。

小样葫芦凿窍匀,烧烟通水号麒麟[1]。娇童合唤麒麟契[2],吹吸能供客数人[3]。

〔1〕麒麟:维吾尔语音译,即水烟具。用葫芦做成。今译"契里木"。
〔2〕麒麟契:维吾尔语音译,即卖水烟者。今译"契里木契"。
〔3〕句下自注:"淡巴菰俗名烟袋,回人之烟筒头甚大,似葫芦样,名气琳。"

柳树流泉似建瓴[1],众来排日讽番经[2]。便如札答祈风雨[3],奇术惟推两事灵[4]。

〔1〕柳树流泉:指用柳木槽引泉水。建瓴:指水从高处往下流。建,

倾倒。瓴,盛水瓶,或以为瓦沟。
〔2〕排日:连日。讽:诵念。番经:指《古兰经》。
〔3〕札答:小木简。此指驱邪求福的符箓。
〔4〕两事:祈风、祈雨。

荒程迢递阻沙滩[1],暑月征途欲息难。却赖回宫安亮噶[2],华人错唤作阑干。

〔1〕迢递:遥远。
〔2〕亮噶:维吾尔语音译,即旅舍、客店。

海兰达尔发双垂[1],歌舞争趋努鲁斯[2]。漫说灵魂解超度,亡人屋上恣游嬉。

〔1〕海兰达尔:维吾尔语音译,指贫穷无志者,无赖之属。
〔2〕努鲁斯:音译,即维吾尔族每年三月二十一的"春垦节"。

作善人称倭布端[1],诵经邀福戒鸦瞒[2]。若为黑玛娃儿事,不及供差有朵兰[3]。

〔1〕倭布端:今写作"富布丹",意为"好"。
〔2〕鸦瞒:坏,坏事。"倭布端"的反义词。
〔3〕黑玛娃儿:"何苦来"之义。朵兰:一次,这一次。两句意为:何苦做这些事呢,还不如为公家当一次差。

关内惟闻说教门,如今回部历辎轩[1]。八城外有回城处[2],哈密伊犁吐鲁番。

〔1〕辎轩:轻车。
〔2〕八城:即喀喇沙尔、库车、乌什、阿克苏、叶尔羌、英吉沙尔、喀什噶尔、和阗。

姜海珊大令以余游华山诗装成长卷属题[1]

真恐山灵笑我顽[2],白头持节竟生还[3]。烦君玉女峰头问[4],可有移文到北山[5]?

〔1〕道光二十五年十一月初六日(1845年12月4日),林则徐在哈密接旨获释。入玉门奉旨署理陕甘总督,道光二十六年六月(1846年8月)赴任陕西巡抚。在陕抚任上,他为姜申璠裱藏的昔赋游华山诗长卷题写了此诗,表达他希望归隐又不得不奉命再任职的矛盾心情。姜海珊大令,即华阴县知县姜申璠,字海珊,顺天大兴(今北京)人。道光十五年(1835)进士。道光二十二年四月初(1842年5月中旬),林则徐赴戍途经华阴,应姜之邀与陈尧书、刘建韶等同游华山,归途作游华山诗相赠,姜装裱成卷保存。
〔2〕山灵:指华岳神,先天二年(713)唐玄宗封为金天王。顽:顽强。
〔3〕白头持节:《汉书·苏武传》,苏武在北海"杖汉节牧羊",十九

年后返回,"须发尽白"。借指自己被贬戍伊犁。

〔4〕玉女峰:华山中峰。

〔5〕移文到北山:即北山移文。南齐孔稚圭作《北山移文》,假借山灵口气,斥周子先隐居北山(在南京市江宁区北)后应诏出山任官为伪隐,不许再至。林则徐道光二十二年(1842)游华山诗有"惟期归马此山阳,遥听封人上三祝"之句,故有此问。

袁午桥礼部甲三闻余乞疾寄赠依韵答之[1]

星星短鬓笑劳人,回首光阴下阪轮[2]。敢惜残年思养拙[3],难袪痼疾剧伤神[4]。安心屡愧承温诏[5],止足原非羡逸民[6]。辜负君恩三十载,况从绝塞起羁臣。

〔1〕道光二十七年(1847)秋,林则徐调任云贵总督。二十九年六月十七日(1849年8月5日),因病势加剧奏请开缺回籍调治。袁甲三闻讯,寄诗慰问,林则徐依韵作答诗四首。这是第一、二首,抒发"自入关来未入朝"的苦闷和对"珠海何年蜃气消"的关切。袁午桥,即袁甲三,字午桥,河南项城人。道光十五年(1835)进士。时任礼部郎中。

〔2〕阪轮:下坡的车轮,此处比喻光阴流逝得极快。

〔3〕养拙:即守拙。指退隐不仕。句由唐韩愈《左迁蓝关示侄孙湘》"肯将衰朽惜残年"化出。

〔4〕袪:除去。痼疾:积久难治的疾病。林则徐《旧疾复发请假调治折》云:"旧有喘嗽、脾泄、疝气诸种病证,六十以后,举发尤多。"

〔5〕温诏:温和的诏令。林则徐道光二十六年十一月十六日(1847年1月2日)在西安和二十九年五月十四日(1849年7月3日)在昆明两次旧疾复发告假,都得到道光帝的允准。自注:"两奉恩旨,皆令安心调理。"

〔6〕止足:知止知足,不求名利。逸民:避世隐居之人。

除书频悉姓名标[1],自入关来未入朝[2]。谬向蛮方开节镇,犹闻洋舶逞天骄[3]。澜沧昨岁鸮音革[4],珠海何年蜃气消。病榻呻吟忧未了,残灯孤枕警中宵[5]。

〔1〕除书:皇帝任命官职的诏书。林则徐被赦还后,受命署理陕甘总督、陕西巡抚、云贵总督,姓名在任官诏书中多次被标出。

〔2〕入朝:到北京觐见。

〔3〕洋舶:英国船只。天骄:汉朝北方的强胡(匈奴),自恃"天之骄子",恣意犯边。借指英国人在广东恃强逞凶。

〔4〕澜沧:澜沧江,借指云南。鸮(xiāo 消):凶猛的鸟。比喻汉回互斗和起事。革:革除,平定。

〔5〕孤枕:指警枕。陆龟蒙《和人宿木兰院》:"犹忆故山倚警枕,夜来呜咽似流泉。"中宵:半夜。

陈朴园大令乔枞属题其尊人恭甫前辈《鳌峰载笔图》[1]

海内经师叹逝波[2],乡邦文献苦搜罗。匡刘未竟登朝业[3],何郑俱休入室戈[4]。神返隐屏生岂偶[5],编传左海好非阿[6]。者番归访金鳌岫[7],倍感前型教泽多[8]。

则徐庚寅在里中[9],与恭甫先辈别,甲午在吴门得凶赴[10],为位而哭[11]。嗣颇闻同里诸缙绅,于纂修通志事[12],意见参商,已成巨籍,几欲尽废[13],心甚异之。兹乞病归里,拟与同人重谋剞劂。适舟过弋溪,朴园年大兄出此图属题,意多所感,言难尽传[14],因隐括为诗一首。吾乡读书种子,几如广陵散矣[15],可胜喟然。朴园其谅吾意而教之耶?林则徐拜识。

[1] 道光二十九年十二月(1850年1月),林则徐自云南卸任归里行次南昌,养病度岁于百花洲。道光三十年二月(1850年3月),离南昌返闽,途经弋阳。弋阳知县陈乔枞出先父陈寿祺《鳌峰载笔图》嘱题,因作此诗,隐括道光间纂修《福建通志》的一场纠纷之是非大概。陈朴园,即陈乔枞(1809—1874),字朴园,福建闽县(今福州市)人。陈寿祺长子,时任弋阳知县。《鳌峰载笔图》是陈寿祺道光九年(1819)主纂《福建通志》时嘱周凯绘画,而周凯"适因公事匆迫,未暇涉笔",直到道光十四年九月初九日(1834年10月11日)得知陈恭甫逝世后才补绘交陈乔枞保存。图今佚。

[2] 经师:经学大师。指陈寿祺。梁启超在《清代学术概论》中称陈寿祺是"今文学初期"的"研究今文遗说者"。

[3] 匡刘:用汉匡衡、刘向事。杜甫《秋兴八首》其三:"匡衡抗疏功名薄,刘向传经心事违。"

[4] "何郑"句:同室操戈典。后汉何休治《公羊传》,郑玄著论以难

之,休叹曰:"康成入我家操吾矛以伐我乎?"句谓当停止内部纷争。

〔5〕隐屏:陈寿祺,号左海,自号隐屏山人。福建武夷山有大隐峰、小隐峰,陈以此取号。

〔6〕左海:陈寿祺著有《左海文集》十卷、《左海骈体文》三卷。阿:阿谀。

〔7〕者番:这回。金鳌岫:福州鳌峰。林则徐早年在鳌峰书院读书,陈寿祺任鳌峰书院山长十馀年。

〔8〕前型:前人典型。

〔9〕庚寅:道光十年(1830)。

〔10〕甲午:道光十四年(1834)。凶赴:凶讣。

〔11〕为位:为之设立灵位。

〔12〕通志:指《福建通志》。陈寿祺于道光九年(1829)主持纂修。

〔13〕几欲尽废:谢章铤《鳌峰载笔图跋》:"志告成矣,方将逐写校刻,而先生弃宾客。某中丞者……乃乘隙修怨,倡言新志乖义法,众绅之不学,闻而知之";"时总纂、分纂诸君子当在局,不以所拟议商之局中,竟缕列公牍鸣于官,当路亦有讶其不情者。而中丞方柄用权势,弗敢质也,乃捆载全稿归之,阳推中丞为删定,而事体繁重,中丞方营营富贵,实亦无暇及之"。

〔14〕言难尽传:与陈寿祺修《福建通志》议论相失者,是梁章钜,即上注之"某中丞"。林则徐处在前辈与好友之间,难于明言。

〔15〕广陵散:琴曲名。《三国志·魏书·王粲传》注引《嵇康别传》,载嵇康临刑索琴奏广陵散,曲终,叹曰:"袁孝尼尝从吾学广陵散,吾每固之不与,广陵散于今绝矣!"后以此指人事凋零或事成绝响。

蔡香祖大令廷兰寄示
《海南杂著》读竟率题[1]

君家濒海习风涛[2],涉险归来气亦豪[3]。天许鸿文传域外,惊魂才定亟拈毫[4]。

〔1〕林则徐于道光二十九年八月二十六日(1849年10月12日)卸云贵总督任,道光三十年三月初三日(1850年4月15日)回到福州。这是他晚年里居时,读蔡廷兰《海南杂著》的题诗,推崇蔡与越南人民的友谊,表达以忠信和外国交往的愿望。蔡廷兰(1801—1859),字香祖,澎湖人。道光十七年(1837)举人,主讲台湾崇文书院,兼引心、文石两书院。二十四年(1844)进士,以知县即用,分发江西。二十九年(1849)补峡山县。为清代开台五进士之一,与林则徐同年周凯有师生之谊。著有《惕园遗诗》、《惕园遗文》、《海南杂著》等。

〔2〕濒海:濒临大海,此指澎湖列岛。习风涛:惯于航海。

〔3〕涉险:遭遇海难。道光十五年十月初二日(1835年11月21日),蔡廷兰省试罢归,自金门料罗湾登舟回澎湖,在洋遭风,十一日(30日)夜飘至越南广义省思义府菜芹汛,被营救。道光十六年三月初五日(1836年4月20日)离越南边境入广西返闽,五月初八日(6月21日)归抵澎湖。

〔4〕拈毫:提笔。此指写作《海南杂著》。是书上卷分三篇:《沧溟纪险》、《炎荒纪程》、《越南纪略》,有刻本行世。下卷为在城南途次唱酬之诗,未刻,已佚。

大化遥霑古越裳[1],未通华语解文章[2]。天朝才士来增重,响答诗筒侑客觞[3]。

〔1〕大化:广远深入的教化。《尚书·大诰》:"肆予大化,诱我友邦君。"此指中华文化。越裳:古代南海国名。相传周初越裳氏以三象重译而献白雉。此指越南。乙未:道光十五年(1835)。自注:"君以乙未秋航海归澎湖,遭风飘至越南,因纪其事。"

〔2〕解文章:时越南使用汉字。《炎荒纪程》载越南"国中悉用汉字,其衙门案牍体式与中国略同"。

〔3〕响答:唱和。诗筒:以竹筒盛诗,便于传递。侑(yòu 又)客觞:劝客人饮酒。"天朝"二句,指蔡廷兰飘到越南,很受尊重,文人学士多和他文酒唱酬。

椎结争迎互笔谈[1],南交风土已深谙[2]。回看渤澥来时路[3],曾历更程八十三[4]。

〔1〕椎结:头发结成一撮,形状如椎。此指越南人。笔谈:出纸笔,各书一纸相问答。

〔2〕南交:即交阯,因在南部,故称。汉武帝元鼎六年(111)于此置交阯郡。谙:熟悉。

〔3〕渤澥:《初学记·海》:"东海之别有渤澥,故东海共称渤海,又通谓之沧海。"

〔4〕更程:即更路。海中船行里数,皆以更计,一更六十里。用于计时,航行一日一夜为十更。

缟纻情敦感异乡[1],却金仍自返空囊[2]。早教越石知清节[3],肯羡西都陆贾装[4]。

〔1〕缟纻:缟带与纻衣。《左传·襄公二十九年》:吴公子札"聘于郑,见子产,如旧相识,与之缟带,子产献纻衣焉"。后用以喻友谊深厚。异乡:他乡。指越南。
〔2〕却金:谢绝金银的赠送。
〔3〕越石:春秋齐国的越石父。
〔4〕西都:汉代都城长安。陆贾:汉初出使南越。参见《庚子岁暮杂感》注。

归寻驿路指中原,桂管藤州取次论[1]。喜是倚闾人健在[2],为言剪纸误招魂[3]。

〔1〕桂管:唐代桂林地区的代称。武德四年(621),置桂州总管府,管桂象等九州。藤州:清代广西梧州府藤县,隋唐时为藤州。"归寻"二句,指从越南取陆路驿道回国,经桂林、藤县北上。
〔2〕倚闾人:指父母。《战国策·齐策》王孙贾母曰:"女朝出而晚来,则吾倚门而望;女暮出而不还,则吾依闾而望。"
〔3〕剪纸:剪纸扎神像、金银器物等道教科仪用品。招魂:招死者的灵魂回归故土。

始信神州稗海环[1],总凭忠信历人寰[2]。瀛堧会有澄清日[3],凭仗纡筹靖百蛮[4]。

〔1〕裨海:王充《论衡·谈天》:"在东南隅名曰赤县神州,复更有九州,每一州者四海环之,名曰裨海。"

〔2〕人寰:人世间。此指世界。

〔3〕瀛壖(ruán 阮阳平):海滨。

〔4〕纡筹:深远的谋略。

五虎门观海[1]

天险设虎门[2],大炮森相向。海口虽通商[3],当关资上将。唇亡恐齿寒[4],闽安孰保障[5]?

〔1〕道光三十年(1850)夏天,神光寺事件发生后,林则徐虑及福州的安全,于七月(8月)间乘船察看了闽江口——五虎门的形势,感慨沉吟。这是林昌彝《射鹰楼诗话》录存的一部分。

〔2〕天险:自然的险要地形。虎门:指闽江口的五虎门。林昌彝《射鹰楼诗话》卷三:"吾闽之五虎门,天险也。天险则其势可据,险者何?非两岸之高山,亦非海底之碻礁石。所谓天险者,盖以潮信一日一汐,潮退则搁阁不得行。"

〔3〕通商:道光二十二年七月二十四日(1842年8月29日)签订的不平等条约《江宁条约》(即《南京条约》)规定福州为五口通商口岸之一,于道光二十四年(1844)开埠。

〔4〕唇亡齿寒:《左传·僖公五年》:"晋侯复假道于虞以伐虢。宫子奇谏曰:'虢,虞之表也。虢亡,虞必从之……谚所谓辅车相依、唇亡齿寒者,其虞、虢之谓也。'"比喻利害相关,如唇齿相依。

〔5〕闽安:在闽江口。林昌彝《射鹰楼诗话》卷三:"今以闽中省垣

之地势论之,梅花、五虎、壶江、金牌、熨斗、乌猪犹唇也,闽安犹齿也。"

又题《啸云丛记》二首[1]

两粤兵戈尚未除[2],几人筹策困军储[3]。如何叱咤风云客[4],绝岛低头但著书[5]。

〔1〕道光三十年(1850)秋,林则徐为友人林树梅《啸云丛记》题写此诗,抒发驰情海外建功立业的襟怀。诗约作于辞世前一个月,表明他的爱国之心并未消减。林树梅(1808—1851),本姓陈,字瘦云,一字实夫,号啸云,别号啸云子、铁笛生。福建同安县翔凤里十九都后浦保(今属金门县)人,台湾副总兵林廷福(1777—1830)养子。著有《沿海图说》、《战船占测》、《啸云诗文抄》、《说剑轩馀事》、《云影集》等。

〔2〕两粤兵戈:指是年夏天以来延绵不断的两广天地会、拜上帝会起事。

〔3〕军储:军饷、粮草。此句谓两粤局势不容乐观。林则徐《致次青书》:"粤匪猖狂已极,非练精卒无以撄其锋,而筹画饷糈尤为切要,奈奉行者不得其法,非病民即滋事。"

〔4〕叱咤风云客:指林树梅。他年十四随养父历居福建、浙江、台湾、澎湖各地,熟悉东南海防。道光十六年(1836)为台湾凤山知县曹谨幕僚。道光二十年(1840)和二十一年(1841),闽浙总督邓廷桢和颜伯焘先后招其咨询海防事宜。

〔5〕绝岛:此指厦门。鸦片战争后,林树梅在厦门里居,发愤著《啸云丛记》等书。

矮屋三间枕怒涛,狂歌纵酒那能豪。驰情员峤方壶外[1],甚欲从君踏六鳌[2]。

〔1〕员峤、方壶:古代神话中的海上神山。《列子·汤问》:"渤海之东,不知几亿万里,有大壑焉……其中有五山焉:一曰岱舆,二曰员峤,三曰方壶,四曰瀛洲,五曰蓬莱。"此处寓指海岛与海外国家。
〔2〕六鳌:六只巨鳌。《列子·汤问》:五神山各由三只巨鳌轮番负载,"而龙伯之国有大人,举足不盈数步而暨五山之所,一钓而连六鳌,合负而趣,归其国,灼其骨以数焉"。踏六鳌,指旅迹海外。句下自注:"记中谈海国甚详。"

词　选

贺新郎

题潘星斋画梅团扇顾南雅学士所作也[1]

驿使曾来否？正江南、小桥晴雪，一枝春透[2]。谁向故国新折取，寄作相思红豆[3]。休错怨、丰姿清瘦。数点花疏饶冷韵，待宵阑、独鹤来相守。香雪海，漫回首。　　合欢扇在君怀袖。最多情、团团明月，邀来梅友。不待巡檐频索笑，已共臞仙携手[4]。且漫拟、逃禅杨叟[5]。但按醉花阴一阕[6]，问几生、修到能消受？纸帐底，梦回后[7]。

〔1〕道光十年闰四月至七月初（1830年5月—8月），林则徐在京觐见候补期间，和潘曾莹唱酬往来。这首词可能即作于此时。题咏梅词于团扇，是友人间的一般应酬，但词中也透露了他"梅鹤因缘"的深情。贺新郎，词牌名。潘星斋，即潘曾莹（1808—1876），字申甫，号惺斋、星斋，江苏吴县（今苏州市）人。道光二十年（1840）进士。官至吏部侍郎。潘曾沂之弟。顾南雅，即顾莼（1765—1832），字希翰，又字吴羹，号南雅。江苏吴县（今苏州市）人。嘉庆七年（1802）进士。历任翰林院编修、侍读、云南学政、侍讲学士。宣南诗社成员。这年闰四月，顾莼为林则徐所藏其父自绘的《饲鹤图》题诗。

〔2〕"驿使"四句：南朝宋时陆凯与范晔交善，自江南寄梅花一枝，诣长安与晔，并赠诗云："折梅逢驿使，寄与陇头人。江南无所有，聊赠一枝春。"句意由此诗化出。

〔3〕相思红豆:化用王维《相思》:"红豆生南国,春来发几枝。劝君多采撷,此物最相思。"

〔4〕臞(qú 渠)仙:骨姿清瘦的仙人。臞同癯,即瘦。宋陆游《射的山观梅》诗:"凌厉冰霜节愈坚,人间乃有此癯仙。"此处喻指梅花。

〔5〕自注:"南雅学士诗中有此语,故及之。"

〔6〕自注:"君有《醉花阴》词,答人题画梅作。"

〔7〕自注:"君又有画梅纸帐。"

壶中天

题伊小沂《江阁展书图》[1]

江天空阔,看江波万顷、明月千里。高阁凭栏闲展卷,洗眼几重山水。排闼青山[2],打头落叶,都入狂吟里。风床读罢[3],钩帘宿鹭惊起。　　最忆文选楼前,平山堂下,少日趋庭地[4]。大块文章凭付与[5],交遍过江名士。手泽仍留,头衔旧换,仍恋青灯味[6]。广陵官阁,更添多少吟思。

〔1〕道光十二年至十六年(1832—1836),林则徐任江苏巡抚。此词约作于道光十三年(1833)间。壶中天,词牌名。伊小沂,即伊念曾(1790—1860),字小沂,一作少沂,福建宁化人。嘉庆十八年(1813)贡生。官至严州同知。江阁,即广陵官阁,在扬州。其父伊秉绶(1754—1815),乾隆五十四年(1789)进士,曾任扬州知府,小沂少时曾读书于江阁。此词上阕描述江阁所望扬州胜景,下阕赞扬小沂能传家学。

〔2〕排闼(tà 踏):推开门。化用宋王安石《书湖阴先生壁》"两山排闼送青来"诗句。

〔3〕风床:当着风的床。杜甫《水阁朝霁奉简云安严明府》诗:"风床展书卷。"描绘《江阁展书图》的意境。

〔4〕文选楼:扬州隋曹宪故居。平山堂:在扬州瘦西湖北蜀冈上,宋欧阳修建。趋庭地:子承父教之地。

〔5〕大块:大地,大自然。此句取李白《春夜宴从弟桃李园序》中"大块假我以文章"之意。

〔6〕青灯:油灯,其光青荧。指灯下苦读。头衔:官职。旧时官场常以官衔加在姓名之上。

高阳台

和嶰筠前辈韵〔1〕

玉粟收馀〔2〕,金丝种后〔3〕,蕃航别有蛮烟〔4〕。双管横陈,何人对拥无眠〔5〕?不知呼吸成滋味,爱挑灯、夜永如年。最堪怜、是一丸泥,捐万缗钱〔6〕。　　春雷欻破零丁穴,笑蜃楼气尽,无复灰然〔7〕。沙角台高,乱帆收向天边〔8〕。浮槎漫许陪霓节,看澄波、似镜长圆〔9〕。更应传、绝岛重洋,取次回舷〔10〕。

〔1〕道光十九年二月(1839年3月—4月)虎门监督缴烟期间,邓廷桢填《高阳台》词以志盛况,林则徐和韵填了这首词。高阳台,词

牌名。

〔2〕玉粟:苍玉粟,即罂(yīng 英)粟,果浆是制鸦片的原料。自注:"罂粟一名苍玉粟。"

〔3〕金丝:自注:"吕宋烟草曰金丝醺。"明嘉靖年间自吕宋(今菲律宾)传入我国,明姚旅《露书》卷十云:"吕宋国出一草曰淡巴菰,一名曰醺。……有人携漳州种之,今反多于吕宋……今莆中亦有之,俗曰金丝醺。"

〔4〕蕃航:外国船只。此处指外国鸦片走私船。蛮烟:指外国生产的鸦片烟土。

〔5〕这句描写鸦片吸食者的丑态。案:早期吸食鸦片之法,系用烟管掺和烟草抽吸。清初以后逐步发展到单独吸食鸦片,使用的烟具为烟枪。双管:即两杆烟枪。

〔6〕一丸泥:丸状的鸦片烟土。缗:穿钱用的绳子,贯之代称。这句是说鸦片对民生经济的祸害。

〔7〕欻(xū 虚)破:忽然冲破。零丁穴:指零丁(伶仃)洋上的鸦片趸船。道光十九年二月十四日(1839 年 3 月 28 日),义律上禀呈缴所有趸船鸦片 20283 箱。林则徐指令驶至虎门外龙穴洋面呈缴。蜃楼:借指繁荣一时的鸦片走私。然:通燃。此三句是指伶仃洋鸦片走私巢穴被禁烟运动的春雷所摧毁。

〔8〕沙角:虎门口外山名。林则徐道光十九年四月初六日(1839 年 5 月 18 日)奏云:"自伶仃大洋过龙穴而北,两山斜峙,东曰沙角,西曰大角,由此以入内洋,是第一重门户也。"嘉庆五年(1800)在此添建沙角炮台,置大小铁炮十二门。道光十九年二月二十九日(1839 年 4 月 12 日),因龙穴洋面风浪较大,影响收缴鸦片进度,林则徐决定驶入沙角收缴。这两句形容到沙角缴烟后,鸦片船匆匆出外洋的情景。

〔9〕浮槎:见《和邓嶰筠前辈廷桢虎门即事原韵》注。此处指乘船。

漫许:姑且让我。霓节:古代使臣及封疆大吏所持的符节,此代指两广总督邓廷桢。这三句是说鸦片污染清除后,海面清澈平静。

〔10〕传:传播。绝岛重洋:喻海外诸国。取次:次第、先后。回舡:返航。这三句是说中国禁烟的消息传到海外,鸦片走私船一定会仓皇地先后调棹返航。

月华清

和邓嶰筠尚书沙角眺月原韵[1]

穴底龙眠,沙头鸥静,镜奁开出云际[2]。万里晴同,独喜素娥来此[3]。认前身、金粟飘香[4];拚今夕、羽衣扶醉。无事。更凭栏想望,谁家秋思[5]？　　忆逐承明队里[6],正烛撤玉堂[7],月明珠市。鞋掌星驰[8],争比软尘风细？问烟楼、撞破何时;怪灯影、照他无睡[9]。宵霁[10]。念高寒玉宇[11],在长安里[12]。

〔1〕道光十九年八月十五日(1939年9月22日),林则徐和邓廷桢从虎门乘船到沙角检阅水师,当晚同登沙角炮台峰顶眺月。八月二十六日(10月3日),邓廷桢填《月华清》词一阕赠给林则徐,他当天便和作此词,抒写对亲人的思念。月华清,词牌名。尚书,清代总督例兼兵部尚书衔。

〔2〕镜奁:镜匣。此指圆月。

〔3〕素娥:即嫦娥。

〔4〕金粟:桂花的别名。

299

〔5〕谁家秋思:化用唐王建《十五夜望月》诗"不知秋思落谁家"之句。

〔6〕承明:汉代未央宫之承明殿,殿侧有侍臣值宿所居之承明庐。后比喻在朝为官。

〔7〕玉堂:汉代殿名,唐宋以后为翰林院的别称。林则徐和邓廷桢过去都在翰林院供职过。

〔8〕鞅掌:职事忙碌。

〔9〕烟楼:灶上烟囱。撞破烟楼,苏轼《答陈季常书》:"在定日作《松醪赋》一首,今写寄择等,庶以发后生妙思,着鞭一跃,当撞破烟楼也。"比喻后生胜过前辈。他:指林则徐长子汝舟,去年(1838)才成进士,现在翰林院。无睡:还在灯下苦读。"问烟楼"二句,思念儿子仍在灯下苦读,不知何时才能有所成就,胜过父辈。

〔10〕宵霁:夜雨停了。

〔11〕高寒玉宇:化用苏轼《水调歌头》(明月几时有)词"又恐琼楼玉宇,高处不胜寒"。

〔12〕长安:借指北京。

喝火令

和嶰筠前辈韵[1]

院静风帘卷,篁疏月影捎[2]。闲拈新拍按琼箫[3]。惹得隔墙眠柳[4],齐嬲小蛮腰[5]。　　自辟清凉界,斜通宛转桥[6]。家山休怅秣陵遥[7]。遥剪吴纨[8],写取旧烟梢[9]。唤取幽禽入画,对舞云翘[10]。

〔1〕道光十九年(1839),邓廷桢因"廨东轩十笏,修竹一丛,兀雨摇烟,娟好可念",兴起"故园之思",作《喝火令》词一阕。林则徐和韵答之,进行宛转的劝慰,表现作者的闲适情趣与乐观精神。

〔2〕篁疏:即修竹一丛。捎:拂掠。

〔3〕按:吹奏。琼箫:玉饰的箫。

〔4〕眠柳:垂柳的姿态。《三辅旧事》:"汉苑中有柳,状如人形……一日三眠三休。"

〔5〕嫋(niǎo鸟):摇动。小蛮腰:细腰。唐白居易女侍小蛮腰细而柔软,白居易有诗曰:"樱桃樊素口,杨柳小蛮腰。"见孟启《本事诗》。此以蛮腰喻柳条。

〔6〕清凉界、宛转桥:借指邓廷桢住处。

〔7〕秣陵:在今江苏南京江宁,邓廷桢的家乡。

〔8〕吴纨:吴地产的白色细绢。

〔9〕烟梢:烟雾笼罩中的枝梢。

〔10〕云翘:乐舞名。案:此句缺一字,不知是作者忽略,还是刻本之误。

金缕曲

春暮和嶰筠绥定城看花〔1〕

绝塞春犹媚。看芳郊、清漪漾碧,新芜铺翠。一骑穿尘鞭影瘦,夹道绿杨烟腻〔2〕。听陌上、黄鹂声碎。杏雨梨云纷满树,更频婆、新染朝霞醉〔3〕。联袂去〔4〕,漫游戏。　　谪居权作探花使[5]。忍轻抛、韶光九十[6],番风廿四[7]。寒玉未消冰岭雪,毲幕偏闻花气[8]。算修了、边城春禊[9]。怨绿愁红成底事,任花开花谢皆天意。休问讯,春归未。

[1] 道光二十三年三月十八日(1843年4月17日),林则徐父子和邓廷桢父子应福珠洪阿之邀,同往绥定城之绥园看花。邓廷桢归作《金缕曲·偕少穆同游绥园》,林则徐以此词和答。金缕曲,词牌名。绥定城,今新疆霍城县。

[2] 烟腻:烟细,轻尘。案:此句写出伊犁北门后沿途所见景色。林则徐是日日记:"出北门,过五里桥,夹道绿杨与青青陇麦交相映发。"

[3] "杏雨"三句:描绘绥园景色。林则徐是日日记:"日来桃杏已谢,梨花正盛,其密者如关内绣球;苹婆果花亦正开,红白相间,似西府海棠。"杏雨,指桃杏纷落。梨云,指梨花盛开。频婆,即苹婆,苹果。此指苹婆果花。

[4] 联袂(mèi 妹):袖口相联,即携手。

[5] 探花使:唐时进士在杏园举行探花宴,以少年俊秀者二三人遍游名园,折取名花,称为探花使。

[6] 韶光九十:春光九十天。

[7] 番风廿四:即二十四番花信风。从小寒至谷雨共八气二十四候(五天为一候),每候之风应一种花信。

[8] 毲(cuì 翠)幕:毡帐。

[9] 春禊(xì 戏):春祭。古俗农历三月三日,到水边嬉游采兰,以驱除不祥,称为修禊。

金缕曲

寄黄壶舟[1]

沦落谁知己？记相逢、一鞭风雪,题襟乌垒[2]。同作羁臣犹间隔,斜月魂销千里[3]。爱尺素、传来双鲤[4]。为道玉壶春买尽[5],任狂歌、醉卧红山嘴[6]。风劲处,酒鳞起[7]。

乌丝阑写清词美[8]。看千行、珠玑流转,光盈蛮纸[9]。苏室才吟残腊句[10],瞬见绿阴如水[11]。春去也、人犹居此。褪尽生花江管脱[12],怕诗人、漫作云泥拟[13]。今昔感,一弹指[14]。

〔1〕道光二十三年四月(1843年5月),林则徐在伊犁作此词寄黄濬,追忆两人在乌鲁木齐的交谊和唱和的感情交流。黄壶舟,即黄濬,参见《壶舟诗存序》注。

〔2〕相逢:指道光二十二年十月十三日(1842年11月15日),林则徐赴伊犁经乌鲁木齐时,黄濬来见,因而结识往来。题襟:衣襟上题字写诗。乌垒:古城名,汉代西域都护府治所。借指乌鲁木齐。林则徐十七日(19日)离乌鲁木齐前往伊犁时,黄濬送别至十里店五道湾,作有《送林少穆阃帅则徐于五道湾,迂道访美汉城》诗,见《壶舟诗存》卷十。

〔3〕千里:指伊犁与乌鲁木齐相隔千里。

〔4〕尺素双鲤:鲤鱼传书,指书信往来。参见《答陈恭甫前辈寿祺》注。

〔5〕玉壶:玉制的壶,酒器。春:代指酒。

〔6〕红山嘴:地名。今乌鲁木齐市区的红山公园。

〔7〕"风劲"二句:自注:"来诗有'风劲红山起酒鳞'之句,仆极赏之。"

〔8〕乌丝:有黑格线的笺纸。

〔9〕蛮纸:即蛮笺,也叫蜀笺。

〔10〕"苏室"句:自注:"承录示东坡生日诗及和余除夕之作,君所居曰步苏诗室。"

〔11〕绿阴如水:春天的景色。此指春天。

〔12〕江管:江淹(444—505)之笔。脱:脱离。江为南朝梁文学家,晚年"尝宿于冶亭,梦一丈夫自称郭璞,谓淹曰:'吾有笔在卿处多年,可以见还。'淹乃探怀中得五色笔一以授之。尔后为诗绝无美句,时人谓之才尽"。见《南史·江淹传》。句意由此典化出。

〔13〕云泥:云在天,泥在地,高下悬殊。拟:相比。自注:"君和余句云:'诗才无敌有云泥',读之愧甚。"

〔14〕弹指:佛学用语。二十念为一瞬,二十瞬为一弹指。比喻时间短暂。

买陂塘

癸卯闰七月[1]

记前番,明河如练[2],一双星影才渡。者回真算天孙巧[3],不待隔年来聚。谁作主?任月帐云屏,再绾同心缕[4]。乌尼解事[5],看两度殷勤,毛衣秃尽,填出旧时路。　　含情

304

处,脉脉一襟风露。天涯枨触离绪。追欢早把芳时误[6],此夕匏瓜如故[7]。愁莫诉! 怕再上针楼、又被黄姑妒[8]。何时归去? 盼白鹤重来,玉笙吹破,或与子乔遇[9]。

〔1〕买陂塘:词牌名。即《摸鱼儿》,又名《陂塘柳》。癸卯:道光二十三年(1843)。是年闰七月,过第二个七夕(8月31日),林则徐感念天上人间,离绪惆怅,盼望早日东归入关,而作此词。

〔2〕前番:上次。即上个月的七夕。明河:银河。

〔3〕者回:这回。即闰七月的七夕。天孙:即织女。《史记·天官书》:"织女,天女孙也。"或指牛郎。明钱希言《戏瑕》:"后人乃称牵牛为天孙。"

〔4〕绾:盘结。同心缕:即同心结。

〔5〕乌尼:藏语音译,喜鹊。解:懂,理解。

〔6〕芳时:美好时光,即牛郎、织女相会的时刻。

〔7〕匏(páo 袍)瓜:星名。一名天鸡,在牵牛星东。

〔8〕黄姑:星名,即牵牛星。《荆楚岁时记》:"黄姑,牵牛星,一曰河鼓。"

〔9〕子乔:即王子乔。《列仙传》卷上:"王子乔者,周灵王太子晋也。好吹笙作凤凰鸣,游伊洛间,道士浮丘公接以上嵩高山三十馀年。后求之于山上,见桓良,曰:'告我家,七月七日待我于缑氏山巅。'至时,果乘白鹤驻山头。望之不得到,举手谢时人,数日而去。"